# LE GARÇON PERDU

## LES ENQUÊTES DE DÉTECTIVE MARK TURPIN

### RACHEL AMPHLETT

Le garçon perdu © 2025 de Rachel Amphlett

Tous droits réservés.

# CHAPITRE 1

*Cours.*

Matthew Arkdale serra les dents lorsque sa cheville se tordit, puis il trébucha et continua d'avancer.

Son souffle s'échappait de ses lèvres en halètements et la brise froide d'octobre giflait ses oreilles et ses joues tandis qu'il dépassait une barrière de sécurité jaune vif et bousculait un homme d'âge mûr.

Il ignora le regard furieux de l'équipe de sécurité qui flânait en bordure de la foule. Le juron sonore de l'homme se perdit en quelques secondes, noyé dans la cacophonie des cris des gens alignés le long de la rue et encombrant la route.

*Ne regarde pas en arrière.*

Il n'y avait pas de véhicules ici, pas de risque d'être renversé. Tout le centre-ville avait été fermé pour la fête foraine, à l'exception d'un petit nombre de déviations qui serpentaient à la périphérie.

Son rythme ralentit jusqu'à une marche rapide. Le trottoir était encombré de parents avec des poussettes et des bambins, d'adolescents qui marchaient à quatre de front au milieu de la rue, et de personnes âgées en train de se promener tranquillement.

Une basse martelante accompagnait le rugissement d'un commentateur par-dessus les têtes des gens devant lui, les appelant vers les manèges plus coûteux, ceux aux structures métalliques en spirale qui s'élevaient dans le ciel nocturne et portaient les cris des amateurs de sensations fortes à travers tout le centre-ville.

Une sensation de picotement rampa entre ses épaules et remonta sa colonne vertébrale, pour s'installer à la base de son cou. La chair de poule se répandit sur ses bras, ses poils fins le démangeaient contre le haut de sport à manches longues qu'il portait sous son sweat à capuche.

Le regard nerveux, il scruta à gauche puis à droite, et il se fraya un chemin entre un couple avec des jumeaux à côté des auto-tamponneuses, dont les enfants se disputaient pour savoir quelle voiture colorée ils voulaient conduire, puis il s'engouffra dans une rue latérale.

Une pénombre l'enveloppa, un manteau de lumière grise qui le fit cligner des yeux pour contrecarrer la cécité nocturne causée par les lumières vives des manèges derrière lui.

Matthew trébucha dans l'entrée couverte d'une des maisons de style Régence qui bordaient la rue étroite. Il se pencha en avant et il posa ses mains sur ses genoux, à bout de souffle. Ses poumons lui faisaient mal à force de tenter de distancer son poursuivant – une douleur profonde qui torturait sa poitrine et trouvait écho dans les battements de son cœur.

Un soupir pénible s'échappa de ses lèvres tandis qu'il scrutait la foule qui bordait la rue principale.

Il n'avait aucune idée d'où il se trouvait, où aller, ni quoi faire ensuite.

Ce n'était pas sa ville.

Il n'avait jamais vu cet homme jusqu'à ce matin, mais il savait.

Il savait maintenant que ce n'était pas une coïncidence de l'avoir aperçu une deuxième fois, juste avant que ses yeux ne s'écarquillent en signe de reconnaissance.

Quelques instants plus tôt, Matthew avait vu le couteau dans la main de l'homme et il s'était enfui.

Tremblant de faim, de peur et du froid humide qui s'infiltrait à travers ses vêtements, il retint son souffle lorsque l'homme apparut au sommet de l'intersection en T, un côté de son visage dans l'ombre, l'autre une mixture scintillante de couleurs provoquée par les lumières stroboscopiques de la maison hantée à gauche de la rue.

Des voix, semblables à la sienne en âge, résonnaient à l'intérieur de la structure de quatre étages tandis qu'elles naviguaient sur des sols inclinés et des ponts de corde, appelant leurs parents depuis les barrières qui les empêchaient de tomber par les fenêtres taillées dans la façade peinte.

L'homme huma l'air, puis s'éloigna hors de vue.

Un vide envahit le corps frêle de Matthew tandis qu'il se recroquevillait dans l'ombre, épuisé. Il cligna des yeux pour contrer un soudain vertige qui s'empara de sa vision, et il serra les dents alors qu'une crampe douloureuse griffait son estomac.

Il poussa un cri en sentant un mouvement derrière la porte où il se cachait, et des voix de l'autre côté parvinrent à ses oreilles avant que le loquet ne tourne.

Il ne pouvait pas rester ici.

*Continue d'avancer.*

Matthew releva la capuche de son sweat, la tira vers l'avant jusqu'à ce que ses traits soient plongés dans l'ombre, puis il enfonça ses mains dans ses poches et trottina le long du trottoir jusqu'à se retrouver à nouveau au niveau de l'artère principale.

Le bruit agressait ses oreilles, engourdissait ses sens et créait une désorientation qui le déstabilisait.

Un jeune enfant, pas plus de six ans, éclata en sanglots à côté d'un stand qui offrait des peluches en guise de prix. Son regard larmoyant suivait un ballon rose rempli d'hélium qui s'élevait dans les airs après avoir échappé à sa prise. Ses cris d'angoisse se mêlaient à une dispute qui venait d'éclater entre quatre adolescents en train de faire la queue pour le manège à gravité, et leurs voix élevées le firent sursauter à son passage.

Il baissa le menton, ignora les quolibets qui suivirent son passage alors qu'il devenait la nouvelle cible du mépris des adolescents, et il s'enfonça dans les ombres projetées par les lumières tamisées d'un magasin de décoration d'intérieur fermé pour la nuit.

Il fit une pause et tendit le cou pour scruter la foule, mais l'homme qui le traquait n'était visible nulle part.

Une acclamation s'éleva d'un autre stand, les effets sonores d'un jeu de tir au laser qui le poussèrent à avancer avec une urgence renouvelée.

*Cours*.

Accroupi, son corps frêle se faufilant à gauche et à droite, il navigua dans la rue bondée en évitant les gobelets de café et les canettes de soda abandonnés.

La route s'élargissait en une place de marché, et Matthew porta son attention sur les manèges pour enfants qui encombraient les pavés inégaux. Une longue file de personnes encerclait un carrousel brillamment éclairé ; ils se bousculaient pour avoir de la place à côté d'un grand manège avec des tasses à thé en guise de sièges.

Il passa devant tout cela, l'esprit embrouillé tandis que ses doigts s'enroulaient autour du petit sachet dans sa poche gauche. Il pouvait sentir les pilules dures et rondes qui poussaient contre le plastique, et il avala sa salive pour chasser le goût acide dans sa bouche.

Ça avait semblé être une bonne idée sur le moment.

De l'argent facile.

La liberté.

Un sentiment de reprendre le contrôle de sa vie.

Et regardez-le maintenant – un fugitif, en cavale dans une ville où il n'avait pas d'amis, et poursuivi par quelqu'un qui le tuerait, il n'en avait aucun doute.

L'entrée d'une ruelle attira son regard, une gueule obscurcie qui menait hors de la place du marché, loin des lumières vives et du bruit.

Matthew jeta un coup d'œil par-dessus son épaule, il ne vit personne qui observait ses mouvements, et il parcourut les derniers mètres en courant pour l'atteindre.

Les ombres l'accueillirent, les lumières néon poursuivant sa silhouette jusqu'à ce qu'il les distancie.

Il grimaça lorsqu'un point de côté lui déchira les côtes, et il ralentit jusqu'à marcher, sa respiration laborieuse.

*Ne t'arrête pas.*

Un gémissement s'échappa de ses lèvres tandis qu'il passait devant la porte latérale d'un café qui bordait un côté de la ruelle, le son d'une radio qui jouait traversant le bois.

Il était tellement fatigué.

Épuisé.

Effrayé.

Trois grandes poubelles de taille industrielle longeaient le mur en face de la porte et Matthew se faufila devant elles, en s'étouffant presque face à l'odeur de nourriture pourrie et de déchets.

Les fins cheveux sur sa nuque se hérissèrent une fraction de seconde avant qu'il n'entende la voix.

— Où est-ce que tu crois aller en courant comme ça, Matty ?

Il se jeta contre le mur derrière la dernière poubelle et porta son poing à sa bouche pour retenir sa respiration dans une tentative désespérée de dissimuler sa position.

Des pas lourds s'approchèrent, l'homme ne se pressait pas.

*Cours.*

*Je ne peux pas*, pensa-t-il.

*Je suis fatigué.*

*Je veux rentrer chez moi.*

Sauf que ce n'était pas possible, n'est-ce pas ?

Il n'y avait pas de chez-lui.

Les pas se rapprochèrent.

Il pouvait entendre l'homme respirer avec difficulté.

— Sors, Matty. Il n'y a nulle part où aller. Peu importe si tu cours. On te trouvera. *Il* te trouvera...

Il put le sentir avant de le voir : une puanteur fétide de vêtements non lavés, d'odeur corporelle, de sueur.

Matthew eut un haut-le-cœur, puis il quitta sa cachette.

Il n'avait aucune chance.

L'homme tendit la main, attrapa l'arrière de sa veste et l'immobilisa brusquement.

Une explosion de douleur traversa son dos et s'enfonça dans sa peau et ses muscles pour le brûler jusqu'aux tendons.

Matthew serra les dents en poussant un cri, son cœur battait la chamade tandis qu'il se tortillait et tentait de desserrer l'étreinte de l'homme.

C'était inutile, son agresseur était plus âgé, plus grand, plus fort.

Désespéré.

L'homme le lâcha un instant, puis il posa une main lourde sur son épaule et le fit pivoter jusqu'à ce qu'ils se retrouvent face à face.

Ses yeux s'écarquillèrent de peur lorsque l'homme leva le couteau, ses lèvres écartées pour révéler des dents pourries. Il recula d'un pas, essaya de se dégager, tenta de s'échapper...

Le couteau s'enfonça dans son estomac et le feu se propagea jusqu'à sa cage thoracique.

Puis l'homme le repoussa comme s'il ne supportait pas de le toucher, et Matthew tomba en arrière.

Une fine brume s'accrochait à ses cheveux et un souffle choqué s'échappa de ses lèvres en un nuage de condensation tandis que la chaleur quittait ses poumons.

*Ça fait mal.*

Une larme solitaire roula sur sa joue, l'eau salée traçant son chemin à travers la crasse qui recouvrait sa peau.

Les genoux de Matthew cédèrent, ses jambes tremblèrent quelques instants avant que son épaule ne s'écrase contre le trottoir dur.

Puis, l'obscurité.

# CHAPITRE 2

La fillette de douze ans fit un bond en arrière et poussa un cri étranglé à la vue de la mâchoire grimaçante du crâne.

Des éclairs de lumière aveuglèrent sa vision, mettant en évidence l'enchevêtrement d'os qui gisait sous le crâne, disposés de façon à ce qu'elle puisse distinguer les côtes, les doigts, les jambes.

Un battement sourd tonnait dans l'air, les décibels résonnaient dans sa poitrine et engourdissaient ses sens, ne lui laissant percevoir que la vision cauchemardesque qui surgissait des ombres.

Frissonnante, les yeux écarquillés de terreur et indifférente à la fine pluie qui piquetait sa silhouette frêle, elle cligna des yeux, puis déglutit lorsque la mâchoire du crâne s'ouvrit grand et qu'un rire strident retentit d'un haut-parleur au-dessus de sa tête.

Derrière elle, un chœur de cris perça la nuit, et une main s'enroula autour de son bras.

La voix de sa sœur tonna à son oreille.

— Je n'arrive pas à croire que tu sois tombée dans le panneau.

Anna se détourna de l'animation qui accueillait les visiteurs du train fantôme et elle se força à sourire à sa sœur aînée.

— Je ne m'y attendais pas, c'est tout.

— Ouais, c'est ça.

— Arrête de la taquiner, Louise.

L'inspecteur Mark Turpin tendit la main vers sa fille cadette.

— Ça va, Anna ?

— Ça va.

Sa voix pleine de défi, elle lança un regard noir à sa sœur aînée et se dégagea de son contact.

— Tu voulais faire un tour sur cette attraction ?

— Non. Je regardais, c'est tout.

— Ok. J'ai une faim de loup. Qui veut des hot-dogs ?

— Moi.

Lucy O'Brien sourit à Anna, puis montra le chien ébouriffé à ses pieds.

— Et je parie que Hamish ne dira pas non à une saucisse non plus.

Le visage d'Anna s'illumina tandis que le chien tirait sur sa laisse, et Louise leva les yeux au ciel avant de brandir son téléphone pour prendre une photo des manèges colorés de la fête foraine qui s'alignaient sur la route à côté d'eux.

Mark s'arrêta pour laisser passer les deux filles, puis il fit un clin d'œil à Lucy.

— Catastrophe évitée.

Elle rit, glissa sa main dans la sienne et la pressa.

L'arôme des oignons en train de cuire sur un gril à l'air libre titilla ses papilles, et son estomac gargouilla tandis qu'ils suivaient les deux filles vers une rangée de camions de restauration garés devant un pub animé. Regrettant le régime qu'il essayait de maintenir depuis l'été, il passa une main dans ses cheveux noirs et bouclés et il soupira.

À trente-huit ans, il n'était que trop conscient de l'approche de la quarantaine et avec elle, tous les problèmes de santé qu'il pouvait constater chez bon nombre de ses collègues plus âgés.

— Tu réfléchis trop, dit Lucy par-dessus le bruit de la foule. Je peux entendre les rouages tourner d'ici.

Il désigna les prix affichés sur un tableau noir à côté de la grande roue.

— Ça ne coûtait que cinquante pence quand j'avais leur âge.

— Ça s'appelle l'inflation, répondit-elle en souriant. Estime-toi heureux qu'on soit venus ce soir, ils ont augmenté les prix de certaines attractions à la fête de la Saint-Michel mardi dernier. De toute façon, j'ai vu ta tête dans les auto-tamponneuses tout à l'heure, tu t'amuses bien.

Il sourit, concédant le point, puis ils arrivèrent en tête de la file d'attente pour la nourriture et il décida d'arrêter de s'inquiéter du coût de tout. Ses filles étaient là, elles s'amusaient, et si la taille du hamburger qu'Anna tenait dans sa main était une indication, elles avaient faim.

— Venez par ici, à l'écart, dit-il en les conduisant vers l'entrée d'un magasin de vêtements plongé dans l'obscurité. Quelqu'un veut faire les auto-tamponneuses après ça ?

Louise plissa le nez.

— Papa, on n'a pas fait ça depuis des années. Et si on allait plutôt à la grande balançoire au bout de la rue ? On pourrait retourner là-bas à pied.

Un frisson parcourut l'échine de Mark au souvenir des

minuscules balançoires suspendues au sommet d'un énorme mât rotatif, et il secoua la tête.

— Peut-être l'année prochaine. Anna doit grandir un peu. Remarque, vu la vitesse à laquelle ce hamburger vient de disparaître, elle pourrait pousser à tout moment.

Cela provoqua un éclat de rire, et sa plus jeune fille eut un hoquet avant de rouler sa serviette en papier en boule et de la fourrer dans sa poche.

Il termina son hot-dog, tendit la dernière bouchée à Hamish, puis s'essuya les doigts.

— Ok, encore un tour de manège au bout de la rue, et ensuite on rentre à la maison. Vous avez peut-être un congé anticipé pour les vacances, mais vous avez quand même des devoirs à rendre demain matin, non ?

— Merci de nous le rappeler, Papa, dit Louise en faisant la moue.

Il secoua la tête alors qu'elle s'éloignait de l'entrée d'un air indigné, Anna sur les talons, tandis qu'elles se dirigeaient vers Market Place, puis il sentit le bras de Lucy se glisser sous le sien.

— Allez, souris, dit-elle. Quand elle m'a aidée à faire la vaisselle après le déjeuner, elle m'a dit combien c'était agréable de passer du temps avec toi.

— Vraiment ?

Il avait emmené les filles rendre visite à Lucy sur sa péniche, et elles n'avaient pas arrêté d'en parler tout l'après-midi.

— C'est bon à savoir. Anna semble assez heureuse, mais c'est parfois difficile de savoir ce qui se passe dans la tête de Louise.

— Je suis sûre qu'elle sait qu'elle peut te parler si elle en a besoin. Tu as eu des nouvelles de Debbie ?

— Elle est arrivée à Saint-Hélier et elle m'a appelé à son retour à l'hôtel après être allée à l'hôpital.

— Comment va sa mère ?

Mark haussa les épaules.

— Pas bien. Elle a eu un AVC, et ils essaient encore d'évaluer l'étendue des dégâts.

Lucy murmura une réponse, puis elle se figea quand un cri aigu transperça le bruit des manèges de la fête foraine.

Il résonna au-dessus des cris excités et des stridences des manèges, différent par sa tonalité et rempli de terreur.

Mark tendit le cou, aperçut ses filles à quelques mètres devant lui, et il se précipita pour les rejoindre.

— Papa ? appela la voix tremblante d'Anna.

Il leva la main pour la faire taire et il tendit l'oreille pour entendre par-dessus la musique au rythme lourd qui provenait de l'attraction voisine.

C'est alors qu'il la vit : une femme d'une vingtaine d'années, emmitouflée dans un anorak sombre pour se protéger des intempéries, qui sortait en courant d'une ruelle à côté d'un café.

Un autre cri porté par la brise.

Mark observa la femme traverser les pavés à toute vitesse pour se faufiler entre le carrousel et les balançoires avant d'atteindre l'un des agents de sécurité et de commencer à pointer du doigt la direction d'où elle venait.

Il fronça les sourcils quand l'agent de sécurité pâlit et porta une radio à ses lèvres.

— Lucy ? Tu peux attendre ici avec les filles ?

Elle repoussa ses boucles de son visage, l'air intrigué.

— Bien sûr. Pourquoi ?

— Je veux savoir ce qui se passe. Je reviens dans une minute.

Il n'attendit pas de réponse et il se dirigea à grands pas pour intercepter la femme et l'agent de sécurité alors que le duo se frayait un chemin à travers le flot de personnes qui inondait la place du marché.

Les yeux écarquillés par le choc, la femme gardait une main sur le bras de l'agent de sécurité tandis qu'elle le conduisait vers l'entrée de la ruelle.

Mark les rattrapa près du carrousel, il ignora les cris excités des enfants alors que la machine les faisait tourner, et il présenta sa carte de police.

— Inspecteur Mark Turpin, police de la vallée de la Tamise. Que se passe-t-il ?

— Il y a un garçon dans la ruelle, répondit la femme.

Sa voix se brisa en un sanglot qui secoua tout son corps.

— Il a été poignardé. Je crois qu'il est mort.

## CHAPITRE 3

La musique forte et les cris excités en provenance des manèges se fondaient en un bruit blanc qui remplissait les oreilles de Mark, créant un vide tandis que son esprit assimilait les paroles de la femme.

Inconscient du défilé coloré de parapluies qui se déployaient dans les airs alors que la bruine se transformait en averse, il passa en revue tous les scénarios possibles dans sa tête, et puis—

— Vous avez appelé une ambulance ? demanda-t-il en sortant son téléphone portable.

Elle serra les bras contre son corps.

— J-je suis désolée. Non. Il y a tellement de sang...

— Vous avez vérifié s'il respirait ?

La femme secoua la tête, les yeux écarquillés.

— Comment est-ce que vous vous appelez ?

— Clare. Clare Baxter. Je travaille au café.

— Et vous êtes ?

— S-Simon Carmichael, répondit l'agent de sécurité, la voix tremblante.

— Clare, à quelle distance se trouve-t-il dans l'allée ?

— À peu près au milieu. La porte de service s'ouvre à côté de ces poubelles. Je sortais les déchets, et la lumière de la cuisine—

— Attendez ici, tous les deux.

Mark appuya sur le bouton d'appel, donna ses identifiants et demanda une ambulance et une patrouille en uniforme sur les lieux, puis il fourra son téléphone dans sa poche et plissa les yeux vers l'obscurité de l'allée en dirigeant la lumière de son appareil vers le sol.

Il avança rapidement et il aperçut la porte ouverte du café qui se balançait dans le vent qui le poussait et ébouriffait ses cheveux. Les poubelles que Clare avait décrites étaient alignées contre l'un des murs, laissant un passage étroit sur la gauche. Au-delà, les lampadaires brillaient au bout de l'allée.

Rien ne bougeait.

Personne n'appelait.

Il tint son téléphone en l'air pour balayer le faisceau d'un côté à l'autre, la bouche sèche. Il poussa la porte pour la fermer afin de pouvoir passer facilement, puis il tendit l'oreille par-dessus la musique assourdissante. La lumière de son téléphone éclaira les poubelles à côté de la porte, traversa le sol, et passa ensuite sur une forme recroquevillée allongée plus loin.

L'adolescent portait un sweat à capuche et un jean, ses pieds couverts de baskets de marque blanc cassé.

— Nom de Dieu.

Mark s'accroupit, jeta un coup d'œil à la flaque de sang sous la silhouette frêle, puis il écarta la capuche qui couvrait partiellement le visage du garçon.

Un choc se répercuta dans tout son corps lorsqu'il découvrit les traits pâles obscurcis par le sang qui avait maculé la joue du garçon, suivi d'une envie désespérée d'arranger les choses. Il observa les yeux fermés et tendit les doigts pour vérifier le pouls.

*Rien.*

— Merde.

Il posa son téléphone sur le béton à côté de lui et il tourna le garçon pour le mettre à plat sur le dos, avant de joindre ses mains et de commencer le massage cardiaque.

Il leva les yeux vers le visage du garçon et fronça les sourcils face à un souvenir qui le taraudait aux confins de ses pensées. Il ajusta ses mains, ses mouvements suivaient un rythme qui lui avait été inculqué lors des sessions régulières de premiers secours.

Les sirènes hurlaient au loin et créaient une toile de fond inquiétante à la basse pulsante des manèges au-delà de la ruelle.

Des gouttes de sueur commençaient à perler sur son front et la respiration de Mark devint haletante tandis qu'il essayait de maintenir le même rythme.

— Allez, allez.

Il s'arrêta un instant et tint ses doigts contre le cou du garçon, avant de continuer avec une urgence renouvelée.

Son estomac se contracta alors qu'une dure réalité s'imposait, puis il y eut des voix au bout de la ruelle, des ordres criés, des bruits de pas précipités.

Une main ferme saisit son épaule.

— On prend le relais.

Mark recula en titubant, épuisé, et il s'appuya contre la porte du café tandis que les deux ambulanciers passaient à l'action.

Il essaya de se concentrer sur leur conversation murmurée

alors que le sweat-shirt du garçon était découpé, révélant un t-shirt défraîchi qui subit bientôt le même sort, puis il regarda son corps se soulever sous le choc du défibrillateur.

— Il a été poignardé, dit l'un des ambulanciers par-dessus son épaule.

— Une trace de l'arme ?

— Non.

Mark se détacha du mur et se tint à côté de lui tandis que son collègue se rasseyait sur ses talons et secouait la tête.

— Désolé, mon vieux.

Le sang bourdonna dans les oreilles de Mark tandis qu'il contemplait la silhouette pitoyable étendue à ses pieds, et il tendit la main pour se stabiliser en s'appuyant contre la poubelle.

— Merci d'avoir essayé, dit-il, son instinct professionnel prenant le dessus. Retournez à l'extrémité de la ruelle. Je ferme cette zone, c'est une scène de crime.

Il les suivit, soulagé de voir deux agents en uniforme qui attendaient à l'entrée de Market Place.

Au-delà du petit attroupement de professionnels groupés près des tables abandonnées devant l'entrée du café, quelques passants déambulaient avec leurs enfants, l'attention des petits étant captée par les manèges tandis que les adultes contemplaient bouche bée la scène qui se déroulait sur la place.

— Établissez un périmètre de sécurité, ordonna Mark aux deux agents.

Il se tourna vers le garde de sécurité.

— Je vais avoir besoin de votre aide pour coordonner jusqu'à l'arrivée des renforts.

L'homme hocha la tête.

— Tout ce que vous voudrez.

— Ok. Restez à l'écart de la ruelle, mais suivez les instructions de ces deux agents.

Après s'être assuré qu'ils avaient délimité avec du ruban à la fois l'entrée depuis leur position près des manèges et la sortie arrière de la ruelle qui menait aux zones de déchargement des boutiques, et après avoir organisé l'arrivée de renforts supplémentaires, il vérifia le signal de son téléphone puis cliqua sur un numéro de sa liste de contacts.

— Chef ?

La voix de l'enquêteuse Jan West résonna à travers un bruit de fond qui ressemblait à celui près de Mark.

— Où es-tu ?

— Les garçons sont aux auto-tamponneuses. J'ai entendu des sirènes.

— Tu peux venir à Market Place ? On a une agression mortelle au couteau.

— Bon sang.

Elle baissa le téléphone, et il reconnut la voix de Scott, son mari, en arrière-plan. Puis elle revint.

— J'arrive tout de suite.

Il raccrocha, puis entendit une voix familière.

— Papa !

La tête de Mark pivota brusquement en entendant l'appel d'Anna, pour voir ses deux filles à côté de Lucy, des expressions effrayées sur leurs jeunes visages.

Il suivit le regard d'Anna et prit conscience de ses mains ensanglantées, de sa veste et son pantalon tachés.

Ses épaules s'affaissèrent.

Il se précipita à travers la place vers elles en ignorant les regards choqués des passants, il fourra son téléphone dans sa poche et il essaya de trouver quoi leur dire.

— Quelqu'un est mort ? demanda Louise en s'avançant, le front plissé.

Mark hocha la tête. Ses filles n'étaient pas étrangères à ce qu'impliquait son travail, et il ne leur mentirait jamais.

— Oui. Un adolescent.

— C'était un accident ? demanda Anna, les yeux grands ouverts en levant son visage vers lui.

— Je ne crois pas.

Il tourna son regard vers Lucy, mais elle secoua la tête.

— Les filles peuvent dormir chez moi ce soir. J'ai plein de couvertures de rechange. Elles peuvent prendre mon lit, et je dormirai dans la cabine.

— Je suis désolé—

— Ce n'est rien, ne t'inquiète pas.

Elle força un sourire et passa un bras autour d'Anna.

— Ça vous va à toutes les deux ? On rentre chez moi et on laisse votre père faire son travail ?

Louise lui prit le bras et le serra.

— Ça va aller, Papa. Lucy a raison.

Sa gorge se serra face à la sincérité de sa voix, à la pensée du garçon mort dans la ruelle qui devait sûrement avoir le même âge qu'elle, et il lutta contre les larmes qui lui piquaient les yeux.

Elles étaient toutes les deux si jeunes.

Il ne savait pas ce qu'il ferait s'il les perdait.

Il embrassa sa fille aînée sur la joue et il serra Anna dans ses bras, puis il réussit à sourire quand Lucy lui pressa le bras.

— Je t'attendrai.

— Merci.

Il les regarda se faufiler entre les manèges, Hamish à leurs talons, jusqu'à ce qu'elles disparaissent de sa vue, puis il se retourna au bruit de pas qui se précipitaient vers lui.

Jan West semblait essoufflée, mais elle était là, et elle était prête si l'expression sur son visage signifiait quelque chose.

— Ça va ? demanda-t-elle en le rejoignant.

— C'est un gamin, Jan. Un adolescent.

# CHAPITRE 4

Une demi-heure plus tard, le café avait été fermé et la déposition de Clare Baxter recueillie.

Jan raccompagna la femme chez elle après s'être assurée qu'elle avait quelqu'un à qui parler en cas de besoin, avant de se tourner vers les policiers qui maintenaient le cordon s'étendant du coin de Bury Street jusqu'à l'arrière des manèges pour enfants.

Elle remonta la capuche de son manteau pour se protéger de la pluie persistante qui saturait l'air et elle tenta d'ignorer le flot de parents qui passaient en hâte, leurs enfants à la remorque, les adultes arborant des expressions effrayées alors que la nouvelle du meurtre du garçon se propageait, tandis que les enfants piquaient des crises en voyant leur soirée écourtée.

Elle se détourna et leva les yeux vers les lumières vacillantes et les enseignes au néon qui clignotaient au-dessus de sa tête, leurs couleurs joyeuses reflétées contre les bâtiments en contraste saisissant avec les gyrophares bleus des véhicules d'urgence qui encombraient l'entrée de High Street.

L'arôme de barbe à papa et de beignets flottait dans la brise qui pourchassait la pluie, une odeur écœurante qui lui retournait l'estomac.

Son téléphone sonna, et elle jeta un coup d'œil à l'écran. Un message de Scott pour lui dire qu'il était rentré avec les garçons et qu'il les emmènerait à l'école le lendemain matin.

Elle le remit dans sa poche, les pensées de ses propres enfants mêlées à la vision pitoyable des feux de recul du véhicule du médecin légiste au bout de la ruelle avant qu'il ne freine pour s'immobiliser près de la sortie.

Un groupe de journalistes se pressait à une extrémité du cordon, suffisamment loin de la ruelle pour éviter le risque que des photographies soient obtenues et partagées en ligne en quelques instants, et un opérateur de drone avait déjà été éconduit sans ménagement.

Pendant qu'elle continuait de faire le tour du périmètre de la place, l'équipe de la police scientifique commençait à ériger un écran au bout de la ruelle et une tente blanche fut manipulée pour leur offrir l'intimité nécessaire à leur travail.

De l'autre côté de la place, Turpin avait son téléphone portable à l'oreille, le visage grave tandis qu'il transmettait une mise à jour à l'inspecteur principal Ewan Kennedy, un doigt sur l'autre oreille pour tenter de bloquer le bruit environnant.

Un par un, les manèges de Market Place s'arrêtèrent alors que la place se remplissait d'agents en uniforme et d'agents de sécurité.

Ils avaient fait de leur mieux dans des circonstances difficiles, créant un entonnoir avec les barrières de sécurité en acier qui avaient été utilisées pour bloquer la circulation du centre-ville. Maintenant, le public devait passer à travers pour quitter la place afin que les noms et coordonnées puissent être recueillis avant de les laisser partir dans la nuit.

Les esprits s'échauffaient, la frustration montait à la surface chez certaines personnes jusqu'à ce qu'une réponse murmurée par l'un des agents laisse entendre que quelqu'un était mort. Leurs expressions passèrent de l'indignation à l'horreur puis à la contrition, tête baissée alors qu'ils s'éloignaient précipitamment.

La panique menaçait. Jan n'avait jamais eu affaire à autant de témoins potentiels, à tant de façons dont un tueur pouvait disparaître dans une foule ou quitter les lieux par des rues qui étaient sombres comparées à la ligne serpentine des manèges de fête foraine le long d'Ock Street.

Elle se ressaisit mentalement et poursuivit son circuit sur Market Place, notant l'emplacement des caméras de vidéosurveillance et des caméras privées, dressant une liste des commerces qui devraient être contactés le lendemain matin. À cette liste, elle ajouta le nom d'une banque dont le logo s'affichait au-dessus d'un distributeur automatique, dans l'espoir que quelque chose puisse être capté par cette caméra pour aider l'enquête qui allait suivre.

Ses collègues en uniforme parcourraient les itinéraires depuis la place et mèneraient un exercice similaire, mais elle voulait prendre de l'avance.

Une voix appela son nom, et elle se retourna pour voir Turpin qui s'approchait.

— Jasper a dégagé un chemin jusqu'à la scène de crime. Tu veux le parcourir avec moi ?

Elle le suivit jusqu'au cordon, puis passa sous la bande bleue et blanche après avoir griffonné sa signature sur un formulaire et rendu le bloc-notes à une jeune policière en civil avec des traces de maquillage de fête sur les joues.

Elle vit une lueur de reconnaissance dans les yeux de la femme.

— Vous étiez ici avec vos enfants, vous aussi ?

— Oui. Je les ai renvoyés à la maison avec ma mère dès que j'ai entendu la nouvelle. Je me suis dit que je pourrais aider.

Jan serra les dents tandis que le chef de la police scientifique lui tendait une combinaison et des surchaussures, puis elle suivit Turpin alors que Jasper écartait le panneau et conduisait les deux détectives vers le lieu du décès du garçon.

— Je n'avais pas beaucoup d'espoir pour lui, dit Turpin, la voix tremblante.

Il toussa, puis ajouta :

— Il y avait trop de sang. J'ai vérifié son pouls, puis j'ai tenté la réanimation cardio-pulmonaire avant l'arrivée de l'ambulance. Il n'avait aucune chance.

Jan déglutit.

À quelques mètres devant, l'équipe du médecin légiste fermait la housse mortuaire et hissait la victime sur un brancard. Ils l'emportèrent sans un regard en arrière.

Malgré la façon professionnelle dont les deux hommes s'affairaient à charger le brancard à l'arrière du fourgon au bout de la ruelle, elle savait qu'ils seraient touchés par le meurtre de l'adolescent.

Ils l'étaient tous, particulièrement quand la victime était si jeune.

— Vous avez trouvé l'arme utilisée pour le poignarder ?

Jasper secoua la tête.

— Rien pour l'instant. Nous avons étendu nos recherches jusqu'à la rue au-delà de la ruelle, cependant, il y a d'autres poubelles des commerces qui doivent être contrôlées pour commencer.

— Je vais dire un mot aux uniformes et demander une fouille des poubelles le long des rues qui partent du centre-ville également, dit Turpin. Ils pourront se coordonner avec ton équipe si quelque chose apparaît.

Jan laissa leurs voix la bercer tandis qu'elle observait la tache sombre sur le sol, maintenant éclairée par les puissants projecteurs que l'équipe de la police scientifique avait installés sur des trépieds pour faciliter leur travail.

— Tu penses qu'il avait quel âge ? demanda-t-elle.

— Treize ans, peut-être quatorze, répondit Turpin.

Jan expira tandis qu'elle parcourait des yeux les traces de sang qui s'étiraient vers l'arrière de la ruelle.

— Donc, il a été attaqué, et il n'a pas réussi à aller assez loin pour obtenir de l'aide.

— Ça en a tout l'air, confirma Jasper.

Il pointa du doigt l'endroit où travaillait une seconde équipe de techniciens.

— Il y a beaucoup de sang près des poubelles du café, ce qui indiquerait l'endroit où il a été poignardé, avec le sang résultant à la fois de la blessure et de l'arme utilisée. On a une traînée sur le mur juste là-bas, comme s'il s'était rendu jusque-là après avoir été poignardé et s'était arrêté pour reprendre son équilibre avant d'essayer de se diriger vers le fond de la ruelle.

— Sauf qu'il n'y est pas arrivé et qu'il est mort ici.

Turpin avait la tête baissée, les lèvres serrées en regardant le sol.

— Un moyen de l'identifier ?

— Pas de papiers d'identité, répondit Jasper.

Il tendit la main vers une collègue qui se tenait à

proximité avec une collection de petits sachets en plastique posés à ses pieds et il l'appela.

— Mais on a trouvé quelque chose qui pourrait vous intéresser. Gareth a trouvé ça dans sa poche.

Turpin fronça les sourcils lorsque la technicienne lui tendit le sachet contenant trois pilules jaunes au fond.

— Tu as déjà vu quelque chose comme ça ?

— Ça ne me dit rien. Et toi ?

Jan observa son collègue qui tournait le sachet dans ses mains puis l'inclina pour qu'il tombe sous l'éclat du projecteur.

— Non, répondit-il. C'est nouveau ?

— On va faire des tests quand on les aura au laboratoire. Mais ça pourrait prendre un certain temps, dit Jasper.

— Je sais.

Turpin soupira.

— Quoi d'autre ?

— On a mis sous scellés quelques tickets de caisse et un billet de bus pour analyse, qu'on a trouvés froissés dans sa poche, répondit Gareth.

— Et un téléphone portable ?

— Rien pour l'instant.

— D'accord, merci. Jasper, tu peux nous faire parvenir ton rapport dès que possible ? Tu nous préviendras si l'arme apparaît ?

Le chef de la police scientifique hocha la tête.

— Et je t'appellerai si on trouve autre chose qui pourrait vous aider.

— Merci.

Turpin fit demi-tour.

Jan resta immobile un instant, son regard parcourant les taches de sang qui maculaient le sol.

Qu'est-ce qui l'avait amené ici ?

Où était sa famille ?

Pourquoi quelqu'un aurait-il voulu le tuer ?

Turpin la poussa du coude et inclina le menton vers l'entrée de la ruelle.

— Allez, viens.

Elle hocha la tête, la gorge serrée.

— Oui, chef.

En le suivant vers Market Place, son cœur battait dans ses oreilles, aussi fort que le rythme qui résonnait encore depuis le système sonore de la fête foraine, et elle se demandait ce qui avait mal tourné dans la vie de ce jeune garçon pour qu'il finisse par mourir seul, ici.

Devant elle, Turpin fit signe à un sergent de police qu'elle reconnut comme étant un agent local, et il le mit au courant des découvertes de Jasper.

— On va se rendre au commissariat maintenant. Kennedy y est déjà en train d'installer une salle des opérations, donc on va l'aider avec ça et ensuite passer en revue tout ce qu'on sait jusqu'à présent, dit Turpin en regardant par-dessus l'épaule du sergent de police vers l'un des forains, puis il haussa la voix. Et est-ce que quelqu'un pourrait éteindre cette fichue musique ?

# CHAPITRE 5

L'odeur caractéristique de café brûlé et de transpiration rance frappa Jan en plein visage lorsqu'elle poussa la porte de la salle des opérations une demi-heure plus tard.

Ni elle ni Turpin n'avaient pris leur voiture pour se rendre à la fête foraine, préférant marcher plutôt que de se battre pour une place de parking puisqu'ils habitaient tous deux près du centre-ville. Le temps qu'ils se frayent un chemin à travers la foule en train de quitter Ock Street via les cordons de sécurité, tout en refusant de commenter auprès des badauds les plus curieux ce qui s'était passé, elle était impatiente de rejoindre son bureau et de commencer ce qui serait une longue nuit.

Les bureaux avaient été repoussés pour dégager l'avant de la pièce afin de faire place à un tableau blanc immaculé qui deviendrait le centre d'attention de chaque réunion jusqu'à ce que cette nouvelle affaire de meurtre soit résolue, et une énergie frénétique flottait dans l'air.

Un bourdonnement sourd emplissait la salle des opérations, mélange de voix affairées, de téléphones qui sonnaient et d'ordinateurs en pleine activité. Il n'y avait qu'une équipe réduite vu le court préavis, mais partout où elle regardait, c'était l'effervescence.

En parcourant du regard les officiers présents, elle remarqua que d'autres portaient les traces de leur passage à la foire.

Un gros ours en peluche était posé à côté du sergent Tom Wilcox, tandis que l'officier était penché sur son écran d'ordinateur, la lueur pâle de l'écran éclairant son visage pendant qu'il travaillait.

Les restes d'emballages de nourriture, des ballons à l'hélium couverts de paillettes et d'autres souvenirs éparpillés entre les bureaux paraissaient trop joyeux, trop colorés pour une atmosphère aussi sombre.

Elle consulta sa montre – vingt-trois heures trente, plus d'une heure s'était écoulée depuis que Turpin l'avait appelée pour lui annoncer le meurtre du garçon.

La porte du bureau de l'inspecteur principal Kennedy était fermée, mais elle pouvait l'apercevoir à travers les stores de la fenêtre. Téléphone à l'oreille, tête baissée, il passait une main dans ses cheveux fins tout en écoutant son interlocuteur.

— Tiens.

Elle parvint à sourire lorsqu'on lui tendit une tasse de café.

— Merci, chef. Je vais me connecter à mon ordinateur, puis discuter avec Tom pour voir où il en est dans la création du nouveau dossier dans la base HOLMES2 afin qu'on puisse mettre nos notes à jour avant la réunion de demain matin.

— Ok, parfait. Dès que Kennedy raccroche, il veut me voir. Après ça, je te donnerai un coup de main.

Jan acquiesça, posa le café à côté de son clavier et se connecta.

Tandis que son ordinateur s'allumait en ronronnant, son regard se posa sur la photo encadrée à côté de son téléphone, où ses jumeaux souriaient à l'objectif. Scott avait pris ce cliché durant leurs deux semaines de vacances dans le Devon un été.

Sa gorge se serra et des larmes piquèrent les coins de ses yeux. Elle renifla, les essuya avec la manche de son sweat-shirt, et redressa les épaules.

L'équipe allait travailler sans relâche pour découvrir qui était responsable du meurtre du garçon, et elle se promit d'être présente quand une arrestation serait effectuée.

Elle était en train de traiter une série de courriels qui nécessitaient délégation et action de la part d'autres personnes quand la porte du bureau de Kennedy s'ouvrit brusquement et qu'il scruta la pièce.

— Bien, vous êtes tous les deux là.

Il fit signe à Turpin.

— Discutons un moment. Jan, vous voulez bien vous joindre à nous ?

— Oui, chef.

Elle attrapa son carnet et un stylo bille neuf sur son bureau, puis elle slaloma à travers une forêt de chaises vers l'inspecteur principal, hochant la tête vers Turpin qui se tenait au seuil du bureau pour la laisser entrer en premier.

— Fermez la porte, Mark. Asseyez-vous tous les deux.

Kennedy désigna les deux chaises pour visiteurs face à son bureau, et il s'installa dans la sienne en joignant les mains.

— Bon, d'abord, comment avancent les choses sur la scène de crime ?

— Les agents en uniforme travaillent avec les agents de sécurité employés par la mairie pour recueillir autant de noms et d'adresses que possible des personnes qui sont encore en train de quitter la foire, répondit Turpin. Une équipe d'ambulanciers a confirmé le décès, et le médecin légiste a pris la relève. Jasper a deux équipes qui travaillent sur la scène de crime, depuis l'entrée de la ruelle côté Market Place jusqu'à la sortie derrière les boutiques et vers Broad Street, avec des agents en uniforme qui coordonnent à partir de là. J'ai également parlé avec le responsable de la foire et un représentant de la mairie, chef. Ils doivent commencer à démonter les manèges à partir de minuit pour rouvrir toutes les voies à travers la ville avant l'heure de pointe demain matin.

Kennedy se pencha en arrière et se frotta le menton, une ombre parsemant sa mâchoire.

— Et j'ai le sentiment qu'ils protesteront si nous disons le contraire.

— Le garçon a été assassiné loin des manèges sur Ock Street, dit Turpin, et nous avons les coordonnées de tout le personnel de la foire. Je pense que dans ces circonstances, nous pouvons les laisser faire. Les dépositions sont en train d'être recueillies par les agents en uniforme en ce moment, et cela continuera toute la nuit pendant que les manèges seront démontés. Si quelqu'un entend quelque chose de suspect, nous pourrons alors décider de retenir cette personne pour un interrogatoire plus approfondi.

— Je suis d'accord, mais assurez-vous que personne ne parte sans avoir fait une déposition, dit Kennedy. Où est-ce que nous en sommes avec les caméras de vidéosurveillance ?

— J'ai fait le tour du périmètre de Market Place et j'ai une liste des positions des caméras privées et municipales, répondit Jan. Il y a aussi un distributeur de billets qui devrait avoir une caméra dont nous pouvons demander les images.

Des agents en uniforme ont fait une inspection des autres rues vers la place et nous allons faire les demandes officielles à la mairie demain matin à la première heure.

— Bien. J'ai parlé au commissaire, il va nous obtenir un soutien administratif supplémentaire à partir de demain après-midi, et j'ai aussi demandé à Caroline et Alex de venir demain. Ils n'étaient pas de service avant jeudi, mais...

Kennedy haussa les épaules.

C'était comme ça.

Jan savait que ses deux collègues réorganiseraient leurs projets pour leur temps libre sans se plaindre.

L'inspecteur principal tambourina des doigts sur le bureau, puis il jeta un coup d'œil à sa montre.

— Très bien, je pense que c'est suffisant pour ce soir. Je vais renvoyer tout le monde chez soi dès qu'ils auront terminé là-bas. Ça ne sert à rien d'avoir une salle pleine d'officiers fatigués alors que nous devons avancer dès demain matin. Demain à la première heure, vous pourriez vous rendre tous les deux chez la femme qui a trouvé le garçon ? Clare Baxter, c'est bien ça ? Et vous pourrez examiner sa déposition avant de venir ici ? Voyez si elle se souvient de quelque chose d'autre qui pourrait nous aider.

— Ce sera fait, chef, répondit Turpin en repoussant sa chaise avant de s'étirer. Des nouvelles de quand Gillian pourrait caser l'autopsie cette semaine ?

— Je l'ai appelée avant votre retour. Elle l'a programmée pour vendredi matin, mais elle a dit qu'elle l'avancerait si sa charge de travail le permet.

Kennedy leva les mains.

— Il y a une affaire au tribunal demain, donc ça prend la priorité, j'en ai peur.

— À demain matin, chef, dit Jan.

Elle suivit Turpin pour sortir de la pièce et elle s'arrêta à son bureau tandis qu'il rangeait son téléphone portable dans sa poche.

— Tu veux que je passe te prendre demain matin ?

— Ce serait bien, merci.

Il enfila son manteau.

— Tu peux venir vers huit heures ? Je dois aller chercher les filles chez Lucy, et il leur faudra probablement deux bonnes heures pour se calmer une fois que je les aurai ramenées à la maison ce soir.

— Pas de problème.

Elle éteignit son ordinateur et mit son sac à l'épaule, avant d'appeler une compagnie de taxi locale et de suivre Turpin vers la sortie.

Elle avait hâte de rentrer chez elle et de voir ses deux garçons en sécurité dans leurs lits.

À l'abri d'un tueur qui avait poignardé un enfant et l'avait laissé mourir seul.

# CHAPITRE 6

Mark accompagna Jan jusqu'à un taxi devant le commissariat, puis il releva son col et enfonça ses mains dans ses poches avant de se diriger vers la rivière.

La pluie fine avait cessé, laissant des flaques marbrées d'huile dans les caniveaux et une atmosphère qui devenait plus oppressante à mesure qu'il s'approchait de la fête foraine désertée.

Il salua d'un signe de tête deux agents en uniforme qui marchaient vers lui, le visage sombre et les épaules affaissées.

— Merci pour votre aide ce soir, dit-il lorsqu'ils s'approchèrent.

— Chef, répondit le plus petit des deux.

Aucune autre conversation n'était nécessaire ; ils portaient tous le fardeau de la mort du garçon.

Tandis que leurs pas s'éloignaient derrière lui, il accéléra le rythme.

La grande roue à gravité à côté des manèges se dressait silencieuse. Deux forains se tenaient à sa base tandis que quatre autres grimpaient autour de la structure métallique et commençaient le minutieux travail de démontage de manière à pouvoir la remonter aussi rapidement que possible, sans compromettre la sécurité, sur son nouvel emplacement.

Les deux hommes s'arrêtèrent et dévisagèrent Mark lorsqu'il passa, leurs visages assombris par des bonnets en laine tirés bas sur leurs têtes. Un filet de fumée s'échappa des lèvres de l'un des hommes avant qu'il ne se détourne avec une moue méprisante pour reporter son attention sur ses collègues qui travaillaient plus haut.

Il se demanda combien d'argent les exploitants des manèges avaient perdu cette nuit-là, puis il chassa cette pensée d'un battement de paupières. L'argent était insignifiant compte tenu des circonstances, et il ne doutait pas que les assureurs de la fête foraine recevraient un appel téléphonique le lendemain matin.

Mark présenta sa carte professionnelle à l'agent de sécurité qui surveillait les dernières barrières de contrôle bloquant l'accès à la rue, et il contourna la barrière métallique pour entrer dans Ock Street.

Les agents de nettoyage travaillaient, la tête baissée contre un vent qui contrariait leurs efforts alors qu'ils arrosaient les trottoirs et balayaient les détritus des crevasses et des marches des magasins. Dans quelques heures, la route serait ouverte pour le trafic des heures de pointe matinales et aucun signe des activités de la nuit passée ne subsisterait.

Cette longue artère d'un kilomètre et demi lui donna amplement le temps de réfléchir aux événements de la soirée.

S'il avait été plus attentif, s'il avait été plus près de la ruelle, s'il avait...

*Stop.*

Évitant une flaque de vomi que les agents de nettoyage

n'avaient pas encore atteinte, il plissa le nez devant l'odeur persistante puis il tourna au coin de Bridge Street.

Une brise fraîche et bienvenue le frappa tandis qu'il passait devant les boutiques et les restaurants fermés de plats à emporter. Un gros rat s'enfuit à son approche du pont, un morceau serré entre ses mâchoires.

Il s'arrêta en atteignant l'arche du pont et appuya ses avant-bras sur la pierre.

En amont, une courte file de bateaux était amarrée au loin. Suffisamment éloignés du bruit de la circulation, suffisamment éloignés pour que leurs propriétaires puissent s'isoler du monde extérieur s'ils le souhaitaient.

Il repartit avec une énergie renouvelée dans sa démarche, il passa par une ouverture à côté d'une barrière métallique à cinq barreaux, alluma l'application lampe torche de son téléphone et marcha d'un pas vif vers une péniche vert foncé située au bout de la rangée d'embarcations.

Une chaude lueur brillait derrière les rideaux fermés, et lorsqu'il monta sur le plat-bord, une lumière s'alluma au-dessus de la porte de la cabine.

La porte s'ouvrit avant qu'il ne puisse frapper, et Lucy posa un doigt sur ses lèvres.

— Elles dorment profondément depuis une demi-heure, dit-elle à voix basse. Elles voulaient rester éveillées pour t'attendre, mais je crois que l'épuisement les a gagnées après le dîner et une boisson chaude.

Mark l'entoura de ses bras et ferma les yeux.

Après un moment, elle se dégagea et leva son regard vers lui.

— Ça va ?

— Ça va aller.

Il baissa les yeux alors que Hamish bondissait vers lui et reniflait ses chaussures.

— Je vais appeler un taxi, ce n'est pas juste pour les filles de rentrer à pied à cette heure.

Lucy lui serra la main.

— Laisse-les ici. Hamish aussi. J'imagine que tu vas devoir partir tôt demain matin, n'est-ce pas ?

Il se détourna d'elle, remarqua le livre de poche abandonné sur une couverture jetée sur l'un des sièges de la cabine, et il fronça les sourcils.

— Ne t'inquiète pas pour moi, dit Lucy. Ça me suffit. C'est là que je dors habituellement quand des amis passent la nuit.

— Je me sens coupable de m'imposer comme ça.

— Mais non. Les filles sont adorables.

Elle sourit.

— Même si je ne dirai peut-être pas ça demain soir si elles continuent à me mettre une raclée au Monopoly.

Mark sourit et une partie de la tension quitta son corps à ces mots.

Elle avait raison, bien sûr. Il serait de retour dans la salle des opérations dès l'aube, et probablement pour longtemps.

— Elles ne retournent pas à l'école cette semaine, n'est-ce pas ? poursuivit Lucy. Pas avec Debbie absente et les vacances qui commencent la semaine prochaine.

— Elles ont encore des devoirs à rendre. Elles s'en sortaient si bien, Debbie me tuera si elles prennent du retard à ce stade du trimestre.

— Laisse-les ici, Mark. Je vais les occuper. On va très bien s'en sortir.

— Ok. Merci.

Il baissa les yeux vers le petit chien.

— Hamish peut rester ici aussi, ne t'inquiète pas.

Mark sortit ses clés de sa poche et en détacha une du porte-clés fantaisie que Louise lui avait offert pour la fête des pères l'année précédente. Il eut un sourire timide en la lui tendant.

— Juste au cas où ce serait trop serré ici pour vous tous. Je passerai demain matin avec des vêtements de rechange pour elles, mais si j'ai oublié quelque chose, elles pourront au moins aller le chercher.

— Comment est-ce que tu vas entrer chez toi ?

— Il y a une clé de secours cachée près de la porte arrière.

Lucy lui prit la clé des doigts.

— Tu peux apporter les gamelles de Hamish et de la nourriture pour lui aussi ? Comme il vit chez toi, je n'ai pas fait de stock de croquettes pour lui.

— Bien sûr.

Il tendit la main et inclina son visage vers le sien pour l'embrasser.

— Merci encore. Je ne sais pas ce que je ferais sans toi.

— Je sais.

Elle lui fit un clin d'œil, puis le poussa doucement.

— Maintenant, rentre chez toi et dors un peu. Je pense que tu vas en avoir besoin.

# CHAPITRE 7

Mark se réveilla dans une chambre fraîche dix minutes avant que l'alarme ne doive sonner et il tendit la main vers la lampe de chevet.

Il se pencha au-dessus de la table de nuit pour attraper le verre d'eau qu'il y avait posé aux premières heures du matin et il en but la moitié en trois gorgées avant de vérifier l'heure à nouveau, puis il désactiva l'alarme de son téléphone.

Sept heures. Six heures s'étaient écoulées depuis qu'il avait quitté le bateau de Lucy.

La marche lui avait au moins permis de réfléchir aux événements de la nuit, même si cela ne lui avait apporté aucune réponse.

Une nouvelle notification attira son attention, et il l'ouvrit pour découvrir une réponse de Jan au message qu'il avait envoyé avant de se glisser dans son lit.

Elle passerait le prendre dans une heure.

Il frotta ses paupières qui irritaient sa vision sans pour autant effacer son manque de sommeil, puis il repoussa les couvertures avec un mélange d'appréhension et de mauvais pressentiment.

Une douche chaude ne fit rien pour améliorer son humeur – quand une enquête pour meurtre tourne autour de la mort d'un enfant, cela donne une dynamique différente à l'investigation, surtout lorsque beaucoup des officiers qui travaillent avec lui et Jan ont eux-mêmes des familles.

Ses pensées se tournèrent vers ses propres filles, une culpabilité le saisissant à l'idée qu'il n'avait eu d'autre choix que d'accepter l'offre de Lucy de s'occuper d'Anna et Louise pour la nuit au lieu de passer ce temps avec elles.

La maison semblait vide sans les filles et Hamish. Depuis leur arrivée samedi, elle avait été remplie des bruits d'un joyeux chaos.

Maintenant, elle semblait abandonnée.

Quinze minutes plus tard, il fermait la porte d'entrée quand une voiture compacte argentée s'engagea dans l'impasse et s'arrêta brusquement au bout de l'allée du jardin.

Jan descendit et appuya ses bras sur le toit tandis qu'il approchait.

— Bonjour, chef.

— Merci de passer me prendre.

Il montra les sacs.

— Ça t'embête si on s'arrête d'abord au bateau de Lucy ? Les filles restent avec elle aujourd'hui.

— Pas de problème.

Après avoir posé les sacs sur la banquette arrière, Mark ouvrit la portière du côté passager, passa sa ceinture de sécurité sur sa poitrine et retint un bâillement tandis que Jan tournait la clé dans le contact.

— Ne fais pas ça, dit-elle. Tu vas me contaminer.

— À quelle heure tu t'es endormie hier soir ?

— Je ne m'en souviens pas. Je n'ai pas bien dormi, ça c'est sûr.

———

Vingt minutes plus tard, il laissa Jan l'attendre sur le parking municipal et il traversa rapidement la prairie jusqu'au bateau de Lucy.

Un filet de fumée s'échappait de la cheminée sur le toit, preuve qu'elle utilisait pleinement le poêle à bois de la cabine en cette période de l'année, et elle ouvrit la porte au moment où il montait à bord.

— Bonjour.

— Bonjour, dit-il en lui tendant les sacs. Désolé de débarquer si tôt. On doit aller interroger un témoin potentiel. Tout le monde a bien dormi ?

— Comme des souches. Elles sont encore au lit. Je m'apprêtais à préparer du bacon et des œufs, ça devrait les tirer du lit.

— Tu es un ange. Merci.

— Pas de problème. Je pensais emmener Hamish se promener plus tard, il n'a pas été sur le chemin de halage depuis un moment, et je connais un endroit près de Nuneham Courtenay où on pourra s'arrêter pour manger un morceau si le temps le permet.

Ses épaules se détendirent un peu.

— L'air frais les épuisera.

— C'est ce que je me suis dit.

Mark aperçut l'horloge sur le mur de la cuisine.

— Écoute, je dois y aller. Je prendrai du fish and chips pour nous tous en rentrant du travail. Ça te va de me retrouver chez moi plus tard ?

— Parfait. J'apporterai du vin.

Quand il atteignit la voiture, les ourlets de son pantalon de costume étaient mouillés et il ajusta les commandes de température dans la voiture jusqu'à ce qu'un souffle d'air chaud effleure ses chaussures.

Il soupira.

— Bien, allons voir si Clare Baxter peut se souvenir d'autres choses de la nuit dernière qui pourraient nous aider.

Jan se pencha vers le plancher, fouilla dans son sac et lui tendit un paquet en aluminium chaud au toucher.

— Mange ça pendant que je conduis. Je parie que tu n'as pas pris de petit-déjeuner, et le café ambulant là-bas faisait une offre deux pour le prix d'un.

CHAPITRE 8

Clare Baxter habitait une maison mitoyenne à quelques minutes au nord de Gozzard's Ford, un minuscule hameau qui bordait le terrain d'aviation au nord de la ville.

Selon la déclaration recueillie par les agents en uniforme la veille, Clare travaillait au café depuis deux ans, depuis que son plus jeune enfant avait commencé l'école maternelle. Son mari travaillait comme chauffeur routier longue distance et les jours où il était à la maison, elle prenait des heures supplémentaires pour augmenter leurs économies.

Mark ferma l'email sur son téléphone et sortit de la voiture, suivant Jan qui poussait une barrière en bois encastrée dans une haie basse.

Divers jouets d'enfants étaient éparpillés sur la petite pelouse avant : un ballon de football ramolli par l'usage, une balançoire simple rouillée sur les bords et un trampoline qui occupait la majeure partie de l'espace.

Jan frappa et un homme costaud d'une trentaine d'années ouvrit la porte d'entrée. Il se présenta comme Tim et tendit une énorme main après avoir vu sa carte professionnelle.

— Merci de venir ici plutôt que de l'obliger à se rendre au commissariat, dit-il. Elle était dans un sacré état quand elle est rentrée hier soir.

Il les conduisit vers une minuscule cuisine à l'arrière de la maison où ils trouvèrent Clare en train de préparer des déjeuners dans deux sacs à dos, et son jeune fils et sa fille assis à une table dans le coin.

Elle adressa à Mark et Jan un sourire pâle.

— Ça vous dérange si nous emmenons d'abord ces deux-là à l'école ?

— Pas du tout, répondit Mark.

Il se tourna vers les enfants.

— Comment ça se passe à l'école ? Vous avez hâte d'être en vacances la semaine prochaine ?

Le garçon baissa son regard vers le carrelage et balança ses pieds, le visage rougissant, mais sa sœur aînée hocha la tête avec conviction.

— On va rendre visite à Mamie, dit-elle d'une voix claire.

— Oh, super ! Elle habite où ?

La fille fronça les sourcils un moment avant de répondre.

— Là où habite Robin des Bois.

Mark sourit.

— Nottingham.

Il reçut un hochement de tête en réponse.

— Nous avons pensé que ce serait bien de s'éloigner un peu, dit Tim. Après la nuit dernière, je veux juste emmener Clare ailleurs. Ces deux-là commencent les vacances vendredi, donc côté timing—

— Ce n'est pas un problème ? demanda sa femme en fronçant les sourcils. Je veux dire, est-ce que j'ai le droit ?

— Donnez-nous simplement un numéro de téléphone et une adresse au cas où nous aurions besoin de clarifier quelque chose après notre conversation de ce matin, dit Mark, mais ça ne devrait pas poser de problème.

— Merci, dit Tim. Ok, vous deux. Les sacs sont prêts. Faites un bisou à votre maman.

Alors que sa famille quittait la cuisine, le visage de Clare devint mélancolique et elle croisa les bras autour de sa taille.

— Vous voulez vous asseoir ? proposa Jan en sortant son carnet.

La femme leur indiqua de prendre les chaises où les enfants étaient assis quelques instants plus tôt, puis elle en tira une troisième de sous la table et s'y effondra, son visage pâlissant de minute en minute.

— J'essaie constamment de faire semblant que tout va bien pour leur bien, dit-elle. Nous ne leur avons rien dit, mais ils sentent que quelque chose ne va pas ce matin.

— Les enfants sont incroyablement perspicaces, madame Baxter, dit Mark. Mais ils semblent contents d'aller à l'école.

Des voix résonnèrent dans le couloir, puis la porte d'entrée claqua et un silence tomba sur la maison. L'horloge au-dessus du micro-ondes égrenait les secondes, puis la femme secoua la tête comme pour éclaircir ses pensées.

— S'il vous plaît, appelez-moi Clare.

Elle avança sa chaise et joignit ses mains sur la table.

— Qu'est-ce que vous voulez savoir ?

— Est-ce que vous pouvez me dire ce qui s'est passé hier soir ? demanda Mark. Pourquoi avez-vous travaillé tard ?

— Tim avait un trajet aller-retour jusqu'à Aberdeen qui a été annulé. Nous avons besoin d'argent, il n'a plus autant de travail ces temps-ci, et Angie qui possède le café n'avait pas pris un jour de congé depuis plus d'une semaine, alors je l'ai appelée pour lui proposer mon aide.

Clare passa ses doigts dans la délicate chaîne en argent autour de son cou.

— Je suis arrivée à quinze heures. Angie avait décidé de laisser le café ouvert tard hier soir pour essayer de gagner un peu plus d'argent avec la fête foraine et tout ça.

— À partir de quelle heure est-ce que vous étiez seule ?

— Elle est partie à dix-neuf heures. Ce n'était pas vraiment bondé, pour être honnête, peut-être une ou deux personnes à la fois, alors je lui ai dit de rentrer et que je fermerais. Je n'ai pas de clé, mais je dois revenir plus tard aujourd'hui, alors elle m'a donné son double et elle est rentrée chez elle.

— Quelle heure était-il quand vous êtes sortie dans la ruelle ?

— Juste après vingt-deux heures. Le café était calme depuis vingt et une heures, alors j'avais passé le temps à nettoyer le sol et à tout préparer pour le matin.

Sa main lâcha la chaîne.

— J'ai décidé de sortir les poubelles en dernier.

Mark resta silencieux, observant le visage de Clare tandis que ses yeux se baissaient vers la table et qu'elle se mordait la lèvre.

— Je ne l'ai pas vu au début, reprit-elle. Je suppose que j'étais simplement concentrée à mettre les ordures dans les poubelles pour ensuite rentrer chez moi. Ce n'est qu'après avoir jeté les sacs et refermé le couvercle que je l'ai repéré. Je me suis retournée et il était juste... là. Affalé contre le mur.

Elle recula sa chaise et se dirigea vers le plan de travail pour tirer des feuilles d'un rouleau d'essuie-tout et s'essuyer les yeux. Elle froissa l'essuie-tout dans sa main, puis elle se retourna et renifla.

— Désolée. Je n'arrête pas de revoir son visage dans mon esprit.

Clare cligna des yeux et s'appuya contre le plan de travail.

— J'ai mis quelques secondes à réaliser ce qui se passait. Je veux dire, on entend parler de ce genre de choses à Oxford et dans les grandes villes, n'est-ce pas ? Pas ici. Il y avait du sang partout, étalé contre le mur et sur tout le sol sous lui. Quand j'ai vu qu'il ne bougeait pas, j'ai paniqué. Je ne savais pas quoi faire. Je savais que je devais chercher de l'aide.

Mark lui laissa quelques instants pour se ressaisir, puis il se pencha en avant.

— Est-ce que vous l'aviez déjà vu auparavant ?

Elle secoua la tête.

— Non.

— Ni au café, ni peut-être à l'école de vos enfants ?

— Non, je pense que je m'en souviendrais. Je... je n'arrive pas à effacer son visage de mon esprit.

CHAPITRE 9

Une ambiance sombre accueillit Jan alors qu'elle poussait la porte de la salle des opérations et traversait la pièce pour rejoindre son bureau.

Le brouhaha de voix qui accompagnait habituellement le travail quotidien de la police dans la ville et les villages environnants avait disparu, tandis que des visages graves scrutaient les écrans d'ordinateur.

Le personnel administratif faisait des allers-retours entre les deux imprimantes installées contre un mur face au tableau blanc, distribuant tâches et rapports au fur et à mesure que de nouvelles informations devenaient disponibles et que les enquêteurs recevaient leurs missions via le système HOLMES2.

Une pile de papiers vacillait sur une table au milieu de la pièce, et Jan réalisa en passant qu'il s'agissait des dépositions officielles recueillies auprès des personnes présentes à la fête foraine la veille au soir.

Des agents en uniforme seraient chargés de contacter ceux qui avaient fourni des informations pour obtenir leurs signatures et officialiser la procédure, puis ce serait au reste de l'équipe d'enquête de relire les résultats et d'essayer de trouver des réponses.

Elle alluma son ordinateur, parcourut la multitude de messages vocaux laissés sur son téléphone de bureau pendant son absence, et elle avait commencé à déléguer certains de ses courriels à ses collègues lorsqu'elle sentit une présence à son coude.

— Comment ça s'est passé ce matin ?

L'enquêteur Alex McClellan rentrait sa chemise blanche froissée dans son pantalon, le visage avide. Il était le membre le plus junior de l'équipe d'enquêteurs du commissariat d'Abingdon, et Jan passait beaucoup de temps à se demander si elle devait le materner ou l'étrangler.

Pas aujourd'hui.

Pas avec un enfant mort à la morgue d'Oxford.

— Clare Baxter a confirmé qu'il ne bougeait plus quand elle l'a trouvé, dit-elle. Il avait déjà perdu trop de sang à ce moment-là.

Les épaules d'Alex s'affaissèrent.

— Je n'ai jamais travaillé sur une affaire de meurtre impliquant un enfant. Est-ce que je vais devoir assister à l'autopsie ?

— Si on te l'assigne, oui.

Elle repoussa sa souris d'ordinateur et fit pivoter sa chaise pour lui faire face.

— Comment s'est passé le briefing ?

— Il n'a pas eu lieu. Kennedy a été convoqué à une réunion avec le commissaire à la première heure, donc il prévoyait de le faire à ton retour. Je pense—

Il s'interrompit lorsque la porte s'ouvrit brusquement et

que l'inspecteur principal entra dans la pièce à grandes enjambées.

Kennedy tira sur sa cravate en approchant du bureau de Turpin, fit un signe de tête à Jan et Alex, et éleva la voix.

— Dans cinq minutes, tout le monde devant, dit-il. Maintenant que le commissaire est satisfait de ses prévisions budgétaires pour l'année prochaine, il demande des mises à jour sur cette enquête, alors tâchons d'avoir quelque chose à rapporter d'ici la fin de la journée.

Ses paroles furent accueillies par un murmure de grognements de la part du personnel administratif et des agents en uniforme, qu'il ignora. Au lieu de cela, il enroula sa cravate et la mit dans la poche de sa veste.

— À voir votre expression, Mark, je suppose que notre témoin n'a pas fourni d'informations supplémentaires sur ce qui s'est passé hier soir ?

— Non, chef, désolé.

La voix de Turpin reflétait la frustration visible dans ses yeux.

— La victime était déjà morte quand Clare Baxter l'a trouvée.

— Merde.

Kennedy soupira et désigna le tableau blanc d'un mouvement du menton.

— Bon, c'est comme ça. Commençons ce briefing et voyons ce dont nous disposons jusqu'à présent. Jasper a envoyé les photos d'hier soir par email. Caroline, vous pouvez vous assurer que celles dont nous avons parlé tout à l'heure soient affichées pour que je puisse m'y référer ?

L'enquêteuse Caroline Roberts glissa une mèche de cheveux blonds derrière son oreille tout en griffonnant une note.

— Je m'en occupe, chef.

Jan regarda sa grande collègue s'éloigner précipitamment, puis elle se tourna vers Turpin.

— Si tu dois partir à une heure raisonnable ce soir pour aller chercher les filles, ça ne me dérange pas de rester. Scott va récupérer les garçons à l'école comme d'habitude et ensuite ils partent voir un match de foot à Oxford pour se changer les idées. Avec un peu de chance, ça leur fera oublier la soirée d'hier.

Turpin attrapa un stylo bille dans le pot à crayons entre leurs bureaux et il ouvrit une page vierge de son carnet avant de la suivre vers l'endroit où leurs collègues commençaient à se rassembler.

— Ils t'ont posé des questions ce matin ?

Elle jeta un coup d'œil par-dessus son épaule et lui adressa un sourire contrit.

— Seulement si la fête foraine était de retour ce soir pour qu'ils puissent refaire un tour d'auto-tamponneuses.

Elle le remercia d'un signe de tête lorsqu'il lui indiqua la dernière place disponible à l'avant du groupe, et il resta debout à côté d'Alex tandis que Kennedy organisait ses notes et présentait un aperçu du décès du garçon pour les membres du personnel qui venaient de rejoindre l'équipe d'enquête.

— Bien, mettons-nous au travail pour découvrir ce que nous pouvons sur notre victime, dit-il.

Il s'écarta et désigna une photographie que Caroline avait épinglée au centre du tableau blanc.

Le garçon mort.

Jan déglutit et entendit l'un des membres du personnel administratif renifler à l'arrière du groupe.

Le personnel de la morgue avait nettoyé le sang qui recouvrait les traits du garçon. Les yeux clos, la bouche relâchée, dans la mort, le garçon aurait pu paraître simplement endormi.

Un mouvement de l'autre côté de la pièce attira son attention, et elle regarda juste à temps pour voir Turpin chanceler, le visage pâle.

Elle fronça les sourcils lorsqu'il croisa son regard, mais il secoua la tête, puis croisa les bras sur son torse et reporta son attention sur Kennedy tandis que l'inspecteur principal recommençait à parler.

— Merci à ceux d'entre vous qui ont travaillé jusqu'aux premières heures du matin pour aider l'équipe de Jasper à examiner la scène de crime et les rues environnantes, dit-il. À ce jour, aucune arme n'a été retrouvée, mais comme vous pouvez le voir sur cette carte, il y a de nombreuses voies de fuite qui partent du centre-ville. Je veux qu'une équipe de recherche sous-marine soit chargée d'explorer le secteur entre le quai de la rue St Helen et les jardins de l'abbaye comme point de départ, au cas où notre tueur aurait décidé de la jeter dans la rivière. Caroline, vous pouvez coordonner cela et nous tenir informés ?

L'enquêteuse hocha la tête et se pencha sur son carnet.

— Ensuite, dit Kennedy. Aucune pièce d'identité n'a été trouvée sur notre victime, mais certains objets ont été découverts qui vont nécessiter un suivi. Tom, vous pouvez nous faire un point là-dessus, s'il vous plaît ?

— Le billet de bus a été acheté à la gare de Didcot Parkway hier matin à cinq heures quarante-cinq, répondit le sergent de police. Il semble qu'il ait payé en espèces pour une bouteille d'eau à la gare, puis pour une boisson énergisante à Abingdon dans l'après-midi.

— Merci. Bien, Alex, vous pouvez commencer à rassembler les images de vidéosurveillance et de caméras de sécurité privées de la gare et de ces magasins afin qu'on puisse retracer les déplacements de notre victime avant sa mort ? Parlez aussi à la compagnie de bus.

— Oui, chef.

— Et je vais avoir besoin que vous accompagniez Jan à l'autopsie quand nous aurons une date et une heure.

— Ok.

Jan entendait la réticence dans la voix du jeune détective et elle croisa le regard de Kennedy avant de lui faire un léger signe de tête. L'inspecteur principal avait tendance à repérer les faiblesses de son équipe et à faire de son mieux pour les atténuer. Cela pouvait sembler cruel, mais c'était efficace.

— Une dernière chose que je dois mentionner, chef, dit Tom en tapotant une troisième photographie. Trois pilules jaunes ont été trouvées coincées dans la couture de la poche du jean du garçon. Deux autres ont été trouvées sur la route derrière les magasins de Stert Street, près d'une zone de chargement.

— Un échange de drogue qui a mal tourné alors ? s'exclama un agent de police. Quelqu'un lui a piqué son stock ?

— C'est possible, répondit Kennedy. Donc nous devons découvrir s'il était l'acheteur ou le vendeur. Est-ce que quelqu'un reconnaît le logo sur un côté des pilules ? C'est un trèfle radioactif.

Un murmure de réponses négatives emplit l'air.

— Très bien, et la couleur ? Est-ce que c'est significatif ?

— Même couleur que les maillots de l'équipe de foot d'Oxford, dit une assistante administrative, qui rougit ensuite.

— Bonne remarque.

Kennedy nota un commentaire à côté de la photographie et reboucha son stylo.

— À l'heure actuelle, tout peut être pertinent, donc je ne veux pas que quelqu'un garde ses idées pour lui.

— Si c'est un nouveau type de drogue que nous n'avons pas vu auparavant, est-ce qu'on devrait envisager un nouveau fournisseur dans la région ? demanda Jan.

— La dernière chose dont nous avons besoin, c'est une guerre de territoire, dit Kennedy. Est-ce que Jasper a donné une indication sur le moment où les résultats des tests pourraient être disponibles pour que nous puissions savoir ce qu'il y a dans ces pilules ?

— Il pense que ce sera au moins la semaine prochaine, dit Caroline. Ils envoient les échantillons à un sous-traitant indépendant qui a déjà du travail en attente.

Plus de grognements.

— Faites un suivi avec Jasper vendredi après-midi pour voir si le calendrier s'éclaircit, dit l'inspecteur principal.

Il fit ensuite un geste vers Tracy de l'autre côté de la pièce.

— Vous pouvez mettre à jour le système avec ces informations également ?

— Je m'en occupe, chef.

Kennedy jeta un coup d'œil à sa montre.

— Très bien, ça suffit pour l'instant. Sauf s'il y a une avancée majeure cet après-midi, le prochain briefing aura lieu demain matin à huit heures précises.

Tandis que le groupe se dispersait et retournait à ses bureaux, Jan s'approcha de l'endroit où se tenait Turpin, le visage anxieux.

— Ça va ?

— Attends une minute.

Il leva la main alors que Kennedy passait en direction de son bureau.

— Chef, je peux vous parler ?

— Ce sera pour cet après-midi, Mark. J'ai une conférence de presse à Kidlington et Sarah ne me remerciera pas si je suis en retard.

Jan fronça les sourcils tandis que Turpin se plaçait devant l'inspecteur principal, son ton devenant urgent.

— Chef, il faut que je vous parle tout de suite.

Kennedy haussa un sourcil.

— Qu'est-ce qu'il y a ?

— Je le reconnais, chef. Le garçon. Je sais qui c'est.

# CHAPITRE 10

Kennedy désigna les deux chaises pour visiteurs à côté de son bureau.

— Asseyez-vous.

Mark attendit que Jan s'installe dans le siège le plus proche de la porte, comme si elle préparait déjà son évasion, puis il prit place à côté d'elle.

Kennedy poussa ses documents et son agenda sur le côté, avant de décrocher son téléphone pour informer l'équipe des médias qu'il aurait quinze minutes de retard. Quand il reposa brutalement le combiné, le bruit résonna contre les murs en plâtre.

Il expira, puis se tourna vers Jan.

— Je vous inclus dans cette conversation pour éviter à Mark de s'expliquer deux fois.

— Merci, chef.

Sa voix était tendue et elle gardait les yeux fixés sur l'inspecteur principal, le dos droit comme un piquet, même si Mark remarqua la façon dont elle tordait ses mains sur ses genoux.

Il s'éclaircit la gorge, une tension lui serrant la poitrine tandis que l'attention de Kennedy se tournait vers lui.

— Vous pourriez me dire pourquoi vous ne m'en avez pas informé hier soir ? demanda l'inspecteur principal. Cela nous aurait fait gagner du temps, pour commencer.

— Désolé, chef. Je n'ai pas fait le rapprochement quand je l'ai vu la première fois. Je ne l'avais pas vu depuis presque trois ans. Il devait avoir neuf ou dix ans à l'époque. C'est seulement en voyant la photo avec son visage nettoyé que je l'ai reconnu. Il a beaucoup changé.

— Est-ce que cela a un rapport avec ce qui vous est arrivé à Swindon ?

— C'est possible, chef.

L'inspecteur principal contourna son bureau et se dirigea vers la porte pour la fermer avec une telle force que la vitre trembla. Il baissa les stores puis s'assit.

— Expliquez-vous. Qui est ce garçon ?

— Je ne connais que son prénom, chef. C'est Matthew. Il doit avoir environ quatorze ans maintenant.

— Quand est-ce que vous l'avez vu pour la dernière fois ?

— Quelques jours avant d'être poignardé.

— Quel rapport avait-il avec cette affaire ?

— Nous soupçonnions à l'époque qu'il était manipulé par le gang dans le cadre d'une opération de trafic interrégional, dit Mark. Nous l'avions vu traîner avec certaines personnes connues comme acheteurs pendant que nous essayions d'établir comment le gang développait son réseau à Swindon. Aucun des jeunes utilisés pour distribuer la drogue n'était assez âgé pour conduire, donc en nous basant sur le réseau ferroviaire qui dessert la ville, nous avons travaillé sur l'hypothèse de remonter les filières jusqu'à leur origine.

Londres était un choix évident, tout comme Bristol et Reading.

— Matthew était-il acheteur ou vendeur ?

— Au début, nous pensions que c'était un local, mais nous n'avons pas pu localiser où il séjournait, ni qui était sa famille. Cela nous a amenés à croire qu'il suivait l'un des autres vendeurs et qu'il voyageait depuis leur ville de base pour apprendre de lui.

— Alors que diable fait-il ici ? demanda Kennedy.

— Je ne sais pas, répondit Mark. Il a disparu quelques jours avant que je sois attaqué. Quelques autres aussi, les plus âgés.

Kennedy haussa un sourcil.

— Cela me semble indiquer qu'ils ont eu vent de votre opération d'infiltration du gang avec l'arrestation des dealers.

Mark déglutit, ignorant la chair de poule qui lui picotait les avant-bras.

— C'est ce que je pensais à l'époque.

L'inspecteur principal se pencha en arrière dans son fauteuil et tambourina des doigts sur le bureau un moment, puis il se tourna vers Jan.

— Je vais vous demander de garder ce dont nous allons discuter dans la plus stricte confidentialité, à moins que nous n'ayons plus d'informations reliant le meurtre de ce garçon à ce qui est arrivé à Mark, car cela fait toujours partie d'une enquête en cours de la police du Wiltshire, c'est bien clair ?

— Oui, chef.

Il acquiesça, puis reporta son attention sur Mark.

— Pourquoi l'opération s'est-elle déroulée à ce moment-là ?

— Nous avions toujours supposé que l'opération interrégionale venait *vers* Swindon et ciblait les consommateurs là-bas. Je me suis demandé si nous n'avions pas tort. Avant la mort de notre informateur, il m'a dit que l'opération *démarrait* à Swindon. Les organisateurs cherchaient à s'étendre au-delà de la frontière du Wiltshire, pour établir leur propre réseau interrégional. S'ils se concentraient sur des villes comme celle-ci et Wallingford, toutes facilement accessibles en bus depuis la gare de Didcot, cela réduirait le risque que des voitures qui transportent de grandes quantités de drogue soient repérées par les caméras de reconnaissance automatique des plaques d'immatriculation. Il y a moins de caméras de surveillance aux arrêts de bus que dans les gares ferroviaires, donc ce serait plus facile pour eux. J'ai soumis ma théorie à mon inspecteur principal qui l'a fait remonter. Nous avions peur que si le gang procédait à cette expansion, il serait encore plus difficile de le contrôler et d'arrêter ceux qui le dirigeaient. Ils se fondraient simplement dans le décor, créeraient une entreprise légitime à Swindon comme couverture pour se protéger et nieraient toute implication.

Kennedy plissa les yeux.

— Et puis votre informateur s'est fait tuer, et vous avez failli le rejoindre. Alors dites-moi, car il n'y a rien dans votre dossier, qu'est-il arrivé à l'homme qui vous a poignardé et qui a essayé de vous étrangler ?

Mark entendit la frustration dans la voix de l'inspecteur principal et il réalisa qu'il avait fait les mauvais calculs.

En essayant de créer une distance entre son passé et sa nouvelle vie, il avait omis des informations vitales qui auraient pu avertir ses collègues qu'un vieil ennemi avait encore des comptes à régler avec lui.

Il aurait dû leur faire confiance.

Il aurait dû tout leur dire il y a un an.

Il prit une profonde inspiration.

— Il est mort avant que l'affaire n'arrive au tribunal.

Il essaya d'ignorer la sensation de brûlure au fond de sa gorge. Il parlait trop et son larynx endommagé commençait à protester.

— Il était détenu en prison préventive. Il est accidentellement tombé dans les escaliers un matin en se rendant à la salle de sport et il s'est brisé la nuque, même si je ne suis pas si sûr de la partie accidentelle.

— Et vous pensez qu'il a été tué pour qu'il ne puisse pas parler de ce qui s'est passé ?

— Cela aurait du sens : il poignarde l'informateur, réalise que l'homme n'est pas mort avant de me parler, puis il essaie de me faire taire également. On peut se demander pour qui il travaillait, parce qu'attaquer un officier de police comme ça représente un sacré risque. Quand les choses ne se sont pas déroulées comme prévu, quelqu'un a décidé de s'assurer qu'il ne révélerait à personne pour qui il travaillait, dans l'espoir d'obtenir une réduction de peine.

— Vous n'avez pas voulu enquêter vous-même sur sa mort ?

— Je n'avais pas le choix. J'étais à l'hôpital, puis en rééducation. Après cela, j'ai été désigné comme témoin potentiel pour l'accusation si les chefs du gang étaient un jour inculpés. Je ne pouvais pas m'approcher de l'affaire.

Kennedy le fusilla du regard.

— Arrêtez vos conneries, Mark. Pourquoi est-ce que vous avez demandé à être transféré ici ? Pourquoi ne pas retourner travailler à Swindon ? Vos supérieurs vous auraient donné un poste administratif étant donné vos qualifications et votre expérience, en attendant que l'affaire passe devant les tribunaux.

— C'est ce que j'allais faire.

Mark baissa les yeux sur ses genoux et cligna des paupières.

— C'est ce que je voulais. Je voulais découvrir qui était responsable, qui était à la tête, et aider de toutes les façons possibles.

L'inspecteur principal ne dit rien et attendit.

— Écoutez, c'était peut-être de la paranoïa de ma part, je n'ai aucune preuve, mais Louise, ma fille aînée, est rentrée de l'école un après-midi. C'était un vendredi, environ six semaines après ma sortie de l'hôpital. Elle avait l'air effrayée, et quand je lui ai demandé ce qui n'allait pas, elle m'a dit qu'une voiture bleue les suivait, elle et Anna, chaque fois qu'elles sortaient des grilles de l'école à quatre heures cette semaine-là. Elle la voyait garée devant l'école, puis elle prenait un raccourci à travers une ruelle qui traversait un lotissement. Quand elle atteignait à nouveau la route principale, elle pensait l'avoir semée, mais au moment où elle tournait dans notre rue, la voiture était de nouveau derrière elle.

Il se tortilla sur son siège pour voir Jan qui le fixait, une expression choquée sur le visage.

Bon sang, il aurait dû lui dire tout ça.

Absolument tout.

— Dès que Louise nous l'a dit, je l'ai signalé à mon supérieur, et Debbie et moi avons mis en place nos propres mesures de sécurité. Je conduisais les filles à l'école et je les ramenais chaque jour, nous avons fait changer les serrures de la maison et installer de nouvelles sur toutes les fenêtres, ainsi que des lumières de sécurité au-dessus des portes avant et arrière.

Il soupira.

— Aucun de nous ne pouvait dormir, et Debbie me tenait pour responsable, à juste titre. J'ai attiré ce danger sur ma famille. Je les ai mis en danger. C'est à ce moment-là que j'ai fait ma demande de transfert. J'espérais qu'en déménageant ici, quiconque dirigeait le gang considérerait que la menace était écartée et laisserait Debbie et les filles tranquilles.

— Et au lieu de cela, vous avez fini par être transféré précisément à l'endroit qu'ils prévoyaient d'infiltrer, d'après ce qu'on entend, dit Kennedy entre ses dents. Et maintenant, nous avons aussi un jeune garçon mort. Ce qui nous ramène au point de départ, pourquoi le tuer ?

— Je ne sais pas, chef.

Kennedy passa une main sur ses yeux fatigués alors que le téléphone de son bureau sonnait, et il répondit brièvement :

— Quoi ? J'arrive.

Il reposa le combiné sur son socle et agita son doigt vers Mark.

— Ce n'est pas les services secrets ici, Turpin. Vous auriez dû me dire tout ça quand vous êtes arrivé. Maintenant, je dois décider quelle part de ces informations je peux divulguer à mon équipe sans compromettre ce que vos collègues font à Swindon.

— Désolé, chef. Je pensais que tout était dans le dossier.

— Sortez.

Mark sentit son visage s'empourprer et il recula sa chaise avant de traverser la pièce pour ouvrir la porte à Jan.

— Tu aurais dû me prévenir, siffla-t-elle à voix basse.

Elle passa devant lui sans le regarder, puis traversa la pièce jusqu'à son bureau, prit son sac et sortit d'un pas furieux.

CHAPITRE 11

Mark enfonça sa clé dans la serrure et pénétra dans une maison débordante de chaleur et de bruit.

Il tenait en équilibre les portions de fish and chips d'une main et il utilisa son menton pour maintenir la pile stable tout en essayant d'empêcher Hamish de sortir. Il ferma la porte et se retourna pour voir Lucy appuyée contre l'encadrement de la porte du salon, un sourire creusant des fossettes sur ses joues.

Une partie de la tension quitta ses épaules lorsqu'elle lui donna un rapide baiser, puis Louise et Anna firent irruption dans le couloir.

— Papa, Lucy nous a emmenées dans son atelier cet après-midi pour qu'on puisse faire de la peinture—

— J'ai attrapé un poisson ce matin, Papa !

Il les serra toutes les deux dans ses bras et passa les paquets de fish and chips à Louise.

— On dirait que vous avez eu une journée bien remplie. Vous pourriez préparer les plateaux, les assiettes et les couverts pendant que Lucy et moi discutons ?

Il secoua la tête alors que leurs voix portaient depuis la cuisine, Louise aboyant des instructions à sa petite sœur parmi le cliquetis de la vaisselle tandis que le bruit des griffes de Hamish sur le carrelage claquait d'avant en arrière pendant qu'il suivait les arômes qui se libéraient.

— J'espère qu'elles ne t'ont pas épuisée.

Lucy attendit qu'il ait accroché son manteau sur le poteau de l'escalier, puis elle le suivit dans le salon et mit la télévision en sourdine.

— Elles ont été absolument adorables. Toi, en revanche, tu as l'air épuisé.

Mark passa une main dans ses cheveux et s'affala sur le canapé.

— Je connaissais le garçon qui a été tué hier soir.

Lucy s'assit à côté de lui et se pencha en avant, son regard fixé sur la porte ouverte.

— Comment ?

— Il était impliqué dans le gang que mon équipe essayait d'infiltrer à Swindon.

— Qu'est-ce qu'il faisait ici ?

— Je ne sais pas.

— Merde, Mark.

— Ta-daaa !

Anna apparut à la porte et s'avança vers l'endroit où il était assis.

— Merci, ma belle, dit-il en lui faisant un clin d'œil. De la bière aussi ? Bon sang, je *suis* vraiment un homme chanceux.

— Louise a dit que tu voudrais probablement un verre de vin, mais tu avais l'air d'avoir besoin de bière.

— Ah bon ? Eh bien, je prendrai peut-être un verre de vin après le dîner, mais c'est parfait pour l'instant.

Anna sourit puis s'élança, évitant de justesse sa sœur qui apportait un plateau identique pour Lucy.

— Merci encore pour aujourd'hui, dit-elle. On s'est beaucoup amusées.

— Oh, je t'en prie, dit Lucy. J'ai passé un bon moment aussi.

Quelques instants plus tard, les deux filles s'étaient installées dans les fauteuils et dégustaient leur repas, se chamaillant pour savoir qui avait la plus grosse portion de poisson tandis qu'une émission de téléréalité se déroulait silencieusement en arrière-plan.

Mark laissa les voix l'envelopper et il s'accrocha à ce sentiment de paix pendant un moment.

Il avait pensé à téléphoner à Jan pendant qu'il attendait que sa commande soit préparée, et il était resté le pouce en suspens au-dessus de son nom pendant qu'il hésitait. Finalement, il avait remis son portable dans sa poche et il avait regardé les phares des voitures qui passaient devant la friterie en serrant les dents devant la normalité qui était revenue dans le monde au-delà des vitres.

Ils devraient encore interroger la propriétaire du café le lendemain matin, et il se demandait si Jan passerait le chercher chez lui comme prévu ou s'il devrait marcher.

— Tu as fini, Papa ?

Il cligna des yeux, puis s'efforça de sourire.

Louise se tenait devant lui, une expression inquiète dans les yeux.

— Désolé, ma chérie, j'étais ailleurs. Merci.

Il lui tendit son plateau et regarda comment elle et Anna retournaient à la cuisine, leur dispute portant désormais sur qui ferait la vaisselle et qui l'essuierait.

Le bruit des voix s'interrompit un instant, puis Anna revint, deux verres de vin rouge à la main.

— Merci, dit Lucy. Ça va, vous deux, là-bas ?

— Oui.

Anna se retourna, puis s'arrêta au milieu de la pièce et jeta un coup d'œil par-dessus son épaule.

— Je suis meilleure pour faire la vaisselle, peu importe ce qu'elle dit. Elle utilise trop de liquide vaisselle.

Mark éclata de rire alors qu'elle repartait, puis Hamish entendit le bruit des assiettes qu'on raclait pour enlever les restes de nourriture et il fila hors de la pièce, la queue en l'air.

— C'est vrai, pour le produit vaisselle ? demanda Lucy.

— Tu ferais mieux d'avoir des actions dans les produits vaisselle.

Elle tendit la main pour prendre la sienne.

— Ce que tu as dit à propos de connaître le garçon ? Est-ce que ça a un rapport avec ton déménagement de Swindon ?

— Oui.

— Est-ce que les filles sont en danger ?

Son estomac se noua.

— Je ne sais pas.

— Est-ce que tu es en danger ?

Mark passa son pouce sur le dos de sa main.

— Je ne pense pas.

— Laisse-les rester avec moi un peu plus longtemps.

Il releva brusquement la tête et rencontra un regard intense.

— Tu lis dans mes pensées ? J'allais justement te demander si ça te dérangerait—

— Bien sûr que non, ça ne me dérange pas. Au moins, tu n'auras pas à t'inquiéter qu'il leur arrive quelque chose ici si tout ça est lié à ton ancienne affaire. J'ai emprunté la voiture d'un de mes voisins pour venir. Elles peuvent prendre un sac chacune, suffisamment pour tenir jusqu'à dimanche soir, disons.

— Tu es sûre que ça ne te dérange pas ?

Elle lui prit la main et la serra doucement.

— Qu'est-ce que tu vas faire ces prochains jours ? Suivre des pistes, travailler de longues heures. Les filles seront seules ici, et elles vont s'ennuyer. Je n'ai pas d'autre exposition avant le mois prochain et je peux déplacer une partie de mes affaires du bateau à mon atelier pour faire un peu plus de place pendant qu'elles seront avec moi.

Louise et Anna revinrent en gloussant.

— Hamish a roté, dit Anna.

— Je lui ai dit qu'elle lui en avait donné trop d'un coup.

Louise leva les yeux au ciel.

— Il faut faire attention avec les chiens. Ils peuvent tomber malades s'ils mangent des aliments qui ne leur conviennent pas.

— C'est une bonne remarque, dit Lucy d'un ton léger. Dites, ça vous dirait de rester avec moi un peu plus longtemps pendant que votre père travaille sur sa nouvelle affaire ?

Les yeux d'Anna s'écarquillèrent, sa mâchoire tombant de surprise.

— Vraiment ?

— Oh-mon-Dieu-tu-plaisantes-c'est-tellement—

Louise regarda Lucy puis Mark, puis revint à Lucy.

— Pour de vrai ?

Mark lança un faux regard noir à Lucy, puis il se retourna vers les filles.

— Jusqu'à dimanche, *mais* vous avez intérêt à être sages

comme des images, et vous ne pouvez emporter que ce que vous pouvez mettre dans un sac chacune.

Il but une gorgée de vin pendant que les pas des filles résonnaient dans l'escalier, puis il reposa son verre et prit son portefeuille.

— Je vais te donner de l'argent pour aider avec la nourriture et tout ça. Ces deux-là vont te vider ton frigo, et—

— Je ne vais pas prendre ton argent, dit Lucy.

Elle sourit.

— Crois-moi, je vais être contente d'avoir de la compagnie. Louise a dit qu'elles ont toutes les deux des devoirs à faire cette semaine, alors elles pourront s'en occuper le matin pendant que je bricole, et ensuite je les emmènerai en balade l'après-midi. On va très bien s'en sortir.

Hamish gémit aux pieds de Mark, qui soupira.

— Je n'y crois pas. Toi aussi, tu veux y aller.

# CHAPITRE 12

Le lendemain matin, Mark attendait au bord du trottoir et tournait le dos à la rue tandis qu'il vérifiait ses messages.

Une brise fraîche mordillait ses lobes d'oreilles et il remonta son col, regrettant de ne pas avoir pensé à prendre son bonnet en laine sur le porte-manteau près de la porte d'entrée.

Un ciel gris menaçait de nouvelles averses et assombrissait davantage son humeur.

La nuit avait apporté son lot de rêves troublés, des pensées qui l'avaient maintenu éveillé, à fixer les spirales du plafond pendant qu'il s'inquiétait.

Inquiet de ne pas avoir fait plus pour Matthew quand il avait repéré le gamin trois ans auparavant.

Inquiet que s'il avait été présent quelques secondes plus tôt, il aurait pu lui sauver la vie.

Il résista à l'envie de regarder sa montre, l'heure serait la même que celle sur son téléphone, et il restait encore quelques minutes. Pourtant…

Peut-être qu'elle ne viendrait pas.

Peut-être qu'il devrait commencer à marcher.

Il baissa son téléphone au moment où une voiture entrait dans l'impasse, et il aperçut Jan au volant quand elle passa, la mâchoire serrée, une expression orageuse dans les yeux.

— Merde.

La voiture s'immobilisa à côté de lui, et il ouvrit la portière.

— Bonjour.

— Bonjour, chef.

Jan gardait les yeux fixés sur la maison du voisin devant la voiture pendant qu'il montait, puis sa tête heurta le siège lorsqu'elle démarra.

Un silence glacial remplit l'habitacle tandis qu'elle passait une vitesse et s'insérait dans la circulation qui avançait au ralenti sur Radley Road.

Mark se tourna sur son siège pour lui faire face.

— Écoute, je suis désolé pour ce qui s'est passé hier. Avec Kennedy, je veux dire. Et j'aurais dû te parler de ce qui m'est arrivé. De tout. Je m'en rends compte maintenant.

Jan tapotait des doigts sur le volant tandis que la voiture devant avançait légèrement avant de freiner à nouveau.

L'horloge du tableau de bord passa à la minute suivante.

— Plus de secrets, chef, dit-elle. Pas si on est censés se faire confiance.

— Marché conclu. Je suis désolé. Je n'aurais jamais pensé que quelque chose comme ça arriverait. J'espérais que tout ça était derrière moi.

— Excuses acceptées.

Son estomac gargouilla, et il baissa les yeux vers le sac à main ouvert de Jan dans l'espace pour les pieds à côté de lui.

Aucun arôme salé pour taquiner ses sens.

Pas de paquets enveloppés de papier d'aluminium.

Pas de petit-déjeuner gratuit ce matin.

— Je suppose que tu ne m'as pas pardonné.

Sa bouche tressaillit.

— Pas encore.

———

Pendant que Jan partait chercher une place dans le parking à étages, Mark s'attardait sous la passerelle piétonne en béton menant à la bibliothèque, en essayant d'ignorer la puanteur qui émanait des toilettes publiques en face.

Un flot continu de personnes se dirigeait vers les portes du cabinet médical derrière lui tandis qu'il scrutait les caméras fixées au niveau supérieur du parking. Les objectifs pointaient à gauche et à droite le long de Charter Street, et en parcourant les angles du regard, il remarqua également d'autres caméras sur le mur de la bibliothèque à côté du cabinet.

L'une d'entre elles aurait sûrement enregistré l'agresseur de Matthew en train de fuir la scène ?

Peut-être qu'elles montreraient des images de Matthew lui-même, alors qu'il se dirigeait vers la ruelle, ou lorsqu'il s'éloignait de celui qui l'avait poignardé ?

La porte en face s'ouvrit et Jan apparut, repoussant ses cheveux tandis qu'elle traversait la rue pour le rejoindre.

— Bon sang, cette rue est un vrai couloir à vent ce matin, dit-elle, puis elle suivit son regard. La vidéosurveillance ?

— Il y en a partout. Les agents en uniforme vont avoir du pain sur la planche. Ce serait utile de récupérer certains enregistrements et de les répartir entre nous, Caroline et Alex, je pense.

— Tu veux dire laisser le périmètre extérieur aux uniformes ?

— C'est ce que je pense. À quelle heure ouvre le café ce matin ? demanda-t-il alors qu'ils commençaient à marcher vers Queen Street.

— Six heures trente.

— Si tôt ?

— La propriétaire, Angie Edwards, m'a dit qu'elle n'avait pas le choix. Si elle ouvrait plus tard, elle perdrait des clients au profit des concurrents. Il y a beaucoup d'endroits où les gens peuvent aller dans le coin.

— Pas étonnant que Clare ait dit qu'elle était reconnaissante pour l'aide. Que sait-on d'Angie ?

Jan s'arrêta pour laisser passer une camionnette rouge, puis elle traversa rapidement la route pour rejoindre Queen Street.

— Cinquante-cinq ans, elle gère l'endroit depuis six ans. Elle est active dans la Chambre de Commerce locale et divers autres comités en ville. Pas d'enfants, divorcée, et, d'après les déclarations que les agents en uniforme ont recueillies auprès des autres membres du personnel, très respectée.

Mark s'écarta d'un camion de livraison qui manœuvrait pour s'éloigner des portes arrière d'un des magasins à sa droite et il observa les bacs jaune vif placés contre le mur en briques d'un autre bâtiment.

— Jasper a téléphoné hier soir quand ils ont terminé leurs recherches. Pas d'arme du crime.

— Merde. Donc, les uniformes vont devoir élargir les recherches, dit Jan.

— Quel jour est-ce que la municipalité fait le ramassage des ordures dans le coin ?

— Les ordures des commerces sont ramassées demain,

répondit Jan. J'ai entendu Kennedy dire à Alex hier de les appeler et de leur demander de reporter jusqu'à ce que les recherches soient terminées.

— Ça va faire plaisir aux résidents.

— Tant pis.

Il entendit sa voix se briser, la rugosité de l'émotion, mais il ne dit rien.

Il partageait ce sentiment.

Au bout de Queen Street, près de l'entrée arrière de la ruelle, deux camionnettes blanches étaient garées pendant que six membres de l'équipe de Jasper enroulaient les derniers vestiges de ruban de scène de crime autour des quais de livraison fermés et des poubelles.

Mark fit un signe de tête à l'un d'eux lorsqu'ils passèrent.

Un frisson parcourut ses épaules quand lui et Jan s'approchèrent de l'entrée arrière de la ruelle, et il s'arrêta.

— Chef ?

Il secoua la tête.

— Si j'étais arrivé plus tôt...

— Mark.

La sévérité de son ton le surprit et il se tourna vers elle.

— Arrête, dit-elle. S'il s'est vidé de son sang si rapidement, tu n'aurais rien pu faire pour lui. Personne n'aurait rien pu faire pour lui.

— Je sais. Ça n'aide pas pour autant.

Il esquissa un petit sourire, juste assez pour lui faire comprendre qu'il appréciait son inquiétude.

— Allez, viens.

Elle ne l'attendit pas, mais s'engagea d'un pas décidé dans la ruelle, même s'il remarqua qu'elle se tenait du côté gauche, loin de l'endroit où Matthew avait été trouvé, longeant les poubelles pour éviter l'endroit où le garçon avait été allongé.

Mark jeta un coup d'œil au mur et au sol en passant.

Quelqu'un avait nettoyé la zone au jet d'eau, et l'odeur distincte d'eau de Javel lui agressait les narines et brûlait le fond de sa gorge.

Sans doute que la municipalité s'était mise en action dès que l'équipe de Jasper avait rendu le site, consciente de la nécessité d'éliminer toute trace de la mort du garçon avant que quelqu'un ne partage les sordides détails sur les réseaux sociaux.

Il toussa en entrant sur Market Place, puis suivit Jan dans le café.

Comme c'était le cas pour de nombreuses boutiques autour de la place pavée et des ruelles environnantes, l'espace était limité. Le mur de droite était garni de vitrines réfrigérées ouvertes contenant des boissons fraîches et des en-cas préemballés, tandis que trois ensembles de tables et de chaises occupaient le côté gauche. Une femme d'un certain âge se tenait près d'une caisse enregistreuse à côté d'un comptoir de tourtes fraîchement cuites, de saucisses en feuilleté et d'autres pâtisseries, pendant que des voix provenaient du fond du café, au-delà d'un ensemble d'appareils en acier inoxydable.

La douceur aromatique des gâteaux se mêlait à l'amertume des grains de café, et l'eau vint à la bouche de Mark.

Il chercha son portefeuille dans sa poche quand ils arrivèrent en tête de la courte file d'attente et il commanda deux cafés.

— Vous êtes de la police ? demanda la femme en prenant

leur commande et en se tournant vers la machine à café derrière la caisse.

— Oui. Angie Edwards ?

— C'est moi, répondit-elle par-dessus son épaule. Je présume que vous voulez me parler ?

— S'il vous plaît.

— Attendez un instant.

Elle éleva la voix et appela vers le fond du café.

— Quelqu'un peut venir servir ?

Elle passa la carte de Mark, enregistra la commande dans la caisse et fit un geste vers la table la plus proche de la fenêtre.

— Par ici.

Pendant que Jan se calait dans le siège du coin, Angie essuya la table avant de fourrer le chiffon dans une poche sur le devant de son tablier, puis elle s'assit en face de Mark et regarda par la fenêtre.

— Regardez-les tous. Pas un souci au monde, dit-elle, la voix empreinte de mélancolie.

Elle secoua la tête, puis reporta son attention sur les deux détectives devant elle.

— Vous avez parlé à Clare ce matin ? La pauvre femme est bouleversée.

— Brièvement, dit Mark. Depuis combien de temps travaille-t-elle pour vous ?

— Un peu plus de deux ans. Elle cherchait quelque chose à temps partiel quand son petit garçon a commencé l'école maternelle et elle a vu l'annonce que j'avais mise dans la vitrine.

— Combien de personnes est-ce que vous employez ?

— Juste elle et les deux qui sont avec moi aujourd'hui. Elles sont toutes à temps partiel, mais on se débrouille.

Mark plongea la main dans sa poche pour en sortir une copie de la photo de la morgue. Il garda sa main dessus un moment.

— J'aimerais vous montrer une photo du garçon qui a été trouvé dans la ruelle hier soir. Ça vous va ?

Angie hocha la tête.

— Allez-y.

Il la vit prendre une profonde inspiration et redresser les épaules lorsqu'il retourna l'image, le choc se lisant dans ses yeux.

— Vous l'avez déjà vu ?

— Je ne suis pas sûre.

— Nous pensons qu'il vient du côté de Swindon. Pas d'ici, mais il aurait pu apparaître au cours des dernières semaines ou des derniers jours.

— Quel âge a-t-il ?

— Quatorze ans, je pense.

— Pauvre gamin.

Angie changea de position sur son siège et regarda vers l'endroit où ses deux employées servaient les derniers d'une file régulière de clients.

— Laissez-moi leur demander.

Elle prit la photographie et se dirigea vers la caisse, faisant un signe de tête à un client qui dévisageait Mark et Jan avec intérêt avant de se précipiter dehors.

Jan tapota le bout de son stylo sur son carnet et but une gorgée de café.

— Tu veux parler à quelqu'un d'autre sur la place après ça ?

— Seulement les endroits de restauration pour commencer, répondit-il. Je pense qu'il serait entré dans l'un d'entre eux au cours de la semaine dernière, les moins chers comme celui-ci, cependant.

— Et le fast-food près du motel ?

— Celui-là aussi. Si possible, on va essayer de reconstituer ses déplacements. Au moins, on pourra également vérifier les enregistrements de leurs caméras de surveillance.

— Détective Turpin ?

Angie s'approcha de la table avec une autre femme.

— Voici Yvonne, elle travaille avec moi depuis six mois. Elle dit qu'elle reconnaît le garçon.

— Enfin, je crois que je le reconnais.

La femme jeta un regard en biais à Angie et tortilla ses mains dans les plis de son tablier.

—Où est-ce que vous l'avez vu ? demanda Mark.

Angie tira une chaise et invita Yvonne à s'y asseoir avant d'accueillir une femme en tailleur qui se précipitait par la porte.

Yvonne les regarda se diriger ensemble vers la caisse, puis elle reporta son attention sur les deux détectives.

— Hier, vers le milieu de la matinée, je crois.

— Est-ce qu'il était seul ?

— Pour autant que je puisse dire, oui. Il a acheté une de ces boissons énergisantes du frigo et un roulé à la saucisse, c'est la nourriture chaude la moins chère dans la vitrine, puis il est sorti pour les manger. Je n'ai vu personne avec lui.

— Est-ce qu'il a dit quelque chose ?

— Non. Je l'ai trouvé un peu jeune pour se promener tout seul, à vrai dire, sachant que les écoles ne finissent que la semaine prochaine, mais il n'a pas causé de problème et il a payé.

— Vous avez vu où il est allé après être parti d'ici ?

— Non, désolée, j'ai dû servir un client, et je suppose que je l'ai en quelque sorte oublié jusqu'à... oh, mon Dieu.

La femme cligna des yeux.

— J'ai deux petits-fils à peu près du même âge.

Cinq minutes plus tard, après avoir laissé leurs cartes professionnelles à Angie et son personnel au cas où ils penseraient à autre chose qui pourrait aider l'enquête, Mark et Jan firent le tour de la place tout en finissant leurs cafés.

— On devrait aller à Didcot, dit-il. Pour Matthew, voyager en train depuis Swindon aurait été l'option la plus rapide s'il voyageait seul. Je vais appeler la salle des opérations en chemin pour savoir si quelqu'un a déjà parlé au personnel de service ce matin. Ce serait aussi une bonne idée de contacter la police des transports pour voir s'il y a des enregistrements de lui sur les quais ou en train de descendre d'un train arrivé à Parkway.

# CHAPITRE 13

Jan recula sa voiture dans une place de parking devant l'entrée de la gare et elle plissa les yeux face à la brise qui faisait tourbillonner des feuilles mortes et des détritus dans l'air tandis qu'elle descendait du véhicule.

Le coup de sifflet d'un train retentit depuis la gare, puis un convoi s'éloigna du quai et prit de la vitesse en s'enfonçant dans la campagne de l'Oxfordshire.

Elle verrouilla le véhicule et emboîta le pas à Turpin qui traversait l'asphalte d'un pas décidé et contourna un bus à impériale de couleur turquoise qui attendait au ralenti le long du trottoir, une détermination farouche dans sa démarche.

En entrant dans le hall des billets, Jan parcourut du regard le sol carrelé, sa surface usée et inégale par les centaines de personnes qui le traversaient chaque jour. Une employée poussait une serpillière d'avant en arrière, ses yeux s'écarquillant lorsque Turpin s'approcha et présenta sa carte de police.

— Nous devons parler au chef de gare, dit-il.

— Je vais devoir la contacter par radio. Je crois qu'elle

est en train de siffler les trains sur le quai numéro quatre en ce moment.

— Merci.

La femme fit glisser le seau de nettoyage sur le carrelage et installa un panneau jaune de sécurité avant de ranger la serpillière dans un coin du hall, puis elle disparut par une porte de sécurité. Elle réapparut quelques instants plus tard derrière un homme qui servait au guichet et qui observait les deux détectives avec intérêt avant de se tourner vers un ordinateur, son regard allant et venant entre son travail et Jan.

Après un moment, la femme revint, rejoignant son collègue derrière l'épaisse vitre de séparation. Sa voix grésilla à travers le microphone.

— Sheila dit que si vous vous rendez sur le quai, elle peut vous parler maintenant. Vous devrez juste supporter qu'elle soit interrompue par les trains. Le prochain arrive à moins le quart. Les escaliers sont par là.

Elle indiqua un panneau qui menait vers un passage souterrain.

— Merci.

Turpin fit un signe de la main par-dessus son épaule et il se dirigea vers le souterrain.

Une odeur âcre de désinfectant accueillit Jan tandis qu'elle le suivait, et elle mit sa main sur son nez et sa bouche pour se protéger du pire.

Au loin, un tremblement commença dans la terre au-delà des fondations en béton et en acier de la gare. Elle leva les yeux alors qu'un grondement se rapprochait, puis le rugissement des roues d'un train passa au-dessus d'elle avant de s'arrêter dans un crissement de freins. Elle déglutit, puis dépassa Turpin, l'idée de plusieurs tonnes de métal en train de passer à travers le plafond lui donnant la chair de poule.

Lorsqu'elle atteignit la base des marches sur le quai numéro quatre, elle s'arrêta pour laisser son collègue la rattraper.

— Pas à l'aise sous terre ? demanda-t-il.

Elle plissa le nez.

— Pas quand il n'y a pas d'air frais.

En montant les marches, elle aperçut la chef de gare debout à côté d'un banc métallique, sa silhouette rondelette emmitouflée dans un manteau vert trois-quarts pour se protéger du vent qui balayait l'espace ouvert.

Les cheveux tirés en arrière dans un chignon efficace, elle tendit une main gantée alors qu'ils approchaient.

— Sheila Cook. Je suis la chef de gare.

Jan attendit pendant que Turpin faisait les présentations, puis il marqua une pause tandis que le train sur le quai d'en face quittait la gare.

Il se retourna vers la femme alors que le train disparaissait au loin, et il attendit que Jan ait son carnet et son stylo prêts.

— Nous enquêtons sur le meurtre d'un jeune garçon à la foire d'Abingdon lundi soir, et nous pensons qu'il est arrivé ici plus tôt ce matin-là, dit-il. Est-ce que vous étiez de service à ce moment-là ?

Sheila hocha la tête.

— Oui, j'étais là. C'est mon dernier jour de service prévu.

— À quelle heure est-ce que vous commencez le matin ?

— J'arrive à quatre heures, avec quelques autres collègues. Dès que le premier train arrive en route vers Paddington, c'est non-stop ici.

Turpin sortit une photo de Matthew de sa poche et la lui tendit.

— Nous travaillons avec nos collègues de la salle de contrôle vidéo d'Abingdon pour essayer de le repérer sur les caméras, mais est-ce que vous vous souvenez de l'avoir vu lundi matin ? Un ticket de bus a été trouvé dans sa poche, qu'il a acheté ici à cinq heures quarante-cinq. Nous pensons qu'il a voyagé depuis Swindon.

La chef de gare se mordit la lèvre.

— S'il est venu de Swindon, alors il serait arrivé sur le quai numéro deux. J'ai partagé mon temps entre ce quai et ici, je ne me souviens pas de lui, mais il est jeune. Je suis sûre que je me serais demandé ce qu'il faisait à cette heure du matin si je l'avais vu. Le problème, c'est que quand ce train est arrivé de Swindon, il y en avait un autre ici qui repartait dans l'autre sens et qui bloquait ma vue. Je ne peux pas voir qui est sur le quai d'ici.

Jan regarda par-dessus l'épaule de Turpin vers le quai que Sheila indiquait.

— Est-ce que les salles d'attente sont ouvertes à cette heure de la journée ?

— Absolument, surtout en cette période de l'année, répondit Sheila. Certains clients utilisent les distributeurs automatiques pour prendre un café pendant qu'ils attendent plutôt que d'en acheter un dans le train, c'est moins cher, vous voyez.

— Qui d'autre travaillait sur ce quai lundi matin ?

— Doug Jones, mais il est absent aujourd'hui, il ne travaille qu'à temps partiel.

— Et le café près du guichet ? demanda Turpin. Il ouvre à quelle heure ?

— Vous dites qu'il a acheté un ticket de bus à cinq heures quarante-cinq ?

— Oui. Nous partons du principe qu'il a pris le bus suivant pour Abingdon.

— Ils ne pourront pas vous aider, alors, ils n'ouvrent pas avant six heures.

— C'est couvert par le même système de vidéosurveillance que le reste de la gare, ou est-ce que la franchise a son propre système de sécurité ?

— C'est le même système.

— Et plus tard dans la matinée ? demanda Jan. Est-ce que vous vous souvenez de quelqu'un qui aurait posé des questions au sujet d'un garçon ? Peut-être quelqu'un qui s'inquiétait du fait qu'il voyageait seul ?

Sheila secoua la tête.

— Pas que je me souvienne. Cela dit, mon service se termine à midi.

— Est-ce que vous pourriez nous donner une liste des autres personnes qui travaillaient pendant ce service ? demanda Turpin. Et une note de ceux qui ont travaillé le reste de la journée ?

— Ça ne devrait pas poser de problème. Il faudra d'abord que ce soit approuvé par le siège, cependant.

Sheila rendit la photographie et prit sa carte de visite avant de dicter son numéro de portable à Jan.

—J'ai entendu parler du meurtre. J'ai une fille qui approche de son âge. Si vous avez besoin d'autre chose, n'hésitez pas à m'appeler.

— Nous le ferons, dit Turpin. Merci.

Tandis qu'ils s'engageaient dans le passage souterrain, Turpin sortit son téléphone.

— Eh bien, au moins nous avons un contact ici, dit-il. Et nous savons que Matthew ne s'est pas attardé une fois arrivé. Bonne idée d'avoir pensé que celui qui a suivi Matthew aurait pu venir en train également.

— Peut-être qu'il voyageait avec quelqu'un, dit Jan. Je veux dire, jusqu'à présent nous avons supposé qu'il était seul quand il est arrivé ici. Et s'il ne l'était pas ? Et s'il avait faussé compagnie à quelqu'un ?

Turpin haussa un sourcil.

— Alors peut-être que nous les avons aussi sur caméra.

Il lui fit signe d'avancer tandis qu'on répondait à son appel.

Elle se dirigea vers la voiture et la déverrouilla, puis elle s'appuya contre la portière tout en regardant Turpin faire les cent pas sur le parvis.

Après quelques instants, il rangea son téléphone et courut la rejoindre.

— Tom se dirige à l'étage vers la salle des opérations maintenant. Il va leur demander d'ajouter l'examen des images de vidéosurveillance de la gare à leur liste de tâches afin de confirmer les mouvements de Matthew avant qu'il ne prenne le bus. Il va également leur demander de repérer si quelqu'un semble avoir voyagé avec lui.

— On aurait pu faire ça depuis le commissariat, chef. Ça nous aurait évité le déplacement jusqu'ici.

Ses épaules s'affaissèrent.

— Je sais. Mais au moins, ici, j'ai l'impression de faire quelque chose d'utile. Au moins, j'ai le sentiment d'essayer de trouver qui lui a fait ça. Je n'ai pas pu le sauver dans cette ruelle. Je dois me rattraper d'une manière ou d'une autre.

Jan jonglait avec les clés d'une main à l'autre, plissant les yeux face au vent qui fouettait ses cheveux.

— Qu'est-ce que tu veux faire maintenant ?

— On retourne au poste, mais on prend le même itinéraire que le bus aurait pris lundi matin. Au moins, ça nous donnera une idée des autres endroits où Matthew aurait pu aller avant de se retrouver dans cette ruelle.

Quelques minutes plus tard, Jan conduisait la voiture à

travers les villages de Steventon et Drayton, son regard balayant la rue animée qui serpentait vers Abingdon au passage.

— Je n'imagine pas qu'il se serait embêté à s'arrêter ici, chef, remarqua-t-elle. Il n'y a rien à faire.

Il donna un coup de poing sur le revêtement de la portière, puis sortit son carnet.

— Je vais demander aux agents en uniforme de rendre visite à toutes les personnes identifiables avec des antécédents de consommation de drogue dans le secteur. Ce n'est pas grand-chose, mais ça nous permettra au moins d'écarter la possibilité qu'il fournissait quelqu'un ici. Ils vont devoir faire de même avec tous les toxicomanes connus en ville de toute façon. Kennedy ne leur a pas encore annoncé la bonne nouvelle.

— Ok.

Jan changea de vitesse alors que la circulation commençait à s'intensifier à l'entrée d'Abingdon, et elle indiqua un arrêt de bus sur leur gauche.

— C'est le dernier sur Drayton Road qu'il aurait pu utiliser. Il y en a deux autres en direction du centre-ville, et le dernier est près de Market Place.

Il leva les yeux de son carnet tandis qu'elle ralentissait la voiture et il leva la main.

— Attends, tourne à gauche ici.

Jan actionna le clignotant, mais pas assez vite pour éviter un coup de klaxon furieux du véhicule derrière eux. Elle leva la main par-dessus son épaule pour remercier le conducteur et jeta un coup d'œil à Turpin.

— L'itinéraire du bus va tout droit dans Ock Street, pas à gauche. Le prochain arrêt est Victoria Road.

— Je sais, mais le fast-food est par là, en face du

commissariat. Matthew est arrivé à la première heure du matin. Il ne s'est pas arrêté pour acheter quelque chose à manger à l'épicerie de la gare, et le café n'était pas ouvert à cette heure-là.

— Tu penses donc qu'il est descendu du bus au prochain arrêt, puis qu'il est revenu sur ses pas jusqu'au fast-food ?

— Ils ouvrent à cinq heures tous les matins, non ?
Turpin desserra sa ceinture de sécurité tandis qu'elle entrait sur le parking du restaurant.

— D'une manière ou d'une autre, nous devons retracer les déplacements de Matthew, et s'il avait un peu d'argent pour survivre, il était peut-être comme l'un de nos enfants. Perpétuellement affamé.

# CHAPITRE 14

Jan fronça le nez face à l'odeur écœurante d'huile, de graisse et de sucre qui l'assaillit lorsqu'elle ouvrit la porte du fast-food.

Un panneau jaune vif avait été placé sur le sol carrelé, pour avertir d'un nettoyage en cours, mais en observant les détritus d'emballages et de cartons de boisson éparpillés sur les tables qu'elle dépassait, elle se demanda si cette annonce n'était pas trop ambitieuse.

Elle leva la main pour saluer deux agents de police qu'elle reconnaissait, assis sur des tabourets près de la fenêtre, leur radio émettant un grésillement sonore avant que l'un d'eux ne tende la main pour baisser le volume.

Une femme à une table avec deux bambins lança un regard noir au dos de l'un des agents, et Jan soupira.

Beaucoup plaisantaient sur la prépondérance des policiers qui fréquentaient cet établissement et d'autres fast-foods du quartier, mais ils ne réalisaient pas que le commissariat ne disposait ni de cantine ni d'aucun des conforts offerts à la plupart des bureaux modernes.

On ne pouvait pas vivre de sandwichs toastés tous les jours, et encore, c'était uniquement si l'on était en service en ville. Quiconque était appelé dans les villages environnants devait se débrouiller par ses propres moyens.

Un groupe de six hommes et femmes s'activait derrière le comptoir dans un tourbillon d'énergie frénétique, tous âgés d'une vingtaine d'années environ, tandis qu'une femme plus âgée avec un casque aboyait des ordres dans un microphone, tout en jetant des coups d'œil par la fenêtre du drive. Elle passa la carte bancaire d'un client avec un mouvement de poignet exaspéré avant de reporter son attention sur son personnel.

Le gargouillement et le rugissement d'un distributeur de boissons gazeuses se battaient avec le vacarme des cris d'un bambin dans l'aire de jeux, et Jan remarqua l'expression sur le visage de Turpin.

— C'est un vrai capharnaüm, dit-elle. Je me rappelle maintenant pourquoi je refuse d'amener les enfants ici.

Elle s'écarta pour laisser passer un homme âgé avec un plateau en plastique chargé de pancakes fumants et de deux tasses de café dont le contenu se renversait sous ses mains tremblantes.

— Je peux vous aider avec ça ? demanda-t-elle.

— Non.

Ses yeux brillaient d'indignation avant qu'il ne s'éloigne en traînant les pieds.

Jan le regarda atteindre une table sur le côté, puis disposer une poignée de sachets de sucre en papier devant une femme au visage perpétuellement renfrogné, puis elle reporta son attention vers le comptoir.

Une seule personne attendait encore sa commande, et la fenêtre du drive était déserte.

— Maintenant, dit Turpin à voix basse avant de se lancer vers la femme avec le casque. Excusez-moi.

Elle leva le menton à leur approche, une main sur la hanche.

— Oui ?

Jan sortit sa carte professionnelle.

— Enquêteuse West, et voici mon collègue l'inspecteur Turpin. Est-ce que nous pourrions parler au gérant, s'il vous plaît ?

— Je suis la responsable de service. Beverley Swain.

La femme leva la main pour ajuster sa courte queue de cheval et réarranger une pince à cheveux derrière son oreille.

— Nous avons besoin d'examiner les enregistrements de vos caméras de sécurité. Est-ce qu'il y a un endroit où nous pourrions parler ? Peut-être un endroit un peu plus calme ?

— Vous plaisantez.

La femme laissa échapper un rire dédaigneux.

— Le service du petit-déjeuner ne se termine pas avant dix heures et demie.

Jan consulta sa montre.

Quarante minutes.

— Ça ne peut pas attendre, dit-elle.

— Attendez un instant. Billy !

Le regard de Jan balaya la zone de préparation des aliments derrière le comptoir tandis que la voix de la femme résonnait, et elle aperçut un jeune homme dégingandé à l'acné sévère qui flânait vers elles depuis les friteuses.

— Qu'est-ce qui se passe, Bev ?

— Je serai dans le bureau. Appelle-moi si c'est urgent, et fais venir Daisy pour nettoyer les tables.

La femme lui tendit le casque avant de faire signe à Jan et Turpin.

— Venez. Je pense qu'il nous reste quinze minutes avant que ce soit la folie ici.

Ouvrant la marche après les toilettes, Beverley passa sa carte de sécurité sur un panneau à côté d'une porte marquée « Personnel uniquement », puis elle ouvrit une porte intérieure et s'écarta.

— Par ici.

Le regard de Jan se posa sur la rangée de six petits écrans derrière un bureau bon marché ébréché tandis que la gérante les rejoignait.

— Combien de temps est-ce que vous gardez les enregistrements ? demanda-t-elle.

— Pour toujours, à ma connaissance. Tout est téléchargé sur un serveur central. Pourquoi ?

Turpin plongea la main dans la poche de sa veste et en sortit la photo de Matthew.

— Nous essayons de savoir s'il est venu ici lundi, ou peut-être pendant le week-end. Est-ce que vous le reconnaissez ?

Les yeux de la femme s'écarquillèrent.

— C'est le gamin qui aurait été tué à la fête foraine d'après ce que j'ai entendu ?

— Est-ce que vous l'avez vu ici ?

— Je... non, désolée. Mes horaires vont du mercredi au samedi.

— Est-ce que quelqu'un d'autre travaillait ici lundi ?

— Je ne crois pas. Laissez-moi vérifier le planning.

Elle se dirigea vers un ordinateur antique posé dans un coin du bureau, tapa un mot de passe puis frappa la touche « Entrée » avec une telle force que Jan sursauta.

— Désolée, elle est coincée. Probablement des restes de nourriture entre les touches, vous voyez ?

Jan fronça le nez et se plaça derrière l'épaule de la femme tandis qu'elle faisait défiler une liste d'emails.

Beverley fronça les sourcils.

— Désolée, je ne trouve rien. Je peux vous fournir une liste des noms et des numéros de contact si cela vous aide, mais je vais d'abord devoir obtenir l'autorisation du service du personnel. Ça vous va ?

— C'est parfait, répondit Turpin. Est-ce qu'on pourrait jeter un œil aux enregistrements des caméras ?

La responsable de service fit pivoter sa chaise pour lui faire face.

— Je ne sais pas. Je suis censée être là-bas pour surveiller les choses. Il vous fait combien de temps ?

— Le temps qu'il faudra. Si nous pouvions voir les images de lundi pour commencer, ce serait un bon début. Si nécessaire, nous allons aussi vérifier les enregistrements du week-end.

Le téléphone sur le bureau à côté de Beverley se mit à sonner.

— Attendez. Allô ?

Elle soupira.

— J'arrive tout de suite.

Elle reposa le combiné sur son socle, puis elle se leva et haussa les épaules d'un air désolé.

— Je dois retourner là-bas. Il y a une file d'attente qui s'étend jusqu'à la porte et cinq voitures au drive.

— Est-ce que nous pourrions commencer pendant que vous réglez ça ? demanda Jan.

— Je ne sais pas.

Le regard de Beverley se porta sur les moniteurs de surveillance.

— C'est probablement contraire au règlement. Je pourrais avoir des problèmes avec la direction.

— Et si nous jetions un coup d'œil pour voir s'il y a quelque chose qui pourrait nous aider, et si nous repérons quelque chose, nous vous dirons ce dont nous avons besoin et vous pourrez en référer à vos supérieurs ? suggéra Turpin.

Il lui adressa un sourire.

— Ce serait d'une aide précieuse.

Jan voyait la femme s'adoucir sous son regard, et elle se mordit la lèvre.

Le téléphone recommença à sonner, et elle vit les épaules de Beverley s'affaisser un instant avant qu'elle ne parle.

— D'accord. Mais vous ne pouvez le dire à personne.

Elle tira la chaise à côté des écrans et poussa un clavier et une souris vers Turpin.

— Voici le menu des enregistrements. Vous pouvez les consulter par journée entière ou par segments de quatre heures. Utilisez ces commandes pour accélérer, ralentir ou arrêter.

— Merci, dit-il en s'installant sur la chaise.

— Surtout ne détraquiez rien, murmura la responsable avant de s'enfuir de la pièce.

— Bien joué, chef, dit Jan. Quel charmeur.

Il ricana en tapant une série de touches pour trouver les enregistrements de ce lundi, puis il regarda ses doigts avec une expression de dégoût.

— Il y a même de la graisse là-dessus.

— Tu veux des gants ?

Jan fit pivoter l'autre chaise à côté de lui et s'assit pour scruter l'écran.

— Trop tard maintenant.

Il fallut vingt minutes à Turpin pour comprendre le

système de classement utilisé par la chaîne de restauration rapide pour leurs vidéos de sécurité, puis pour localiser les fichiers du lundi matin.

Le cœur de Jan fit un bond quand elle vit l'horodatage du premier enregistrement.

— Cinq heures du matin ?

— À quelle heure est-ce que Tom a dit que le ticket de bus trouvé dans la poche de Matthew avait été composté ?

— Attends.

Elle plongea la main dans son sac, ouvrit son carnet et sortit son téléphone portable en même temps.

— Cinq heures quarante-cinq. Selon ces résultats de recherche, il y a un service de bus de Didcot jusqu'ici qui est parti à cinq heures cinquante. Ça l'aurait déposé près de Victoria Road juste avant six heures quinze.

Turpin allait passer sa main sur sa mâchoire, puis il s'arrêta, sa bouche se tordant tandis qu'il examinait la saleté collée à ses doigts.

— Ce n'est qu'à vingt minutes de Swindon en train.

Il lança la lecture et ajusta rapidement les paramètres pour qu'ils puissent regarder en vitesse double.

La première heure passa avec l'arrivée successive d'une équipe squelettique d'employés, suivie d'un flux constant de véhicules au drive. Çà et là, des camions et camionnettes de différentes tailles se garaient sur le parking, leurs conducteurs vêtus de vestes et gilets haute visibilité, emmitouflés contre l'air frais du matin.

Les clients réguliers étaient faciles à repérer depuis les différents angles des caméras qui enregistraient les activités du restaurant. Ils s'attardaient au comptoir pour bavarder avec le personnel, se saluaient d'un signe de tête et repartaient en quelques minutes, cafés et petits-déjeuners à emporter en main.

Jan fronça les sourcils.

— Je ne le vois pas encore.

— On n'en est qu'à six heures. C'est trop tôt s'il est arrivé par ce bus.

Turpin ne leva pas les yeux de l'écran, sa main guidant la souris sur les commandes.

Elle ne dit rien de plus et se tortilla sur son siège pour compenser l'engourdissement qui gagnait son postérieur.

Après trente minutes supplémentaires d'images qui défilèrent en accéléré, son collègue se redressa et pointa du doigt l'écran.

— C'est lui.

Ils regardèrent Matthew entrer dans le restaurant un peu après six heures et demie, puis tenir la porte ouverte pour deux ouvriers du bâtiment tout en gardant la tête baissée, avant de se diriger vers le comptoir.

Vêtu des mêmes vêtements que lorsqu'il avait été tué dans la ruelle le lundi soir, le garçon repoussa sa capuche et leva le menton pour voir le menu affiché au-dessus des caisses. Il semblait faire tinter quelques pièces dans la poche de son jean avant d'en sortir la main et de regarder fixement les pièces, puis il s'avança vers le comptoir.

— Il est si jeune, dit Jan d'une voix basse. Maigre pour son âge, aussi.

Il passa sa commande, puis quand elle arriva, il emporta son plateau vers un endroit isolé près de la fenêtre, loin des autres clients. Il ouvrit la boîte en carton du hamburger, versa ses frites dans le couvercle et regarda passer la circulation tout en grignotant sa nourriture.

Jan porta sa main à sa bouche tandis qu'ils observaient le

garçon à la fenêtre, se demandant ce qui lui passait par la tête.

— Il est nerveux, non ? Mes deux enfants auraient englouti tout ça en quelques secondes.

— Je crois que tu as raison, dit Turpin.

Matthew semblait perdu dans ses pensées, il déchirait sa serviette en papier tout en regardant à travers la vitre. Après un moment, il but une gorgée de sa boisson, puis la poussa de côté et sortit un téléphone portable, ses pouces se déplaçant sur l'écran dans un flou de mouvements.

— Où est son téléphone ? demanda Turpin. Les équipes de recherche ne l'ont pas trouvé, et les ambulanciers n'en ont pas trouvé dans ses poches quand ils cherchaient un moyen de l'identifier.

— Jeté ? Volé ?

Matthew fourra son téléphone dans sa poche, jeta un coup d'œil par la fenêtre et se figea sur son siège.

Son front se plissa, sa bouche s'entrouvrant tandis qu'il glissait du tabouret et s'éloignait de la vitre, abandonnant son repas.

— Où est-ce qu'il est passé ?

Les yeux de Jan parcouraient les autres moniteurs pour essayer de repérer le garçon sous un autre angle.

— Ici.

Turpin pointa du doigt l'écran en haut à droite.

Le garçon traînait près des poubelles, s'abritant derrière un pilier structurel qui affichait les offres spéciales du mois, tout en tendant le cou pour voir au-delà de la fenêtre où il était assis quelques instants plus tôt.

Après un moment, il traversa le restaurant pour aller aux toilettes, en ressortit cinq minutes plus tard, puis il se précipita vers la porte d'entrée.

Turpin trouva les images correspondantes qui montraient l'extérieur du restaurant, et ils regardèrent en silence Matthew traverser le parking en courant.

— Il n'est pas revenu, dit-il après avoir fait défiler la souris d'avant en arrière sur le reste des images. C'est tout ce que nous avons.

— Il a vu quelqu'un, n'est-ce pas ? dit Jan. Quelqu'un qu'il a reconnu.

— C'est forcément ça. Et, vu sa réaction, c'était quelqu'un qui lui faisait peur.

# CHAPITRE 15

Mark étira son dos endolori, puis il suivit Jan à travers la porte du personnel pour entrer dans le restaurant.

Le service du déjeuner battait son plein, avec un flot constant de véhicules et de piétons qui traversaient l'établissement, et le *bip* régulier des terminaux de paiement aux quatre caisses qui formait une bande sonore permanente, accompagnée de commandes criées, de conversations bruyantes et du sifflement des friteuses et des grils.

Une atmosphère épaisse de sueur, de vêtements humides et de désinfectant se mêlait aux odeurs en provenance de la zone de préparation des aliments.

La responsable de service leva les yeux de là où elle versait une boisson gazeuse dans un grand gobelet à emporter alors qu'ils s'approchaient, son regard trahissant sa surprise avant qu'elle ne se reprenne.

— Je crois qu'elle a oublié qu'on était là, dit Jan.

— Ça ne m'étonne pas, vu tout ce monde.

Mark tendit le cou pour voir par-dessus les têtes des gens qui faisaient la queue.

— On ne va pas pouvoir lui parler avant un moment pour obtenir une copie de cette vidéo. Attends ici, j'ai quelque chose à faire.

Sa collègue lui lança un regard interrogateur jusqu'à ce qu'il indique du pouce le panneau sur la porte représentant les toilettes pour hommes. Elle se détourna alors, son attention captée par une mère qui essayait d'équilibrer un enfant gigotant sur sa hanche tout en luttant pour vider un plateau couvert de déchets dans l'une des poubelles.

Mark sourit en voyant Jan commencer à l'aider, puis il ouvrit la porte des toilettes.

Le bruit du restaurant s'estompa lorsque le mécanisme de fermeture automatique se referma dans un sifflement, et il resta un moment debout près d'un mur carrelé.

Quatre lavabos en céramique s'alignaient dans la pièce au-delà des deux sèche-mains à côté de lui, avec deux urinoirs et une seule cabine du côté opposé.

L'eau s'accumulait sur les plans de toilette, des éclaboussures de savon liquide traînant sur la surface en direction des sèche-mains, tandis que le sol carrelé portait les traces de boue apportées au cours de la matinée.

Mark entra dans la cabine et parcourut du regard le mur derrière la cuvette des toilettes. La chasse d'eau et la tuyauterie avaient été dissimulées derrière un panneau de couleur ardoise, les scellant et garantissant que la plomberie reste inviolable. À moins qu'il n'y ait une clé à molette dans le coffre de la voiture de service – ce dont il doutait fortement – il n'avait aucune chance d'approfondir son investigation.

Il revint vers les lavabos, se retourna et examina la pièce, ignorant la poubelle dans le coin.

— Voyons voir, dit-il. Où chercher d'autre ?

Selon son estimation, Matthew mesurait environ un mètre cinquante. Sur l'enregistrement vidéo, l'adolescent de quatorze ans n'avait pas passé plus de cinq minutes dans les toilettes pour hommes avant de réapparaître dans le restaurant. Il ne portait ni sac à dos, ni bagage, rien du tout.

Mark expira, aperçut son visage dans le miroir en se tournant, puis il se figea.

*Est-ce que c'était possible ?*

Il se précipita vers la cabine et jeta un coup d'œil par-dessus son épaule en direction de la porte de sortie, puis il tendit la main et abaissa le couvercle de la cuvette des toilettes.

Il s'arrêta et sortit une paire de gants de protection de la poche de sa veste. Quelques instants plus tard, il se tenait en équilibre, un pied de chaque côté du couvercle, le cou penché sur le côté et les paumes sur les dalles qui tapissaient le plafond suspendu.

Avec son mètre quatre-vingt-huit, il trouvait l'angle inconfortable, mais cela aurait été parfaitement à la portée de Matthew.

Mark tapota la dalle au-dessus des toilettes et il fut récompensé par une poussière qui lui tomba dans les yeux lorsqu'elle se détacha de son cadre en aluminium. Il jura à voix basse, essuya les larmes qui le piquaient et il écarta la pensée d'avoir les doigts grignotés par un rongeur égaré alors qu'il glissait sa main dans l'espace pour tâtonner.

*Rien.*

Passons à la dalle suivante.

Il émit un grognement de surprise quand celle-ci céda sans le drame de la première, et il plongea sa main dans l'espace sombre.

Le cœur battant, il trébucha sur son perchoir précaire lorsque ses doigts touchèrent du plastique.

Le téléphone portable avait été caché sur le côté gauche de l'emplacement de la dalle, équilibré sur l'armature de telle sorte que si l'une des dalles se détachait, il ne tomberait pas.

— Oui !

Mark retira le téléphone de sa cachette et descendit, puis il sursauta.

Un homme corpulent d'une quarantaine d'années – chauve, bien bâti et menaçant – se tenait près de la porte de sortie.

— Qu'est-ce que vous faites ?

Mark retourna sa carte de police et la passa sous le nez de l'homme en le dépassant.

— N'oubliez pas de tirer la chasse et de vous laver les mains.

Il n'attendit pas de réponse.

Jan haussa un sourcil depuis sa position à côté du comptoir lorsqu'il entra dans le restaurant, les joues légèrement colorées tandis qu'il s'approchait.

— Tout va bien ? Tu as été absent un moment.

— Ce n'est pas ce que tu penses.

Il brandit le téléphone portable.

— C'est à Matthew.

— Quoi ?

Il posa une main sur son bras et l'éloigna de la file de personnes au comptoir, ignorant les regards curieux qui les suivaient.

— Tu as un sachet à preuves sur toi ?

— Non, mais attends.

Elle se dirigea vers le comptoir, parla à une fille à l'une

des caisses, puis elle revint avec un sac en papier à emporter qu'elle ouvrit d'un geste.

— Ça fera l'affaire. Il était où ?

— Dans le plafond. Il est déchargé, mais je pense que c'est le même modèle que celui qu'utilise Tom Wilcox. Espérons qu'il a un chargeur au poste.

— S'il n'en a pas, quelqu'un en aura un. J'ai pu parler à Beverley, elle va appeler son siège social quand son service se terminera à treize heures pour leur demander de nous envoyer une copie des enregistrements. J'ai demandé qu'ils incluent également samedi et dimanche, juste au cas où.

— Merci. Bien, retournons au commissariat et voyons ce qu'il y a sur ce téléphone.

— Tu veux manger quelque chose pendant qu'on est là ?

Mark regarda par-dessus son épaule, jeta un coup d'œil aux aliments graisseux que l'on poussait vers les clients de l'autre côté du comptoir, et il secoua la tête.

— Je crois que je vais m'abstenir.

# CHAPITRE 16

En pointant la télécommande par-dessus son épaule, Jan traversa rapidement le parking du commissariat jusqu'à la porte sécurisée, passa sa carte d'accès et monta les marches deux à deux.

Turpin l'avait devancée, il s'était précipité de l'autre côté de la rue depuis le fast-food pour essayer de trouver Ewan Kennedy avant qu'il ne parte au quartier général pour la journée.

Elle s'arrêta devant la salle des opérations et elle prit un moment pour reprendre son souffle et rajuster sa veste, puis elle entra dans un espace aussi bruyant que bondé.

Turpin lui fit signe depuis l'avant de la salle où il se tenait à côté de Kennedy devant le tableau blanc, tandis que les autres membres de l'équipe d'enquête traînaient des chaises sur la moquette pour former un demi-cercle approximatif.

L'inspecteur principal arpentait la moquette pendant que le groupe s'installait, puis il réclama leur attention.

— Tout d'abord, je tiens à vous remercier tous pour votre dévouement au cours des deux derniers jours, dit-il. Nous avons beaucoup d'informations à traiter, et vous pourriez avoir l'impression que nous n'avons pas fait beaucoup de progrès dans le temps dont nous avons disposé jusqu'à présent, mais c'est votre attention aux détails qui va nous permettre d'arrêter le meurtrier de Matthew.

Il laissa ses paroles faire leur effet, puis il secoua le sac à emporter contenant le téléphone portable du garçon.

— Nous avons maintenant obtenu confirmation que lorsque Matthew est arrivé dans l'Oxfordshire en train lundi matin, il a pris le bus depuis Didcot Parkway jusqu'à Abingdon, puis il s'est rendu au fast-food de l'autre côté de la rue. On l'a vu abandonner son repas avant d'aller aux toilettes, puis il s'est enfui du bâtiment quelques instants plus tard. Mark a trouvé un téléphone portable dans le faux plafond des toilettes pour hommes, et comme on a vu Matthew sur les images de sécurité avec ce téléphone avant qu'il n'aille aux toilettes, nous pouvons supposer qu'il lui appartient.

— Tom, tu as ton chargeur de téléphone ici ? demanda Turpin.

— Oui.

Le sergent de police traversa la pièce et prit le téléphone des mains de Kennedy pour le brancher au bureau de Turpin. Il examina l'écran.

— On dirait un modèle prépayé bon marché. Ma nièce en a un comme ça. Notre gamin n'a peut-être pas pensé à ajouter un code d'accès s'il prévoyait de s'en débarrasser à un moment donné, donc on devrait pouvoir commencer à traiter les données dès qu'on aura un peu de batterie.

— Bien, merci, dit Kennedy. Je veux tout ce que vous pourrez en tirer.

— Nous avons vu Matthew envoyer un SMS à quelqu'un

pendant qu'il mangeait, ajouta Jan. Ensuite, il a regardé par la fenêtre et il avait l'air choqué, comme s'il avait reconnu quelqu'un, et c'est à ce moment-là qu'il s'est précipité aux toilettes pour cacher le téléphone.

— Est-ce que quelqu'un est entré dans le restaurant et s'est approché de lui ?

— Non, il a quitté l'endroit dès qu'il est sorti des toilettes, répondit Turpin.

— Et après son départ ?

— Personne n'est entré dans le restaurant avec l'air de chercher quelqu'un, non.

— Combien de temps avant d'obtenir les images de sécurité de leur siège social ?

— Je vais les relancer après le briefing, chef. Ils savent que c'est urgent.

— Ok. Des idées sur la raison pour laquelle il a abandonné le téléphone, dit l'inspecteur principal. Quelqu'un ? Je veux dire, mes enfants sont toujours sur les leurs, ils paniquent s'ils en sont privés plus de trente secondes. Alors, pourquoi est-ce que Matthew a laissé le sien derrière lui ? Plus important encore, pourquoi le cacher là où il l'a fait ?

Caroline leva la main.

— Chef, et si la personne qu'il avait vue à travers la vitre le pourchassait et qu'il pensait que son téléphone avait été utilisé pour localiser sa position ? Peut-être qu'il s'est dit qu'en s'en débarrassant, il pourrait éviter d'être suivi.

— C'est assez facile à faire avec une application de suivi, ajouta Jan. Mais s'il utilisait un téléphone prépayé, est-ce qu'ils auraient eu le temps de faire ça ?

— Oui, si la personne qui a installé l'application de suivi est la même qui lui a donné le téléphone.

Kennedy nota la suggestion de la jeune enquêteuse sur le tableau blanc.

— Caroline, travaillez avec Tom une fois que le téléphone sera chargé et passez en revue les applications pour voir ce que vous pouvez trouver. L'historique de localisation du téléphone aussi, ça pourrait nous donner des informations sur les endroits où il est allé avant d'arriver ici. Relancez aussi la police des transports au sujet des images de vidéosurveillance des trains, dit-il. Je vais contacter nos collègues de la police du Wiltshire et leur demander de retracer les déplacements de Matthew avant qu'il ne prenne le train. Alex, je veux que vous parliez à la mairie au sujet des images de vidéosurveillance pour Marcham Road. Nous devons découvrir où Matthew est allé après avoir quitté le fast-food, et si quelqu'un l'a suivi. Vérifiez aussi qu'il est bien arrivé par ce bus matinal, afin d'éliminer l'hypothèse que quelqu'un l'ait conduit ici.

— On se demande pourquoi il est arrivé à Abingdon si tôt, dit Wilcox. Après tout, s'il essayait de vendre de la drogue, d'après ce qu'on a trouvé dans ses poches, il n'allait pas avoir beaucoup de clients à cette heure-là, non ?

— Il était jeune, et on n'a pas trouvé beaucoup d'argent sur lui, répondit Caroline en tenant son téléphone portable. Je pense qu'il faisait attention, qu'il établissait un budget pour ce qu'il avait à faire. Je viens de regarder les heures d'arrivée des trains depuis Swindon. S'il était arrivé plus tard, le voyage lui aurait coûté deux fois plus cher. Il est venu ici tôt parce qu'il pouvait se le permettre.

— Et c'est probablement pour ça qu'il a choisi de manger au fast-food, dit Kennedy.

— Ce n'est peut-être pas le cas, chef, répliqua Jan. Il est plus probable qu'il y soit allé parce que c'était le seul endroit ouvert à cette heure du matin. Il ouvre à cinq heures, ça lui donnait un endroit où s'abriter jusqu'à ce qu'il soit prêt à faire ce pour quoi il était venu. Manifestement, quelque chose s'est produit qui l'a fait changer d'avis, mais je pense qu'il est allé au restaurant délibérément.

— Et puis comme il a fini par abandonner son repas, il avait à nouveau faim en milieu de matinée, dit Turpin, c'est pourquoi il s'est ensuite présenté au café d'Angie sur la place. C'est l'un des moins chers du centre-ville.

— Mais où est-il allé entre-temps ? interrogea Kennedy. Et à qui était-il censé vendre de la drogue quand la transaction a mal tourné et qu'il s'est retrouvé mort ?

Alex leva la main.

— Chef ?

— Oui ?

Le plus jeune membre de l'équipe tira sur sa cravate et rougit.

— Eh bien, c'est juste que Mark et Jan ont dit que Matthew regardait par la fenêtre pendant qu'il mangeait, avant de s'enfuir, je veux dire.

— Et ? demanda Kennedy.

— Vous nous avez dit lors du briefing de ce matin que Mark l'avait reconnu d'après la photo prise à l'autopsie. Et si Matthew avait été assassiné parce qu'il venait ici pour trouver Mark ? Et s'il avait découvert qu'il avait été transféré ici et voulait lui demander de l'aide ?

Turpin lança à l'enquêteur un regard confus.

— Mais comment est-ce qu'il aurait su où me trouver ?

— Tu as fait la une des journaux nationaux il y a un an après les meurtres des prêtres, répondit Jan. Ça n'aurait pas été difficile.

— Merde.

— Cette fenêtre du fast-food donne sur le commissariat, n'est-ce pas ? dit Alex, s'échauffant pour sa théorie. Donc, et s'il n'était pas du tout question d'un deal de drogue ? Et s'il attendait simplement que Mark arrive au travail lundi matin pour pouvoir lui parler ?

# CHAPITRE 17

Mark se pencha sur son téléphone et tapa un message, le cœur lourd.

À sa gauche, deux membres de l'équipe du centre de contrôle au dernier étage étaient assis sur des fauteuils identiques, têtes baissées pendant qu'ils parlaient à voix basse, leurs voix se mêlant à celle du présentateur sur le grand téléviseur fixé au mur.

Il ignora le bandeau rouge d'actualités qui défilait au bas de l'écran, le bruit des pas des autres policiers qui passaient derrière lui et les plaisanteries lancées à la cantonade qui résonnaient à travers la mezzanine tandis que le reste du commissariat poursuivait ses activités habituelles.

L'atrium du commissariat offrait normalement un espace où échapper aux pressions du travail pendant quelques instants de solitude. Les gens avaient tendance à se laisser tranquilles, appréciant le besoin de décompresser, d'être seul.

De s'inquiéter.

Mark jeta un coup d'œil à son téléphone lorsqu'il vibra et

il exhala en lisant la réponse de Lucy qui lui disait que tout allait bien et qu'elle et ses filles étaient au musée Ashmolean à Oxford.

La nausée lui serra l'estomac.

La théorie d'Alex selon laquelle l'apparition de Matthew à Abingdon aurait pu être une tentative du garçon pour le chercher apportait d'autres complications.

Si Matthew était venu ici, qui l'avait tué ?

Et cette personne savait-elle que les filles de Mark étaient ici aussi ?

Maintenant, sa position au sein de l'équipe d'enquête était en cours d'examen, l'inspecteur principal avait été rappelé au quartier général pour rencontrer leurs supérieurs et discuter de son avenir.

Une ombre tomba par-dessus son épaule, et il sursauta, le cœur battant.

— Caroline m'a dit que je te trouverais ici. Ça va ?

Jan s'affaissa sur le canapé à côté de lui, ses yeux inquiets tandis qu'elle se tournait vers lui. Elle fit un geste vers son téléphone.

— Tout le monde va bien ?

— Oui. Elles sont toutes à Oxford pour la journée.

Sa collègue leva les yeux vers le ciel gris pâle au-delà des fenêtres de l'atrium.

— Au musée ?

— Et pour faire du shopping, connaissant Louise. Surtout quand elle trouve des librairies.

Ils restèrent silencieux un moment, et Mark s'adossa contre les coussins moelleux avant de passer une main sur son visage.

— Quel putain de bordel.

— Ce n'est pas ta faute. Blâme le salaud qui l'a tué.

— Si j'avais été présent lundi matin au lieu de devoir aller dans le Wiltshire chercher les filles pour que Debbie puisse prendre son avion, j'aurais été là. Matthew m'aurait vu arriver au travail, n'est-ce pas ?

Il se tourna vers elle, conscient de l'urgence dans sa voix.

— Alex a raison, on peut voir l'arrière du commissariat depuis l'endroit où il était assis.

— Cela ne veut pas dire qu'il serait entré par la porte d'entrée pour te parler, si ?

Jan soupira, jeta un coup d'œil par-dessus son épaule alors que les deux membres du centre de contrôle quittaient leurs sièges, puis elle reporta son attention sur lui.

— Surtout si l'on considère qu'il a probablement vu quelqu'un qu'il connaissait et qu'il s'est enfui. Tu n'étais pas censé arriver avant huit heures, il était déjà parti à ce moment-là.

— Et s'il était revenu ?

— Alors nous le saurons quand nous recevrons les enregistrements du siège du restaurant. En attendant, tu dois arrêter de te blâmer pour tout ça, Mark. Blâme les salauds qui utilisaient Matthew pour revendre de la drogue. Blâme le salaud qui l'a poignardé et l'a laissé mourir.

Il cligna des yeux devant la férocité de son regard, puis il secoua la tête pour tenter de dissiper le désespoir qui planait sur lui.

— Tu as parlé à Lucy de ce qui s'est passé à Swindon ?

— Oui, elle est au courant.

Il grimaça.

— Et Louise et Anna n'ont pas mentionné avoir vu quelqu'un les suivre ces derniers temps. Je suis probablement paranoïaque, non ?

— Rien de mal à ça. Ce sont tes filles, après tout. Tu as le droit de t'inquiéter pour elles.

Jan pencha la tête sur le côté.

— Et après avoir vu comment tu es avec elles, j'imagine qu'elles te diraient immédiatement si quelque chose les inquiétait.

Après avoir glissé son téléphone dans la poche de sa veste, Mark se leva et rajusta son pantalon, puis il s'efforça de sourire en regardant sa collègue.

— Bon, je fais toujours partie de l'équipe jusqu'au retour de Kennedy, alors retournons à l'étage et voyons ce qu'on peut faire en attendant.

— Chef ?

L'appel de Tom résonna dans l'atrium et lui attira quelques regards surpris du personnel qui avait commencé à se rassembler autour de la télévision avec des cafés et des en-cas. Il les ignora et se précipita vers Mark et Jan.

— Qu'est-ce qui ne va pas ? demanda Mark.

— Nous avons commencé à accéder aux informations sur le téléphone portable. J'ai pensé que vous voudriez venir voir ce que nous avons trouvé jusqu'à présent.

— On te suit.

Quelques instants plus tard, Mark se tenait au coude d'Alex tandis que l'enquêteur inclinait l'écran du téléphone pour que le petit groupe autour de sa chaise puisse voir.

— Il semble avoir supprimé des messages régulièrement, et les journaux d'appels, il n'y en a aucun répertorié, dit-il. Mais quoi qu'il se soit passé lundi matin, il n'a pas eu le temps de le faire. Probablement trop pressé de se débarrasser du téléphone. Voici le dernier SMS qu'il a envoyé.

La mâchoire de Mark se crispa en lisant les mots en majuscules sur l'écran.

*LAISSEZ-MOI TRANQUILLE*.

— À qui est-ce qu'il l'a envoyé ?

— À ce numéro, là.

Alex pointa l'écran de son index.

— Il n'y a aucun contact enregistré.

— C'est peut-être un téléphone jetable, alors, suggéra Jan. Pas son téléphone habituel, s'il en avait un. Ça expliquerait pourquoi il n'y a pas de journaux d'appels ou quoi que ce soit. Un numéro entrant, un numéro sortant.

— Comme une connexion directe avec celui qui l'utilisait, dit Mark. Alex, tu peux travailler là-dessus et voir si tu peux récupérer des messages supprimés ? Au minimum, découvre à quelle fréquence il appelait ou envoyait des textos à ce numéro, et à qui il appartient.

— Tu veux que je l'appelle ?

— Non.

Mark et Jan avaient parlé à l'unisson, puis il lui fit signe de continuer.

— Pas avant de savoir à qui il appartient, expliqua-t-elle à Alex.

— À ce propos, désactive tous les services de localisation et supprime toutes les applications de traçage qui s'y trouvent, dit Tom. Ils ont découvert que Matthew était ici, donc ils ont dû le localiser d'une manière ou d'une autre. Si ce téléphone lui a été donné par la personne qui l'a tué, ou par quelqu'un qui connaît le tueur, c'était leur moyen le plus simple de surveiller ses déplacements. Nous ne voulons pas leur révéler que nous l'avons récupéré.

Mark secoua la tête en écoutant le sergent, et une nouvelle prise de conscience le submergea.

— Il n'avait aucune chance, n'est-ce pas ? Dès qu'il a

quitté Swindon, il est devenu une cible. Ils n'allaient jamais le laisser partir.

— Mais pourquoi ? demanda Jan. Il avait quatorze ans, bon sang. Quel mal pouvait-il leur faire ?

— Je ne sais pas encore, répondit Mark. Mais quoi que ce soit, quoi qu'il ait su, quelqu'un a décidé qu'il représentait trop de risques.

# CHAPITRE 18

Mark baissa la tête sous la poutre au-dessus d'une épaisse porte en bois et il entra dans un bar qui respirait la chaleur.

Le pub sur le pont était calme en cette période de l'année, avec seulement quelques habitués qui occupaient les tables autour de la salle et les tabourets du bar déserts.

Il détourna son attention des pompes à bière polies et étincelantes en entendant un tonnerre de pas sur le parquet, et il sourit lorsque sa plus jeune fille arriva jusqu'à lui.

— Papa !

Anna se jeta sur lui et enroula ses bras autour de sa taille.

— Ouf !

Il résista à l'envie de reculer d'un pas alors que son ancienne blessure abdominale protestait, et il lui rendit son étreinte.

— Tu es en retard.

— Désolé. Des trucs de boulot.

Elle sourit, et il réalisa avec un sursaut qu'elle n'avait plus besoin de lever le menton pour croiser son regard.

— Salut, Papa, lança Louise depuis une table nichée dans un coin, en montrant un verre vide. Pile au bon moment.

— Quelle insolence.

— Elle marque un point, cela dit.

Lucy leva son verre de vin.

— Si tu paies...

Mark attrapa son portefeuille et leva les yeux au ciel tandis qu'une jeune femme d'une vingtaine d'années apparaissait d'une porte à gauche du bar.

— La même chose pour elles et une pinte de blonde pour moi, s'il vous plaît.

— Pas de problème, dit-elle.

Mark tendit deux sodas à Anna et l'envoya devant pendant qu'il payait.

Lucy tira la chaise à côté d'elle quand il atteignit la table, et il s'y laissa tomber avec un soupir après lui avoir tendu un verre de vin.

Il examina les restes de miettes de pizza éparpillés sur les assiettes avant que la serveuse ne commence à les débarrasser, et il décida qu'il ferait mieux de prendre un plat indien à emporter sur le chemin du retour.

— Santé, dit-il en cognant son verre contre les leurs. Tout va bien ? Qu'est-ce que vous avez fait à Oxford, alors ?

— On a vu un homme mort, répondit Anna.

Le verre de Mark s'arrêta à mi-chemin de sa bouche, et il se tourna vers Lucy.

— Quoi ?

Elle leva la main et secoua la tête.

— Ne panique pas. C'était juste un squelette au musée.

— Beurk.

Anna prit une gorgée de limonade avant de regarder par-dessus son nez.

— Je ne sais pas comment tu fais, Papa.

— Passons à un sujet plus joyeux, alors, dit-il en haussant un sourcil tandis que Louise étouffait un rire. J'imagine que vous avez aussi trouvé le temps de faire du shopping ?

Il écoutait et ses épaules commencèrent à se détendre tandis que ses deux filles lui racontaient leurs achats. Il se fit une note mentale de passer à un distributeur sur le chemin du retour, il ne leur reprochait pas leurs habitudes d'achat, surtout quand il voyait le visage de Louise pendant qu'elle lui montrait les livres qu'elle avait découverts dans une boutique d'antiquités près de la rue principale, mais il ne voulait pas non plus laisser Lucy à court d'argent.

Comme si elle lisait dans ses pensées, elle tendit la main vers la sienne et la serra rapidement.

— Ne t'inquiète pas pour ça, dit-elle. On réglera tout ça quand les choses se seront calmées.

— Merci.

Il tourna son attention vers ses filles qui se chamaillaient pour un jeu sur le téléphone portable de Louise.

Il réalisa qu'il n'avait aucune idée de ce pour quoi sa fille utilisait son téléphone ces jours-ci. Debbie avait insisté pour qu'elle en ait un après l'incident de Swindon, avec pour règle qu'il ne devait être utilisé qu'en cas d'urgence. Étant donné que Louise lui avait dit qu'elle avait l'intention de commencer à postuler pour des emplois à temps partiel dès que les jours s'allongeraient à nouveau, il n'allait pas s'y opposer, mais ses pensées se tournèrent vers la façon dont Matthew avait délibérément caché son téléphone.

— Lou ?

Sa fille leva son visage de l'écran, ses yeux gris-vert interrogateurs.

— Quoi ?

— À quel point est-ce que tu utilises les réseaux sociaux sur ce truc ?

— Pas beaucoup. Maman ne me laisse pas faire, et pour être honnête, aucun de mes amis n'y est autorisé, donc ça ne sert à rien. Je n'ai qu'un seul compte pour publier des photos et ce genre de choses, et c'est privé de toute façon.

— Tu as verrouillé tous les paramètres de sécurité ? Tu sais, la localisation et ce genre de choses.

— Je ne sais pas.

Elle haussa les épaules.

— Je ne crois pas. Maman disait justement l'autre jour qu'elle voulait que j'installe une application de suivi dessus.

— C'est quoi ça ?

— Une application qui lui permet de voir où je suis. Elle va en installer une sur son téléphone aussi.

Son visage s'illumina.

— Hé, tu pourrais faire pareil. Comme ça, je pourrais voir où tu es, même quand je serai rentrée à la maison.

— Ce serait trop bien.

Anna croisa les bras, les yeux plissés.

— On pourrait être comme des espions, Papa.

Elles éclatèrent de rire, et il se força à rire aussi.

— Bon, si vous avez fini de manger et que vous ne voulez pas de dessert, on retourne au bateau.

En bâillant, Anna enfonça ses bras dans son épais manteau et se dirigea vers la porte.

Alors qu'il sortait dans l'air nocturne, le souffle de Mark forma un nuage de buée devant son visage et il laissa les deux filles prendre de l'avance sur l'étroit trottoir avant d'enrouler sa main autour des doigts fins de Lucy.

— À quoi tu penses ? demanda-t-elle.

Il prit une profonde inspiration et observa Louise qui s'arrêtait au bout du pont, faisait pivoter sa sœur pour que leurs dos soient contre la pierre, puis prenait la pose pour faire une photo avec son téléphone, la rivière derrière elles reflétant les lumières de la route et de l'arrière du pub.

— Nous pensons que Matthew, le garçon qui a été assassiné, est peut-être venu à Abingdon délibérément. Pour me trouver, dit-il. Et nous pensons que celui qui l'a tué l'a suivi depuis Swindon.

Lucy ralentit, attendant que les filles aient fini de s'amuser et commencent à marcher vers le sentier qui menait à travers le pré jusqu'aux amarrages des péniches.

— Tu penses que son assassin est encore ici ?

— Je ne sais pas. Ce serait un sacré risque. L'équipe de vidéosurveillance examine toutes les images de Didcot Parkway de lundi matin à mardi pour voir s'ils peuvent repérer quelqu'un qui aurait suivi Matthew puis serait parti après l'heure de sa mort, mais c'est une possibilité assez mince.

— Tu t'inquiètes pour les filles.

— Je m'inquiète pour vous tous.

— Personne d'autre ne sait qu'elles sont ici, n'est-ce pas ? Je veux dire, tout s'est décidé à la dernière minute.

— Debbie l'aura dit à l'école, et je suppose à Gillian aussi. Après tout, elles se rejoignent là-bas pour s'occuper de leur mère. Elle l'a peut-être mentionné à certaines de ses amies, je suppose.

— Non, ce que je voulais dire, c'est que personne ne sait qu'elles sont avec *moi*.

Elle l'arrêta lorsqu'ils atteignirent le chemin de halage et posa sa main contre sa joue.

— Tout le monde pense qu'elles sont chez toi, non ?

Il expira, la chaleur de son contact réchauffant sa mâchoire tandis que ses pensées ralentissaient et que son cœur faisait un bond.

— Je n'avais pas pensé à ça.

— Tu as beaucoup de choses en tête en ce moment.

Elle glissa son bras sous le sien tandis qu'ils commençaient à marcher vers sa péniche.

— Laisse-les avec moi pour l'instant, au moins jusqu'à la fin du week-end. Tu auras probablement un suspect d'ici là, et tu auras de toute façon plus de temps à passer avec elles.

Mark leva les yeux vers les formes sombres des bateaux qui se balançaient doucement sur le courant, et il vit un rectangle de lumière briller depuis celui tout au bout, quelques instants avant qu'un aboiement excité n'atteigne ses oreilles.

— Elles ont une clé du bateau ?

— Non, elles ont ma clé du bateau. Je voulais prendre le temps de te parler.

Lucy se serra contre lui.

— Ça te touche directement, n'est-ce pas ? Ce meurtre, je veux dire.

— Je sais que je n'aurais rien pu faire. C'est ce que je me suis dit, c'est ce que j'ai dit à d'autres officiers dans le passé, mais ça n'aide pas. Je ne peux pas m'empêcher de me demander ce qui se serait passé s'il avait réussi à me parler. À me demander de l'aide.

Lucy fit un pas plus près, puis elle se mit sur la pointe des pieds et l'embrassa.

— Tu vas trouver qui a fait ça, Mark. Je le sais.

Il cligna des yeux, passa sa main le long de son bras, puis

regarda par-dessus ses boucles en entendant un autre aboiement, cette fois plus proche.

— Laisse-moi au moins te donner un peu plus d'argent avant qu'ils ne te mettent sur la paille. Le chien y compris.

Il se pencha alors que Hamish galopait vers eux et se jetait sur les genoux de Mark, ses pattes grattant son pantalon.

— Salut, mon grand. Viens, on rentre. Il fait un froid de canard dehors.

Lucy rit.

— Tu veux rester boire un verre ?

— Ça ne te dérange pas ?

— Bien sûr que non. J'ai un Shiraz ouvert. À moins que tu ne veuilles quelque chose de plus fort.

— D'accord. Juste un seul, et puis je vous laisse tranquilles, sinon ces deux-là n'iront jamais se coucher.

Il enjamba le plat-bord et lui tendit la main.

— Je ne m'inquiéterais pas trop, dit-elle en montant à bord. Elles se sont endormies comme des masses hier soir à neuf heures, c'est tout cet air frais qu'elles respirent.

En se baissant pour passer sous l'encadrement de la porte de la cabine, il sourit en apercevant ses filles blotties l'une contre l'autre sur l'une des couchettes simples qui bordaient la cabine principale. Louise était encore absorbée par le jeu sur son téléphone, mais Anna avait abandonné et lisait l'un des livres que sa sœur avait achetés ce jour-là.

Lucy lui fit signe de s'asseoir à la table près de la cuisine, puis elle versa deux généreuses mesures de vin et lui en tendit une avant de tinter son verre contre le sien.

— Prends-en un autre quand tu rentreras chez toi, dit-elle. Ça t'aidera à dormir.

— Tu crois ?

Il prit une gorgée de son verre et savoura les arômes avant de baisser la voix.

— Peut-être. Mais je vais quand même m'inquiéter.

— Je te l'ai dit. On va très bien s'en sortir.

Ses yeux se plissèrent tandis qu'elle l'observait par-dessus le bord de son verre.

— D'ailleurs, Turpin, c'est pour toi que je m'inquiète, pas pour elles.

# CHAPITRE 19

Même s'il avait ignoré les conseils de Lucy et évité un second verre de vin avec son plat à emporter la veille, une certaine torpeur accompagnait Mark lorsqu'il entra dans la salle des opérations le lendemain matin.

Il sirotait un café à emporter, acheté à un camion de nourriture garé sur Ock Street, et il tentait de réprimer sa culpabilité d'avoir délibérément évité le café d'Angie sur Market Place, alors qu'il se trouvait sur son itinéraire entre son domicile et le commissariat.

Il ne voulait pas affronter les questions qui lui auraient sans doute été mitraillées pendant qu'il attendait, car il n'avait aucune réponse à donner.

Presque trois jours maintenant, et les locaux s'impatientaient. Les gens voulaient justice pour le jeune garçon, les journaux exigeaient des mises à jour, et il savait qu'il y aurait des appels du quartier général avec les mêmes attentes, avant que les questions plus pointues ne leur soient adressées par les politiciens locaux et les conseillers municipaux.

Caroline leva les yeux par-dessus son écran d'ordinateur quand il passa devant son bureau, et il désigna la chaise vide de Jan.

— Où est West ?

— Elle est partie à Oxford avec Alex pour l'autopsie. Ce n'est pas avant le début de l'après-midi, mais Kennedy leur a demandé d'interroger d'abord quelques personnes qui étaient à la fête foraine lundi soir. Les agents en uniforme n'ont pas encore pu les rencontrer.

Il jeta son manteau sur un porte-manteau improvisé derrière l'enquêteuse.

— Qui fait l'autopsie ?

— Michael Ferguson. Il est généralement basé plus au nord, mais apparemment Gillian n'est pas disponible...

Mark hocha la tête et se détourna, ne souhaitant pas entrer dans les détails concernant l'absence de la médecin légiste.

Certains de ses collègues savaient que la spécialiste médico-légale était la sœur de son ex-femme, mais ce n'était pas à lui de parler de la maladie soudaine de leur mère et de leur départ précipité à Jersey.

— Ok, quoi d'autre ?

Caroline brandit une pile de notes qu'elle avait entassées en un paquet désordonné.

— Les derniers appels de témoins potentiels. Des gens qui ont décidé qu'ils se souvenaient avoir vu quelque chose lundi soir après avoir regardé les informations, ce genre de choses.

— Ou les réseaux sociaux.

— Ça aussi.

— Quelque chose d'utile ?

Elle laissa tomber le paquet et grimaça.

— Non. La plupart ne font que régurgiter ce qu'ils ont vu

ou entendu. Quand j'ai parlé à la moitié d'entre eux, ils voulaient savoir ce que je pouvais leur dire, comme si on était un foutu service d'information.

— Des nouvelles du Wiltshire concernant la situation familiale de Matthew ?

— Nous avons reçu une mise à jour juste après ton départ hier soir.

Caroline tendit la main vers un rapport agrafé dans son bac et le lui remit.

— Son nom complet est Matthew Arkdale. Il a fait des allers-retours dans des foyers d'accueil pendant les trois dernières années. Son père est parti quand il avait dix-huit mois, et sa mère a eu quelques problèmes qui l'ont empêchée de s'occuper correctement de Matthew. Puis, il y a environ quatorze mois, on lui a diagnostiqué un cancer en phase terminale. Elle est décédée dans un hospice en mars dernier.

Mark déglutit en parcourant le texte du regard.

— Pauvre gamin. Des nouvelles de son père ?

Caroline lui reprit le rapport et le jeta dans son bac.

— Rien pour l'instant, et je n'ai pas trop d'espoir—

Une sonnerie régulière de téléphone l'interrompit et Mark se précipita vers son bureau pour attraper le combiné avant que l'appel ne bascule sur la messagerie.

— Inspecteur Turpin.

— Mark ? C'est Denise de l'unité de contrôle.

— Qu'est-ce qui se passe ?

— Je pensais que vous voudriez être informé, une de nos patrouilles en uniforme vient d'intervenir suite à un appel dans un magasin de vêtements qui donne sur Queen Street. Ils ont fait venir un technicien pour réparer leur climatiseur réversible ce matin et le type a trouvé un couteau dans l'unité moteur à l'arrière du bâtiment.

Le rythme cardiaque de Mark s'accéléra d'un cran.

— Ils sont toujours sur place ?

— Oui, et je suis sur le point d'envoyer une autre voiture de patrouille là-bas pour aider à sécuriser les lieux pendant que tout est analysé. Vous voulez qu'ils vous prennent au passage ?

— Je les retrouve sur le parking. Merci.

Mark reposa le téléphone sur son socle et appela Caroline.

— On a peut-être l'arme du crime. Viens, on y va.

# CHAPITRE 20

Mark se tenait à la périphérie du cordon improvisé qui délimitait les portes de chargement de la boutique de vêtements et il tendit le cou pour observer trois enquêteurs de la police scientifique au travail, tandis qu'un quatrième parlait à deux agents de police en uniforme qui veillaient à ce que personne ne pénètre dans la zone de travail.

— Chef ?

Il se retourna en entendant la voix de Caroline et il la vit s'approcher en compagnie d'un homme vêtu d'un sweat-shirt bleu et d'un jean, avec le logo d'une entreprise locale de climatisation sur sa casquette de baseball.

— Voici John Boxley, c'est lui qui a découvert le couteau.

— J'ai pensé que le mieux était d'appeler vos services.

L'ouvrier souleva sa casquette et aplatit ses cheveux clairsemés.

La cinquantaine bien avancée, il avait la posture de quelqu'un qui passait son temps à ramper dans des espaces restreints. Il se tenait voûté comme s'il allait se cogner la tête.

— Bonne initiative, monsieur Boxley, dit Mark. Quand est-ce que l'unité a été révisée pour la dernière fois ?

Boxley grimaça.

— Dieu seul le sait, mais pas par nous, c'est certain. On colle un autocollant sur le côté des unités sur lesquelles on intervient pour rappeler aux clients quand nous appeler, et on a aussi une base de données centrale avec toutes ces informations au cas où ils oublieraient.

Il pointa son pouce par-dessus son épaule.

— La gérante de la boutique, Tara, m'a dit qu'elle demandait à leur propriétaire de remplacer l'unité depuis plus d'un an parce qu'elle tombe constamment en panne.

— Mais c'est la première fois qu'on vous appelle pour la réparer ?

L'ouvrier remit sa casquette et adressa à Mark un sourire sardonique.

— Je crois que le propriétaire s'est brouillé avec la dernière entreprise qui est intervenue.

— Ok. Racontez-moi ce qui s'est passé ce matin, depuis votre arrivée.

— J'ai garé ma camionnette là-bas, j'ai fait le tour et j'ai trouvé Tara, puis j'ai commencé à travailler sur le système à l'intérieur. Tout est relié à travers le plafond et puis ventilé vers l'arrière, là-bas. Et c'est aussi le moteur principal de tout le système.

— Est-ce qu'il fonctionne en permanence ?

— Non, elle m'a dit qu'ils l'éteignent quand ils partent pour économiser de l'argent.

— Comment quelqu'un aurait-il pu cacher un couteau à l'intérieur ?

— Facile, répondit Boxley. Les bouches d'aération sont assez larges, donc on peut y glisser quelque chose si on veut.

Les unités modernes sont plus sûres, les bouches sont plus étroites, mais ce vieux machin ? Vous pourriez y cacher votre grand-mère si vous vouliez.

— Revenons à ce matin...

— Ouais, donc j'ai réalisé que le problème venait du moteur, alors j'ai éteint le système et je suis sorti ici. J'ai mis environ dix minutes à desserrer les vis du panneau, mais je pouvais entendre quelque chose vibrer contre le boîtier pendant que je le testais. Dès que j'ai retiré le panneau, j'ai pu voir pourquoi, et c'est là que j'ai arrêté et appelé la police. Je me suis dit que ça pouvait avoir un rapport avec le meurtre de ce gamin lundi soir.

— Est-ce que vous avez touché le couteau ?

Boxley fronça les sourcils.

— Je ne l'ai pas ramassé, mais il est possible que je l'aie heurté par accident en retirant le panneau.

— Pas d'inquiétude. Vous avez bien agi, je vous remercie. Si vous pouviez laisser vos coordonnées à ma collègue ici présente, nous vous contacterons pour une déclaration officielle.

Mark laissa l'ouvrier avec Caroline, puis il contourna le cordon de sécurité pour rejoindre deux des experts de la police scientifique qui rangeaient leur matériel.

Il interpella l'enquêteur qui avait relevé les empreintes sur le boîtier extérieur de l'unité.

— Quelque chose d'utile ?

L'homme attendit d'être au niveau de Mark, il enroulait le ruban de scène de crime autour de ses mains tout en marchant avant de le remettre à l'un des agents.

— On va prendre des échantillons du type qui réparait l'appareil, ainsi que du personnel pour les éliminer, mais il y a peu d'espoir. Vous pouvez imaginer la saleté et la poussière qui se sont accumulées.

— Et le couteau ?

— Il y a du sang sur la lame compatible avec une utilisation pour poignarder quelqu'un. On va l'envoyer au labo pour confirmer s'il correspond à celui de la victime, mais ne vous faites pas d'illusions concernant les empreintes.

— Des gants ?

— Ou une manche de manteau tirée sur la main de l'agresseur.

— Ok, merci. On va vous laisser terminer ici.

— Merci, chef. Je suis sûr que Jasper vous contactera bientôt.

Mark enfonça les mains dans ses poches et retourna vers Caroline qui attendait près de la voiture de patrouille qui les avait amenés sur les lieux.

— Tu as parlé au responsable du magasin ?

— Oui, et les agents en uniforme ont déjà pris sa déclaration, répondit-elle. Il n'y a pas de caméras de surveillance de ce côté. Ils n'ont des caméras qu'à l'intérieur du magasin.

— Merde.

Mark plissa les yeux en regardant les bâtiments qui entouraient la rue sans issue.

— Eh bien, les images qu'on a réussi à obtenir des environs sont encore en cours d'analyse au commissariat, alors espérons qu'une des caméras du coin ait filmé celui qui a jeté ce couteau.

— Tu penses que c'est celui qui a été utilisé pour tuer Matthew ?

— Ce serait une drôle de coïncidence dans le cas contraire, non ?

CHAPITRE 21

Shaun Mansell écarta légèrement le rideau en voile qui couvrait la fenêtre au-dessus de l'évier de la cuisine et il scruta l'allée de la propriété voisine alors qu'un moteur de voiture vrombissait.

Il gratta son menton couvert de barbe naissante et pencha la tête sur le côté pour voir à travers la vitre encrassée.

Des toiles d'araignée s'accrochaient aux coins des cadres en plastique bon marché que les constructeurs avaient installés lorsque les appartements avaient été construits trente ans auparavant, et un courant d'air froid s'infiltrait sous le joint. Une épaisse poussière recouvrait le rebord de la fenêtre tandis qu'un papillon de nuit gisait mort, renversé au milieu, ses pattes pointées vers le haut.

Shaun chercha dans la poche arrière de son jean délavé, puis il jura à voix basse en se rappelant avoir vidé la plaquette de pilules la nuit précédente.

Il tira sur les manches de son sweat-shirt et vacilla alors qu'une fatigue douloureuse s'emparait de ses yeux.

Est-ce que ce serait toujours comme ça maintenant, cette peur constante ?

Incapable de dormir, il avait passé les trois derniers jours à observer la rue depuis sa chambre ou la propriété voisine à travers cette fenêtre, faisant les cent pas, encore et encore. Chaque personne qui passait représentait une menace, chaque véhicule provoquait la panique.

Alors qu'il portait son attention sur la femme qui sortait du siège passager de la voiture en contrebas, ses longues jambes accentuées par le jean moulant et les bottes montantes qu'elle portait, la lèvre supérieure de Shaun se retroussa à la vue de son petit ami derrière le volant.

Elle méritait mieux que lui. Il avait entendu leurs disputes à travers la fenêtre ouverte de leur salon pendant l'été, leur appartement directement en face du sien au troisième étage, et il se demandait pourquoi elle restait avec lui.

Satisfait que le couple ne représente aucune menace – pour l'instant – il laissa retomber le rideau d'une main tremblante. La lumière accrocha sa montre-bracelet et il jura alors qu'un spasme lui déchirait la colonne vertébrale.

Les analgésiques étaient puissants, et le médecin l'avait averti à plusieurs reprises des dangers d'une surdose.

C'était pour ça qu'il se soignait lui-même.

Et c'était comme ça qu'ils l'avaient trouvé.

Regarder par la fenêtre, que ce soit ici ou dans sa chambre avec vue sur la rue, était une habitude née d'une paranoïa qui griffait ses pensées et occupait chaque instant de veille.

Il n'avait pas mangé depuis des jours.

Pas depuis—

— Tu comptes sortir nous chercher à manger, ou quoi ?

La voix l'arracha à ses pensées et il se retourna pour voir un homme corpulent d'une vingtaine d'années qui le fusillait du regard, appuyé contre l'encadrement de la porte, une bouteille de whisky ouverte à la main.

Dean Evans était arrivé lundi matin avec un sac à dos, une poignée de billets de vingt livres, et des instructions.

Shaun n'avait jamais vu cet homme auparavant, mais Evans savait tout de lui.

Absolument tout.

Et puis Evans lui avait dit ce qu'il était censé faire s'il voulait que sa consommation de drogue reste un secret pour sa famille.

Shaun ravala sa bile à ce souvenir.

— Je n'ai pas faim. Je te l'ai dit ce matin. Ce n'est pas ma faute si tu as mangé tout ce qu'il y avait dans le frigo.

— Commande-moi juste quelque chose sur une de ces applis de bouffe.

— Je n'ai pas de carte que je peux utiliser. Elle est au maximum ce mois-ci jusqu'à ce que je reçoive mes allocations. Je ne peux rien acheter pour le moment.

Shaun sortit son téléphone portable de la poche arrière de son jean et regarda l'écran.

— Je pourrais te montrer une carte, par contre. Te montrer où se trouve le supermarché.

Dean Evans lui lança un regard méprisant.

— Espèce de branleur. Tu crois que j'ai le temps d'aller faire les courses ? Je suis un homme occupé, Mansell.

— Eh bien, moi je ne peux pas. Et si quelqu'un me voyait ? Et s'ils découvraient que c'était moi—

— Ça n'arrivera pas.

— Comment tu le sais ?

— Parce que je le sais, c'est tout.

Une nouvelle peur lui fit frissonner l'échine.

— Tu as déjà fait ça avant ?

— Tu n'as pas besoin de le savoir.

Dean lui tendit de l'argent, puis il indiqua la direction avec son pouce par-dessus son épaule.

— Je vais regarder la télé et prendre un verre. Va me chercher à manger, Mansell.

L'homme lui tourna le dos, un tatouage de serpent s'enroulant depuis le col de son t-shirt vers sa ligne de cheveux.

— Dean…

— Quoi ?

— Je n'ai plus d'antidouleurs, dit Shaun en détestant le désespoir dans sa voix. J'ai besoin de quelque chose pour tenir le coup.

Dean s'arrêta dans le couloir et fronça les sourcils un instant.

— Tu as encore les pilules que tu as prises au gamin ?

Shaun montra le petit sac en plastique à côté d'un grille-pain couvert de graisse sur le plan de travail.

— Certaines sont tombées, mais il en reste quelques-unes.

— Prends-les, alors.

— Elles sont sans danger ?

Dean sourit.

— Bien sûr qu'elles le sont. Je vais te préparer un verre pour les faire passer.

# CHAPITRE 22

Jan frissonna dans la pâle lumière bleue qui remplissait la salle d'autopsie, et elle fixa le sol tandis qu'un bourdonnement résonnait dans son crâne.

Elle serra les dents et retint sa respiration alors qu'une vague d'impuissance et de colère lui emplissait la poitrine.

Elle avait réussi à garder son calme en rencontrant le médecin légiste qui remplaçait Gillian Appleworth, mais sa réputation l'avait précédé.

Malgré son expérience, Michael Ferguson ne faisait pas partie des médecins légistes habituellement chargés d'examiner un enfant – et cela se voyait.

Au début de la soixantaine, il était ce que sa mère aurait appelé « de la vieille école », et il ne possédait aucune miette de l'empathie que Gillian apportait à son travail.

Au lieu de cela, il avait passé les vingt premières minutes à faire la leçon à Alex avec une pointe de mépris dans la voix sur les aléas de la pratique d'une autopsie sur un jeune garçon, déplaçant les membres de l'enfant avec une brusquerie qui irritait Jan tandis qu'elle observait.

Lorsque Ferguson saisit les cisailles à côtes, les deux détectives se détournèrent tandis qu'il poursuivait son travail en dictant dans un microphone attaché à son col d'un ton qui traduisait l'ennui plutôt que la volonté d'apporter une certaine décence à la procédure.

— Bon sang, murmura Alex à voix basse. Gillian peut être terrifiante parfois, mais au moins on sait qu'elle se soucie des victimes.

Jan ne dit rien, mais inclina la tête en signe d'approbation.

Sur la table au-delà de l'endroit où Jan et Alex se tenaient, Michael Ferguson éteignit la scie et la posa sur un chariot avec fracas avant de s'éclaircir la gorge.

— Aucun de vous n'apprendra quoi que ce soit en restant là-bas, dit-il d'un ton brusque. Je ne sais pas comment Gillian mène ses autopsies, mais j'attends des officiers enquêteurs qu'ils montrent de l'intérêt pour ce qui se passe.

Jan le fusilla du regard.

— Gillian a tendance à traiter ses invités avec un peu plus de respect. Surtout les morts.

Le masque du médecin légiste s'agita tandis qu'il poussait un soupir exaspéré en réponse.

— Nous pouvons continuer ?

Elle l'observa alors qu'il se déplaçait autour du corps de Matthew, sondant et retirant les organes vitaux avant de les passer à l'assistant de Gillian, Clive Moore, pour qu'ils soient testés et pesés.

Finalement, après ce qui semblait une éternité, Ferguson releva le menton et s'éloigna de la table d'examen.

— Bien, je peux confirmer que la cause du décès était cette seconde blessure par arme blanche à l'abdomen. La première—

— Attendez. Quoi ?

Jan s'approcha et frôla Clive qui commençait à laver le corps du garçon.

— Il y a *deux* blessures par arme blanche ?

— Oui, répondit Ferguson.

Il la rejoignit et roula le garçon sur le côté.

— Vous pouvez voir la première blessure ici. Elle a presque pénétré son rein, ce qui aurait suffi à le tuer selon moi, étant donné le temps qui s'est écoulé avant que quelqu'un ne le trouve. Cependant, il semble que son agresseur ait pensé autrement, la seconde a transpercé son foie.

Jan frissonna.

— Des signes de lutte ?

— Il y a des ecchymoses sur son épaule, ici.

— Donc il aurait pu être saisi par derrière ?

— Ça pourrait être le cas, oui.

Ferguson remit le garçon sur le dos.

— Ou alors, son agresseur l'a poignardé, puis a placé une main sur son épaule pour le forcer à se retourner. Ensuite, il a été poignardé ici, dans l'abdomen, avec le couteau porté selon un angle ascendant. Il n'avait aucune chance, j'en ai peur. Vous avez trouvé l'arme ?

— Seulement ce matin, répondit Jan. Et c'est une véritable horreur.

— Oui, eh bien, j'aurais pu vous le dire d'après les blessures. Lame dentelée, semblable à un couteau de chasse ou quelque chose de similaire. Et bien trop courant de nos jours.

Il essuya ses gants sur le devant de sa blouse de protection.

— Nous allons effectuer des tests sur ses organes, tous les

examens habituels, plus une toxicologie pour voir s'il consommait sa propre marchandise.

— Nous ne savons pas encore s'il dealait de la drogue, dit Jan, incapable de dissimuler la tension dans sa voix. C'est une victime, quoi qu'il en soit.

— Certes, mais ils ne sont pas toujours aussi innocents qu'ils en ont l'air, n'est-ce pas, détective ?

Le médecin légiste fit un geste vers Clive.

— Très bien, recousez-le. Nous avons terminé ici.

Il se retourna et retira ses gants d'un coup sec avant de les jeter dans une poubelle à risques biologiques derrière une rangée d'éviers. Il tourna le robinet et commença à se frotter les mains, puis il regarda par-dessus son épaule.

— Allez-y. Je vais m'assurer que votre inspecteur principal ait mon rapport en temps voulu.

Congédiée, Jan mena le chemin hors de la salle d'examen et elle se tourna vers Alex lorsque la porte se referma en glissant.

— Quel connard, dit-il.

— Je sais, mais écoute, je suppose qu'il fait bien son travail. Chacun a sa propre façon de gérer tout ça.

Alex renifla dédaigneusement, puis secoua la tête.

— Si tu le dis. On se retrouve à la voiture ?

— Ça me va.

Elle attendit que son collègue ait disparu par la porte du vestiaire des hommes, puis elle se précipita dans celui des dames et ôta sa combinaison de protection.

Après avoir jeté le tout dans une poubelle et redressé son pantalon de tailleur, elle s'affaissa sur un banc en bois sous une rangée de crochets à manteaux et elle posa ses coudes sur ses genoux.

Malgré les paroles conciliantes qu'elle avait partagées

avec Alex, elle bouillonnait intérieurement. D'une main tremblante, elle sortit son téléphone portable de son sac et appuya sur la touche de numérotation rapide.

— Salut, chérie. Attends une minute.

La voix de Scott fut noyée par le bourdonnement des outils électriques, et elle grimaça au rappel de ce qui s'était passé dans la salle d'examen. Elle se pinça le nez pour essayer de bloquer la puanteur résiduelle de la mort, et elle ferma les yeux.

— Ok, je suis dehors.

Son mari semblait essoufflé.

— Trois étages et pas d'ascenseur. Quelle joie, ces vieux immeubles. Comment ça s'est passé ?

— C'était affreux.

Jan ouvrit les yeux et se redressa, puis elle pencha la tête en arrière jusqu'à ce que son crâne touche le mur en plâtre du vestiaire. Elle fixa le plafond, l'esprit en désordre.

— Absolument affreux.

— Ferguson était en forme ?

— Dans son élément. Franchement, heureusement qu'il ne s'occupe que des morts.

Elle soupira.

— On retourne au commissariat maintenant, mais je vais chercher les garçons à l'école aujourd'hui.

— Tu es sûre ?

— Oui. Turpin a mon numéro s'il a besoin de moi en urgence.

— D'accord. Il y a une bouteille de pinot noir dans le casier, pourquoi ne pas l'ouvrir ce soir ?

Elle sourit.

— Ce serait bien.

— Ça va aller ?

L'inquiétude submergea sa voix.

— Ça va aller. Tu sais comment c'est. Les jeunes me touchent toujours.

— Je sais. Je t'aime.

— Moi aussi je t'aime.

Jan termina l'appel, essuya les coins de ses yeux et remit le téléphone dans son sac. Elle se leva, épousseta l'arrière de son pantalon, vérifia son maquillage dans le miroir au-dessus du lavabo, puis elle se dirigea vers la porte.

Alex se tenait dans le couloir, occupé à vérifier ses messages. Il leva les yeux quand il la vit approcher et se mit à marcher à côté d'elle.

— Je ne veux pas en faire trop souvent, dit-il. Les autopsies sont déjà horribles, mais quand il s'agit d'un enfant...

— Je sais, dit Jan. Tu as quelqu'un chez toi, Alex ? Au cas où tu aurais besoin d'en parler ?

Le jeune enquêteur secoua la tête.

— Non. Ma copine est un peu trop sensible pour être honnête. Elle n'aime pas entendre parler de ce genre de choses.

Elle posa sa main sur son bras alors qu'ils approchaient de la voiture.

— Alors appelle-moi si tu en as besoin. Tu as raison, c'était horrible.

# CHAPITRE 23

Mark releva le col de son manteau et observa les gargouilles qui ornaient les bâtiments de pierre du Guildhall tandis qu'il passait sous l'arche décorée.

Des visages bouffis aux yeux exorbités et aux nez écrasés formaient des caricatures grotesques ; des effigies d'hommes, d'animaux et de créatures mythiques qui le fixaient depuis leurs perchoirs et semblaient le juger. Deux d'entre elles portaient des perruques, similaires à celles qu'il avait vues au tribunal au fil des années, et alors qu'il tournait à gauche dans Abbey Close et se dirigeait vers chez lui, ses pensées revinrent à l'enquête pour meurtre et à la justice qu'il recherchait pour ce jeune garçon qui était mort seul dans une ruelle détrempée par la pluie.

Il avait passé l'après-midi au téléphone, luttant pour obtenir l'attention du laboratoire spécialisé qui traitait maintenant le couteau trouvé dans le système de climatisation, et défendant son dossier face à deux autres enquêtes urgentes qui réclamaient l'attention des techniciens. Avec quelque réticence, le responsable du laboratoire avait accepté, mais seulement après que Mark avait juré de n'en parler à personne.

Sans nouvelles de Jan, il avait passé le reste de son service dans le bureau de l'inspecteur principal Kennedy, à détailler les étapes de l'enquête à ce jour afin de justifier le maintien des effectifs supplémentaires, cruciaux durant les premières phases de leurs investigations. Toute perte d'élan maintenant serait catastrophique, et Kennedy avait veillé à ce que leur rapport expose clairement leurs préoccupations avant de l'envoyer au quartier général.

Épuisé, Mark avait quitté la salle des opérations pour passer du temps avec ses filles. Il avait aidé Anna avec les devoirs donnés pour les vacances de mi-trimestre pendant que Lucy et Louise riaient et plaisantaient dans la petite cuisine de la péniche en concoctant un chili con carne qui avait failli lui arracher le palais.

Alors qu'il s'engageait dans Radley Road, son téléphone commença à vibrer dans sa poche. Il le sortit avec un mélange de réticence et d'appréhension, ne désirant rien d'autre que de rentrer chez lui pour s'effondrer dans un fauteuil avec une bière fraîche avant de s'endormir.

Il ne reconnaissait pas le numéro.

— Inspecteur Mark Turpin.

— Mark ? C'est Scott. Le mari de Jan.

— Scott. Tout va bien ?

— Pas vraiment. Tu crois que tu pourrais passer ?

— Maintenant ?

— S'il te plaît.

———

— Je ne sais pas quoi lui dire, Mark.

Scott ferma la porte d'entrée et baissa la voix.

— J'ai voulu attendre que les garçons soient couchés avant de t'appeler. Pas la peine qu'ils s'inquiètent.

— Où est-elle ?

— À l'arrière.

— Dans le jardin ?

Mark s'arrêta, sa main suspendue au-dessus des boutons de sa veste.

— Par ce temps ?

— Elle a dit qu'elle avait besoin de temps pour réfléchir.

Scott passa une main sur son crâne chauve.

— Je suis désolé, je ne savais pas qui d'autre appeler. Je ne l'ai vue comme ça qu'une seule fois auparavant, et c'était après un grave accident de la route avec des enfants. Elle le prend très mal quand il s'agit de jeunes.

Mark exhala.

— L'autopsie de ce matin ?

— Oui. Elle est allée chercher les garçons plus tôt à l'école et elle semblait aller bien quand je suis rentré du travail. C'est seulement depuis qu'ils sont montés se coucher qu'elle est... je ne sais pas... je ne sais pas quoi lui dire pour arranger les choses.

L'angoisse dans la voix de l'autre homme et son expression douloureuse dissipèrent toute gêne que Mark aurait pu ressentir d'avoir été appelé au domicile de sa collègue.

Il pointa vers la cuisine.

— Je peux y aller ?

— Bien sûr. Tu veux un verre de vin ?

— Je ne dis pas non. Merci.

Quelques instants plus tard, verre à la main, Mark laissa Scott vider le lave-vaisselle et il ouvrit la porte arrière. L'air froid lui pinça les lobes d'oreilles, et il frissonna face à la chute de température par rapport à la cuisine chauffée.

La maison de Scott et Jan était une maison jumelée que le couple avait amoureusement restaurée au fil des ans. Une terrasse avait été aménagée devant la porte arrière et menait à une pelouse carrée, avec un ballon de football solitaire abandonné au milieu par les jumeaux.

Sa collègue était assise, emmitouflée dans un épais manteau de laine, à une table de jardin en fer forgé, sa silhouette se découpant devant un treillis orné de lanternes suspendues qui se balançaient dans la brise.

En s'approchant, il perçut l'odeur caractéristique de nicotine et il aperçut un filet de fumée s'échapper tandis qu'elle exhalait.

— Bonsoir, chef.

Elle poussa du bout de sa bottine la chaise à côté d'elle et attendit qu'il s'assoie.

Il prit une gorgée de vin, fit claquer ses lèvres et posa son verre à côté du sien.

— Il y a toujours du bon vin chez vous.

— C'est Scott qui t'a appelé ?

— Il s'inquiète pour toi.

— Je sais.

Elle renifla, puis tira une autre bouffée de sa cigarette.

— C'est difficile à expliquer, n'est-ce pas, quand ils ne font pas ce boulot ? Parfois, c'est plus facile de se taire.

— Seulement parfois, Jan.

Une démangeaison lui prit au fond de la gorge, et il toussa.

— Je ne savais pas que tu fumais.

— Je ne fume pas. Enfin, si, mais seulement en cas

d'urgence. Comme maintenant. Mais les garçons ne le savent pas.

Mark se tourna sur sa chaise et scruta les fenêtres de l'étage.

— Leurs chambres sont à l'avant, ne t'inquiète pas.

Il se retourna pour lui faire face.

— Comment ça s'est passé ?

— Ce n'était pas pareil sans Gillian.

Jan écrasa sa cigarette sous sa bottine. Elle plissa le nez.

— Je sais que Ferguson est doué dans ce qu'il fait, mais il manque de cœur. Nous avons un adolescent de quatorze ans, mort, qui était mal nourri et sans-abri, et—

— Il était trop professionnel ?

— Exactement.

Elle prit son verre de vin et en but une gorgée.

— Tu savais que lundi soir, c'était la fête des fugitifs ?

— Des fugitifs ?

— Ça remonte à quelques centaines d'années. Les ouvriers se rendaient à la foire de la Saint-Michel la semaine précédente pour essayer de trouver un nouveau propriétaire terrien pour qui travailler. Si l'affaire s'avérait mauvaise, ils pouvaient revenir la semaine suivante à la foire des fugitifs pour trouver quelqu'un d'autre.

Elle resserra le col de son manteau autour de son cou, sa voix mélancolique.

— Je ne peux m'empêcher de penser que c'est ce que Matthew essayait de faire. S'enfuir. Trouver quelqu'un d'autre pour s'occuper de lui. Un nouveau départ. Et au lieu de ça, la personne qu'il fuyait l'a retrouvé et l'a tué...

Elle s'interrompit, secoua la tête avant de détourner le regard en clignant des yeux.

Son téléphone vibra, et Mark vit une notification apparaître sur l'écran.

— Alex.

Jan passa son doigt sur le téléphone, ouvrit le message et esquissa un sourire triste.

— Je lui ai dit de m'appeler s'il avait besoin de parler d'aujourd'hui. Je crois que c'était la première fois qu'il assistait à l'autopsie d'un enfant.

— Il va bien ?

— On dirait. Il dit qu'il boit une bière en regardant un film d'action médiocre.

— C'est gentil à toi de veiller sur lui.

Elle haussa les épaules et repoussa son téléphone.

— C'est ce que je fais, non ? Materner tout le monde.

— Dieu merci.

Il sourit.

— On s'écroulerait sans toi. En tout cas, on mourrait de faim, c'est certain.

Cela lui arracha un rire et il laissa ses épaules se détendre.

Elle vida son verre, puis se leva et tendit la main. Alors qu'il la prenait dans la sienne et la serrait, elle hocha la tête.

— Merci, Mark. Ça va aller, ne t'inquiète pas.

# CHAPITRE 24

Jan entra dans la salle des opérations le lendemain matin avec une détermination renouvelée, portée par l'énergie qui émanait du reste de l'équipe alors qu'elle se dirigeait vers son bureau.

Elle salua Turpin, alluma son ordinateur et passa les quinze minutes suivantes à trier les messages téléphoniques qui avaient été laissés durant la nuit. Elle leva les yeux quand Ewan Kennedy sortit de son bureau en desserrant sa cravate.

— Briefing, tout le monde. Il y a beaucoup à faire, alors ne traînons pas.

— On a enfin reçu la liste des propriétés appartenant à la municipalité tard hier, dit Turpin à voix basse tandis qu'ils se dirigeaient vers le fond de la salle et trouvaient des chaises près du tableau blanc.

— Ils ont pris leur temps, bon sang, répondit-elle, puis elle se tourna vers Kennedy lorsqu'il commença la réunion.

L'inspecteur principal jeta un coup d'œil à ses notes, puis regarda l'équipe réunie par-dessus ses lunettes de lecture.

— L'objectif aujourd'hui est de nous concentrer sur les

personnes déjà identifiées par Tom et son équipe comme étant vulnérables au sein de la communauté locale et de découvrir si certaines d'entre elles ont vu notre victime dans les semaines précédant son meurtre, dit-il. Je remercie les agents en uniforme pour leur diligence à fournir ces informations et pour leur soutien continu à cette enquête. Une copie de cette liste a été envoyée par courriel à chacun d'entre vous, c'est bien ça, Tracy ?

— Oui, chef, répondit l'assistante administrative. Noms, adresses et un résumé des actions entreprises jusqu'à présent, y compris les accusations antérieures et les peines d'emprisonnement.

— Chef ?

Tom leva la main.

— Mes agents connaissent certaines de ces personnes depuis longtemps. La plupart sont des toxicomanes, et ce depuis de nombreuses années. Souvent, elles ne sont pas en état de se protéger de ces gangs, ce qui les rend vulnérables à l'exploitation.

— Vous voulez dire qu'il faut y aller doucement ? demanda Kennedy sans aucune trace de malice dans sa voix. Ok, c'est noté, merci. Bien, vous tous, vous l'avez entendu. Si ces personnes sont utilisées par des gangs pour dissimuler un réseau de trafic de drogue interrégional, alors elles vont être effrayées aussi bien que désorientées par les substances qu'elles prennent. Cependant, nous devons à Matthew de découvrir qui savait qu'il était à Abingdon, et s'il était censé se rendre dans l'une de ces propriétés comme un « coucou » pour y vendre de la drogue. Caroline, vous avez la liste des propriétés privées ?

— La voici, chef.

Caroline agita une liasse de papiers.

— Il y a une copie dans HOLMES2 accessible à tous. J'ai également demandé aux agences de location locales s'il y avait eu des problèmes par le passé avec ces propriétés, et cinq locataires ont été signalés comme victimes potentielles de manipulation. Je pense que Tom est familier avec certains d'entre eux ?

Le sergent de police regarda par-dessus son épaule et acquiesça.

— Oui, pas de surprises ici.

— Très bien, ajoutez-les à la liste, dit Kennedy.

Il commença à arpenter la moquette devant le tableau blanc.

— Nous allons procéder un peu différemment aujourd'hui, mesdames et messieurs. Étant donné que les agents en uniforme connaissent bien ces personnes, nous allons laisser Tom et son équipe mener les recherches de porte-à-porte aujourd'hui. De cette façon, nous pourrons parcourir la liste plus rapidement. Je veux aussi que les voisins soient interrogés, au cas où les locataires sur cette liste auraient trop peur pour parler. Le reste d'entre vous, je veux que vous soyez disponibles ici afin que, si les agents en uniforme trouvent des informations ou des personnes concernées par cette enquête, vous puissiez vous en occuper immédiatement. Tracy distribuera les tableaux de service après ce briefing. Des questions ?

Jan gardait la tête baissée, son stylo courant sur son carnet alors qu'elle notait les points essentiels de l'opération prévue pour la matinée, écoutant ses collègues développer et affiner les détails.

Elle leva la tête lorsque Kennedy demanda le silence et s'arrêta à côté du tableau blanc.

— Point suivant, dit-il, et il brandit un rapport agrafé. Le laboratoire spécialisé a fourni ses conclusions préliminaires concernant la toxicologie des pilules trouvées dans la poche de Matthew. Je vous épargne la lecture de l'analyse chimique, ils nous informent qu'il s'agit d'une nouvelle forme de benzodiazépine, plus puissante que les pilules bleues typiques auxquelles nos collègues à travers le pays doivent faire face.

Un silence stupéfait suivit ses paroles, puis Alex prit la parole.

— Est-ce qu'ils en ont déjà vu auparavant ?

— Non, répondit Kennedy. C'est un nouveau produit et selon le résumé de ce rapport, il est mortel à une dose bien plus faible que les pilules bleues. Ajoutez de l'alcool, de la méthadone ou n'importe quel opiacé, et ça tuera plutôt que de provoquer une overdose non mortelle.

Il jeta le rapport sur le bureau à côté de lui et croisa les bras sur sa poitrine.

— Alors, pourquoi Matthew en transportait-il ?

— Et où est le reste ? demanda Turpin. On n'en a trouvé que trois dans sa poche. S'il a été envoyé ici dans le cadre d'une opération de trafic interrégional pour commencer à dealer, alors quelqu'un a les pilules manquantes.

— Exactement.

L'inspecteur principal passa une main sur son menton.

— Tom, ajoutez les photos des pilules qui ont été trouvées aux dossiers que vous distribuez à votre équipe pour qu'ils puissent se renseigner pendant qu'ils font du porte-à-porte ce matin. Découvrez si quelqu'un a déjà vu ces pilules, ou si quelqu'un a entendu parler d'un nouveau type de benzodiazépine sur le marché.

— On pourrait aussi appeler les services locaux d'aide aux sans-abris et de toxicomanie, suggéra Jan. Si ces pilules circulent déjà, ils pourraient constater les effets secondaires.

— Faites-le, et envoyez également un résumé du rapport toxicologique à tous les hôpitaux et cabinets médicaux de la région, dit Kennedy. Bien, tout le monde, vous pouvez disposer. Nous ferons un nouveau briefing cet après-midi à dix-huit heures. Espérons qu'on aura quelques fichues réponses d'ici là.

# CHAPITRE 25

Mark frappa le côté du photocopieur du plat de la main et jura tandis que la machine s'arrêtait en tremblant et que l'odeur caractéristique de toner brûlé envahissait la salle des opérations.

Il recula et agita l'air avec les papiers qu'il avait réussi à récupérer des entrailles de l'imprimante, puis il regarda autour de lui avec un léger embarras.

Tracy sourit depuis son bureau, puis prit pitié de lui et s'approcha de l'endroit où il se tenait.

— Vous l'avez cassé, chef ?

— J'espère bien que non.

Il brandit les restes du document, les coins mâchés et déchiquetés.

— Kennedy veut tout ça sur son bureau avant de partir au quartier général à midi.

Elle posa les mains sur ses hanches, examina d'un œil critique le photocopieur, puis tendit la main pour prendre les morceaux de papier.

— Donnez-moi ça. Je crois savoir quel est le problème.

— Vous êtes une ninja administrative, Trace. Je le savais.

— Et mon prix est une tasse de thé, chef. Avec du lait, fort, sans sucre.

— Tout de suite.

Il la laissa ouvrir divers tiroirs et panneaux et il rassembla ses tasses vides et celles de Jan avant de se diriger vers la kitchenette en réprimant sa frustration.

Ils avaient passé la matinée à écouter les rapports des patrouilles en uniforme qui menaient les enquêtes de porte-à-porte, mais la frustration due à l'absence de percée commençait à mettre ses nerfs à vif.

Caroline et Alex avaient pris l'une des radios et étaient descendus à l'atrium pour faire une pause, profitant de l'accalmie dans la salle des opérations, avec une pile de déclarations et de rapports qu'ils essayaient encore de digérer.

Jusqu'à présent, aucun retour des agents en uniforme n'était utile.

Personne n'avait vu Matthew dans les jours ou les heures qui avaient précédé sa mort.

Personne ne l'avait reconnu sur la photographie qui avait été montrée à chaque personne figurant sur la liste établie par Tom Wilcox et son équipe.

Les téléphones restaient silencieux, et avec la moitié de l'équipe d'enquête partie poursuivre d'autres pistes, un malaise régnait dans la salle des opérations pendant qu'ils attendaient de nouvelles informations.

Mark revint avec les tasses de thé fumantes, il en passa une à Tracy et il se précipita à son bureau alors que son téléphone portable commençait à sonner.

— Inspecteur Turpin.

— Mark, c'est Jasper.

La voix du responsable de la police scientifique semblait essoufflée, excitée.

— Nous venons de recevoir un email du laboratoire spécialisé au sujet du couteau qui a été trouvé.

— Bon sang, c'était rapide.

Mark poussa le thé de Jan vers elle, puis il se pencha en avant et rapprocha son carnet, retirant le capuchon d'un stylo avec ses dents.

— Qu'est-ce que tu as ?

— Un nom dans le système, basé sur une correspondance à quatre-vingts pour cent avec les empreintes digitales. Shaun Mansell. J'ai fait une recherche rapide en ligne et j'ai trouvé quelques articles de presse qui datent d'il y a trois ans. Il semblerait qu'il ait percuté le mur du jardin de quelqu'un alors qu'il était sous l'emprise de cocaïne. Personne d'autre n'a été blessé, mais il a eu de la chance de s'en sortir vivant. Il est resté à l'hôpital pendant quelques semaines avant de pouvoir comparaître devant le tribunal.

Mark fronça les sourcils.

— Il y a un grand pas entre un accident de voiture lié à la drogue et poignarder un gamin à mort.

— C'est pour ça que j'ai préféré t'appeler plutôt que de te faire attendre jusqu'à ce que tu reçoives le rapport complet plus tard aujourd'hui.

— Ok, attends.

Mark appuya sur le bouton « muet » et montra son carnet à Jan.

— Tu peux faire une vérification sur ce Shaun Mansell ? Jasper dit qu'il y a quatre-vingts pour cent de chances que ses empreintes correspondent aux partielles trouvées sur le couteau.

Elle pencha la tête vers son écran d'ordinateur tandis qu'il reprenait son appel.

— Jan vérifie son nom dans le système pour voir ce qu'on a, dit-il. Est-ce que c'était bien le couteau utilisé pour tuer Matthew ?

— C'est ce que les échantillons de sang nous laissent croire, oui, répondit Jasper. Je ne sais pas quelles fesses Kennedy a dû botter pour que tout ça me parvienne avant le week-end, mais ça doit être un record de rapidité par les temps qui courent.

Mark sourit.

— J'imagine qu'il en paiera les conséquences la prochaine fois. Il y a toujours quelqu'un dans le secteur qui exige des résultats rapides, pas seulement lui.

— C'est drôle, c'est ce que le type du labo a dit.

— Mark ?

Jan leva la main pour attirer son attention.

— Je l'ai trouvé. Shaun Mansell, vingt-huit ans. Il est dans le système pour des infractions de cambriolage, plus une infraction au code de la route il y a trois ans. Apparemment, il a subi de graves blessures mais personne d'autre n'a été blessé, et le juge a eu pitié de lui, donc il n'a pas eu à purger de peine d'emprisonnement. Il s'est inscrit à un programme local des services sociaux pour toxicomanes en convalescence un mois après l'audience.

— Quelqu'un le surveille ? demanda Mark.

— La dernière mise à jour ici vient de l'agent Brandon Hall. Elle date de début septembre.

— Très bien, merci. Jasper ? On va te laisser continuer, merci pour l'appel.

— Pas de problème. Je vais transmettre le rapport du laboratoire avec mon résumé d'ici la fin de la journée et je vais en envoyer une copie à Kennedy pour le tenir au courant.

— Merci.

Mark fourra son portable dans la poche de sa veste.

— Ok, où est-ce qu'on peut trouver Brandon Hall ?

— En vacances.

Tracy s'approcha de leur bureau, tendit à Mark une liasse de documents agrafés qui étaient encore chauds au toucher, et elle s'affala dans une chaise libre à côté de son bureau.

— Il ne reviendra pas avant mercredi prochain.

— Il est en binôme avec qui en général ? demanda Jan.

Le front de l'assistante administrative se plissa un instant, puis ses yeux s'illuminèrent.

— Ça me revient, Alice Fields. Je l'ai vue aujourd'hui. Attendez, je reviens tout de suite.

Cinq minutes plus tard, une petite agente de police au début de la vingtaine suivit Tracy à travers la salle des opérations et porta son attention sur Mark après que les présentations avaient été faites.

— Tracy m'a dit que vous vouliez des informations sur l'un des usagers que Brandon surveille ?

— Oui, Shaun Mansell.

Alice laissa échapper un soupir exaspéré.

— Oh, lui. Un vrai casse-pieds, pour être honnête. Vous voyez le genre, il prétend être un ancien toxicomane et prêche à qui veut l'entendre qu'il a compris ses erreurs passées.

— C'est vrai ?

Alice eut un rire amer.

— Non, il a juste remplacé la cocaïne par des analgésiques sur ordonnance, et son appartement puait le cannabis, même s'il le niait. Pourquoi est-ce que vous avez besoin de lui, chef ? Si je peux me permettre de demander.

— Nous pensons qu'il est lié au meurtre de Matthew Arkdale lundi soir.

Les yeux de l'agente de police s'écarquillèrent en réponse.

— Qu'est-ce que vous savez de lui ? Est-ce qu'il travaille quelque part ? demanda Jan.

— Je ne pense pas, non. Il se débrouille avec les aides qu'il reçoit du gouvernement en raison de ses blessures suite à l'accident de voiture, et c'est à peu près tout, même si je suis certaine qu'il gagne un peu d'argent au noir par-ci par-là.

— En dealant de la drogue ?

— Pas à notre connaissance.

— Vous avez mentionné qu'il prend des analgésiques, vous savez pourquoi ? dit Mark.

— Des douleurs dans le dos. C'est lié aux blessures qu'il a subies dans l'accident de voiture, dit Alice. Je l'ai vu les jours où il dit que la douleur est forte et je ne pense pas qu'il simulait. Ça se voyait dans ses yeux.

— Vous savez où il habite ?

— Un appartement de l'autre côté de la ville, même s'il a dit que les services sociaux menacent constamment de l'expulser. Apparemment, ses voisins se plaignent de la musique trop forte.

— Quel est le lien de Brandon avec lui ?

— Brandon était de service la nuit où Shaun a traversé ce mur de briques, et il est entré dans la voiture pour rester avec lui jusqu'à l'arrivée de l'ambulance. Il dit qu'il a eu de la chance d'être en vie, et qu'il pense que sa dépendance n'a pas été aidée par la quantité d'analgésiques qu'il a dû prendre après l'accident. On passe le voir toutes les quelques semaines pour s'assurer qu'il reste hors des ennuis quand on est dans le coin.

Alice baissa le volume de sa radio qui crachotait des parasites.

— Vous savez comment certains d'entre nous sont, des projets personnels, et tout ça.

— Quand est-ce que vous l'avez vu pour la dernière fois ? demanda Turpin.

— Quelques jours avant que Brandon ne parte pour son tour du monde, répondit Alice. Donc, vers début septembre.

— Et rien depuis ?

— Non. J'ai été trop occupée.

Elle haussa les épaules.

— Vous savez comment c'est. C'est juste que Brandon veut garder un œil sur certaines personnes avant qu'elles ne causent à nouveau des problèmes.

Mark remonta sa manche de chemise et consulta sa montre.

— Quand se termine votre service ?

— Dans environ deux heures.

— Vous pouvez me rendre un service ? Trouvez quelqu'un pour vous accompagner et ramenez Shaun pour l'interroger.

— Ok, chef.

— Merci.

Tandis que l'agente quittait la pièce, sa radio aux lèvres pour informer le centre de contrôle de son changement de programme, Jan vida sa tasse de thé et la posa sur le bureau.

— Tu crois qu'il pourrait savoir quelque chose ?

— Je ne sais pas, répondit Mark. Mais s'il sait quelque chose, et qu'il n'était pas sur la liste de Tom parce qu'il s'est bien comporté récemment, qui d'autre est passé entre les mailles du filet ?

## CHAPITRE 26

Jan était à mi-chemin de la rédaction d'un résumé de rapport pour accompagner les documents de Turpin destinés à l'inspecteur principal Kennedy lorsque son téléphone sonna, brisant le fil de ses pensées.

— Mince, soupira-t-elle en jetant un regard noir à son écran dans l'espoir vain que les mots apparaissent comme par magie, puis elle tendit la main pour répondre à l'appel. West.

— C'est Tom Wilcox, en bas, dit la voix familière. J'ai un type ici du nom de Douglas Jones. Il dit que son patron lui a demandé de venir te parler.

Elle fronça les sourcils, attrapa son carnet et feuilleta frénétiquement les pages en essayant de se rappeler ce nom.

Comme s'il anticipait sa confusion, Wilcox interrompit ses pensées.

— Il travaillait avec Sheila Cook à la gare de Didcot Parkway lundi matin.

— Parfait, dit Jan en fermant son carnet et en faisant un signe de la main à Turpin qui était en ligne avec quelqu'un d'autre. Tu pourrais lui dire que nous descendons tout de suite ?

— Pas de problème, je vais vous réserver la salle d'interrogatoire numéro quatre. Personne ne l'a utilisée aujourd'hui, donc c'est la plus propre de toutes.

— Je te revaudrais ça, merci.

Turpin termina son appel au moment où elle reposait son téléphone sur son socle.

— Douglas Jones est en bas, expliqua-t-elle en retirant sa veste du dossier de sa chaise. C'est lui qui travaillait sur le quai numéro deux à Didcot lundi matin, selon Sheila Cook.

— C'est gentil de sa part d'être venu.

Turpin se mit à marcher à ses côtés alors qu'ils quittaient la salle des opérations et se dirigeaient vers les escaliers.

— C'est gentil de la part de Sheila de lui avoir dit de nous parler, dit Jan en souriant avant d'ouvrir la porte vers la réception.

Un homme d'une cinquantaine d'années se leva à leur entrée dans la pièce, ses cheveux grisonnants un peu longs et ses yeux bleu vif clignant lorsqu'elle lui serra la main avant de le présenter à Turpin.

— J'allais appeler, mais je me suis dit que j'avais un jour de congé aujourd'hui donc ce serait plus facile de venir en personne, dit-il en tordant un exemplaire plié d'un quotidien entre ses mains. Je devais venir à Abingdon avec ma femme de toute façon, elle voulait faire des courses, alors j'ai pensé que je passerais vous voir.

— Ça vous évite d'attendre pendant qu'elle se promène ? dit Jan en souriant.

Douglas Jones se détendit et un sourire plein de regret traversa son visage.

— Avec deux librairies en ville, ça peut prendre un moment.

— Douglas, si vous voulez bien passer par ici, nous allons commencer, dit Turpin en tenant la porte ouverte vers les salles d'interrogatoire. Vous voulez un café ou autre chose ?

— Non, merci, et s'il vous plaît, appelez-moi Doug. Tout le monde le fait.

Jan ignora l'équipement d'enregistrement lorsqu'elle suivit les deux hommes dans la pièce et elle sortit plutôt le carnet qu'elle avait apporté avec elle. Doug Jones n'était pas une personne d'intérêt dans l'enquête pour meurtre, elle allait donc taper sa déclaration à son retour à son bureau plutôt que d'enregistrer formellement leur conversation, ce qui lui permettrait d'écouter Turpin et d'intervenir si elle souhaitait clarifier quelque chose dont ils allaient discuter.

Une fois les formalités terminées et que Doug eut confirmé son adresse personnelle et son lieu de travail, Turpin se lança dans ses questions.

— Comme vous le savez, nous enquêtons actuellement sur le meurtre d'un adolescent lundi soir, du nom de Matthew Arkdale, dit l'inspecteur. Nous avons compris en parlant avec Sheila mercredi matin que vous travailliez à la gare lundi matin avec elle, c'est exact ?

— Oui, c'est exact. Je commence à quatre heures quand je travaille le matin, dit Doug en s'installant dans son siège et en ouvrant la fermeture éclair de son imperméable. Cela nous donne à tous le temps de faire le briefing de santé et de sécurité avant l'arrivée du premier train.

— À quels quais étiez-vous affecté ?

— Seulement au quai numéro deux ce matin-là. Nous avions un membre du personnel malade la semaine précédente mais elle était revenue ce jour-là, donc je n'ai pas eu à partager mon temps entre les quais.

— Et Sheila supervise généralement tous les quais ?

— Oui. Elle était sur le quai numéro quatre avec Brendan, mais en tant que chef de gare, elle est responsable de nous tous.

Il haussa les épaules.

— C'est une bonne patronne. Elle aime faire un tour de temps en temps pour s'assurer que tout va bien, elle aide quand c'est vraiment occupé, mais elle nous laisse ensuite faire notre travail.

— Et que s'est-il passé lundi ? Disons à partir de cinq heures et demie, juste avant l'arrivée du premier train ? demanda Turpin.

— Toujours la même chose, pour être honnête, répondit Doug.

Il se pencha en avant, posa un coude sur la table et gratta son menton couvert de barbe naissante.

— Il fait un froid de canard à cette heure-là, alors je marchais de long en large sur le quai pour me tenir en mouvement et ne pas trop penser à la température. Le train de Swindon est arrivé à l'heure, 5 h 39, et seulement quelques personnes en sont descendues. Pas surprenant à cette heure du matin. Une demi-douzaine sont montées à bord et le train a quitté la gare quelques minutes plus tard.

— Revenons aux passagers qui sont descendus, dit Turpin en ouvrant le dossier sous son bras et en faisant glisser une photographie de Matthew. Est-ce que vous avez remarqué cet adolescent parmi eux ?

Doug déglutit en observant les yeux fermés et le teint cadavérique du garçon.

— J'ai un petit-fils à peu près du même âge que lui. Pauvre petit.

— Est-ce que vous l'avez vu sur le quai lundi ?

L'homme fronça les sourcils, puis il rendit la photographie.

— Je crois bien que oui, en fait. Il portait un jean et un de ces sweat-shirts à capuche que tous les jeunes portent de nos jours. Moi, j'étais là dans mon manteau de laine, tout emmitouflé contre le froid, et lui, on aurait dit qu'il partait se promener au parc.

Jan tourna une nouvelle page de son carnet, son rythme cardiaque s'accélérant.

— Doug, c'est très important, mais est-ce que vous avez remarqué si quelqu'un voyageait avec lui ?

— Non, il n'y avait personne avec lui. Comme je l'ai dit, seules quelques personnes sont descendues du train, peut-être trois ou quatre, donc je pense que j'aurais remarqué s'il était avec quelqu'un.

— Est-ce que vous avez eu l'impression que l'une de ces autres personnes aurait pu le suivre ?

— Pas vraiment, non. Tous les autres ont disparu assez rapidement après que le train est parti de la gare. J'imagine qu'ils avaient un travail où aller, ou bien ils rentraient chez eux s'ils venaient de finir leur journée ailleurs.

— Et Matthew ? Vous avez vu ce qu'il a fait ?

— Eh bien, c'est là que ça devient intéressant, vous voyez.

Doug posa ses mains sur la table et les joignit.

— Il a attendu que le train soit parti, puis il est venu me parler.

— Vraiment ?

Jan ne put cacher sa surprise et elle lança un regard d'excuse à Turpin.

— Qu'est-ce qu'il a dit ?

— Il m'a posé des questions sur les bus. S'il pouvait aller à Abingdon depuis la gare, et combien coûtait le billet.

— Quelle a été votre impression de lui ? demanda Turpin.

— Jeune.

Doug esquissa un triste sourire.

— Ça ne semble pas possible qu'il soit mort maintenant. Je lui ai indiqué où se trouvait la billetterie, je lui ai montré les escaliers et je l'ai regardé s'éloigner. La dernière chose qu'il m'a dite était « merci ». C'est tout.

— Est-ce qu'il avait l'air perdu ? demanda Jan.

— Non.

Doug se gratta un ongle, le regard troublé.

— Il avait plutôt l'air effrayé.

# CHAPITRE 27

Jan sortit de la voiture, fourra les clés dans la poche extérieure de son sac et examina les propriétés qui bordaient la rue.

Une rangée de maisons mitoyennes construites dans les années 1950 bordait la route où elle s'était garée. Des cheminées dépassaient des tuiles couvertes de mousse, portant des antennes de télévision qui pointaient toutes vers le sud dans l'espoir vain d'un signal, tandis que des paraboles fixées aux crépi s'orientaient résolument dans la direction opposée.

Elle passa devant et remarqua le mélange de haies de troène et de murets construits en parpaings gris surmontés de dalles décoratives recouvertes d'algues jaunissantes.

Un ensemble de nouvelles maisons était en construction plus loin sur la route, la brique rouge et les tuiles élégantes en contraste vif avec le bloc de logements sociaux qu'elle approchait.

En fait, tout le quartier semblait être un méli-mélo de propriétés et de démographies.

Elle jura lorsque sa cheville se tordit et elle baissa les yeux pour voir que les dalles de béton étaient fissurées, avec de l'herbe et des mauvaises herbes qui poussaient entre la surface inégale et ébréchée.

— C'est laquelle ? demanda-t-elle à Turpin alors qu'ils approchaient.

— Numéro trois. Quand ils sont arrivés, ils ont trouvé la porte déverrouillée. Il était sur le sol de la salle de bain.

— Merde. Overdose ?

— On va bientôt le savoir, ils n'ont pas pu joindre un médecin local rapidement, alors ils ont dû appeler une ambulance.

— Qui est ici avec Alice ?

— Un agent stagiaire, Sam Owen.

— Attends, dit Turpin, et il s'arrêta à côté d'un mur de briques qui entourait l'entrée des appartements.

Il sortit son téléphone portable et fronça les sourcils.

— Qu'est-ce qu'il y a ?

Jan remonta son sac sur son épaule.

Il haussa les épaules.

— Appel manqué. Ils n'ont pas pris la peine de laisser un message, et il n'y a pas d'identifiant d'appelant.

— Ils te rappelleront si c'est urgent.

— Chef !

Elle se retourna en entendant un cri qui venait de l'entrée commune de l'immeuble et elle aperçut Alice Fields qui leur faisait signe, le visage sombre.

— Ça n'a pas l'air bon, dit-il, avant de se diriger vers l'agente. Qu'est-ce qui se passe ?

— C'est Shaun Mansell, chef, dit Alice en les conduisant le long d'un couloir aux carreaux verts puis dans un escalier. La porte de son appartement était entrouverte quand nous sommes arrivés. Nous l'avons trouvé sur le sol de la salle de bain.

Elle s'arrêta à l'entrée de l'appartement et fit un geste vers l'intérieur.

— Ce n'est pas beau à voir, on dirait qu'il est là depuis quelques jours. Nous avons constaté le décès et appelé l'équipe de la police scientifique pour qu'ils viennent.

En franchissant le seuil pour entrer dans un couloir étroit, Jan fut assaillie par la puanteur d'odeur corporelle rance, de nourriture pourrie et une puanteur sous-jacente de décomposition qui s'accrochait aux murs et au plafond.

Sur sa gauche, elle aperçut une cuisine et grimaça devant l'amoncellement débordant de vaisselle ébréchée dans l'évier. Des boîtes de plats à emporter abandonnées encombraient un plan de travail étroit, et une pellicule graisseuse recouvrait le linoléum bon marché du sol.

— C'est la police scientifique ? lança une voix depuis une porte ouverte sur la droite du couloir.

Turpin passa la tête par l'ouverture.

— Ils devraient arriver d'une minute à l'autre. Comment ça se passe là-dedans ?

— Ça va aller, chef, répondit une voix masculine. Je ne pense pas qu'il va aller bien loin.

Jan le rejoignit et regarda par-dessus son épaule pour voir un agent en uniforme qu'elle reconnaissait utiliser son téléphone pour prendre des photos d'un individu décharné aux cheveux emmêlés, étalé sur le carrelage.

Des éclaboussures de sang s'étaient figées sur les carreaux près de la tête de l'homme, et elle se couvrit le nez face à la puanteur d'excréments et d'urine qui imprégnait la petite pièce.

— Vous avez eu le temps de parler aux voisins ?

— Pas encore, on va commencer dès que les techniciens arriveront et qu'on aura plus d'effectifs.

— Ok. Une idée de ce qu'il a pris ? demanda Turpin.

— Tenez, dit Alice.

Elle lui tendit un sachet à preuves scellé.

— Ces pilules avaient roulé derrière le siphon des toilettes. Sam les a vues quand il s'est accroupi pour prendre des photos avant qu'on entre dans la pièce. Je n'ai pas encore eu le temps de faire une fouille complète du reste de l'appartement.

Jan examina les deux pilules jaunes qui glissaient au fond du sachet alors que Turpin le prenait des mains de l'agente, et elle ressentit un choc de reconnaissance en voyant le logo du trèfle radioactif estampillé sur un côté.

— Ce sont les mêmes que celles trouvées dans la poche de Matthew.

— Bien vu, Sam, dit Turpin en rendant le sachet à Alice avant de faire signe à Jan. Allons jeter un coup d'œil aux alentours.

Elle acquiesça et sortit des gants de protection de son sac. Après en avoir tendu une paire à Turpin, elle enfila les siens avant de se diriger vers un salon qui, à première vue, semblait avoir été décoré pour la dernière fois dans les années 1980.

Regardant par-dessus son épaule vers l'agitation à la porte d'entrée, elle leva la main en signe de salut tandis que Jasper et son équipe de techniciens enfilaient leurs combinaisons de protection et s'approchaient de la salle de bain.

— Si tu commences par ici, je m'occupe de la chambre, dit Turpin, le dégoût évident dans sa voix alors que son regard parcourait la pièce. Dieu sait dans quel état elle est.

Elle sourit.

— Je te revaudrais ça, chef.

— C'est certain. Pour l'amour du ciel, fais attention aux seringues.

Jan se redressa et commença à trier les déchets éparpillés sur un canapé deux places pendant que les pas de Turpin s'éloignaient le long du court couloir puis disparaissaient derrière une autre porte.

Elle l'entendit jurer abondamment en entrant dans la chambre de l'homme, puis elle se reconcentra sur sa tâche.

De vieux journaux et des paquets de tabac jonchaient une table basse, et tandis qu'elle fouillait à travers les couches d'une vie abandonnée en utilisant l'extrémité d'un stylo bille trouvé sur la moquette tachée, elle essayait de se faire une idée du passé de Shaun.

La correspondance de la copropriété et d'un cabinet médical local avait été repoussée à une extrémité du canapé, une traînée de miettes et de taches indiquant où l'homme s'était assis régulièrement, les coussins froissés et affaissés.

L'autre extrémité du canapé avait servi de débarras pour tout ce qui n'était pas nécessaire et, à côté des lettres, elle découvrit de vieux reçus d'une pharmacie et une ordonnance renouvelable pour des analgésiques.

Elle nota de téléphoner au cabinet médical indiqué en haut de l'ordonnance et de parler au médecin de cet homme.

En parcourant la pièce, elle poursuivit ses recherches, mais elle ne trouva rien qui suggérait que quelqu'un d'autre séjournait dans l'appartement, ou que Shaun Mansell était en possession d'autres pilules jaunes à base de benzodiazépine comme celles trouvées dans la poche de Matthew.

Elle fronça les sourcils en retournant dans le couloir, et elle se demanda s'ils étaient déjà arrivés trop tard et si Shaun avait expérimenté les nouvelles pilules, ou s'il les avait simplement laissé tomber lorsqu'il s'était effondré à cause d'une autre condition médicale.

Alice Fields se tenait près de la porte d'entrée ouverte, occupée à transmettre un rapport au centre de contrôle pendant que Sam faisait le guet devant la salle de bain.

— Quelque chose ? demanda Jan, alors que Turpin émergeait de la chambre.

Il secoua la tête.

— Rien qui suggère qu'un garçon de quatorze ans séjournait ici.

Alice baissa sa radio et ajusta son gilet, puis elle leur fit signe.

— Jasper a fait un premier examen, et les pompes funèbres avec lesquelles nous travaillons sont en route pour déplacer le corps.

— Auto-infligé ? demanda Turpin en haussant un sourcil quand Jasper apparut.

Il haussa les épaules.

— Mieux vaut laisser ça au médecin légiste. S'il a pris quelque chose auquel il n'était pas habitué, il ne s'attendait peut-être pas à la puissance, ou ça a pu réagir avec ce qu'il prenait déjà. Je ne voudrais pas hasarder une hypothèse sans voir le rapport toxicologique. Il a un sacré coup à l'arrière du crâne, mais ça pourrait être dû à sa chute sur le sol de la salle de bain. Les ecchymoses sur ses bras pourraient avoir une multitude de raisons, tout dans cet endroit semble être un foutu risque de chute, non ?

— Ok, merci quand même, dit Turpin. Alice, vous pouvez demander à vos collègues de sécuriser l'appartement quand ils arriveront, puis de commencer à interroger les voisins ? Découvrez quand Shaun a été vu pour la dernière fois, et si quelqu'un a entendu quelque chose de suspect ces derniers jours.

— Je m'en occupe, chef.

Confiant que les deux agents en uniforme pouvaient gérer la scène de crime potentielle, Turpin enfonça ses mains dans ses poches et les guida vers la voiture.

— On dirait que notre médecin légiste temporaire va travailler dur ce week-end, West.

Jan ricana.

— Tant mieux.

# CHAPITRE 28

Le vendredi après-midi, un air de désespoir remplissait la salle des opérations tandis que l'équipe franchissait la porte pour rejoindre les bureaux qui leur étaient attribués.

Les conversations étaient discrètes, les demandes de documents administratifs non essentiels recevaient des réponses saccadées, et une lassitude s'était infiltrée dans les voix.

Mark passa une main dans ses cheveux, se débarrassa de sa veste et se dirigea vers une chaise libre à côté de Jan tandis que les agents en uniforme rejoignaient les détectives en costume et le personnel administratif devant le tableau blanc.

Il leva les yeux quand Kennedy sortit de son bureau. L'inspecteur principal arborait une expression déterminée malgré les visages fatigués qui se tournèrent vers lui lorsqu'il commença le briefing.

— Cinq jours, mesdames et messieurs, et nous avons deux hommes morts dont nous ne savons pratiquement rien.

Kennedy parcourut le groupe du regard.

— Je sais que vous êtes fatigués. Je sais que vous êtes

frustrés, mais nous ne pouvons pas nous permettre de perdre notre concentration. Nous sommes à un point critique de cette enquête.

Mark roula des épaules, entendit Jan s'agiter sur son siège à côté de lui et il observa avec perplexité un tsunami de mouvements similaires déferler à travers l'équipe rassemblée.

— C'est mieux, dit Kennedy. Au moins, vous semblez réveillés maintenant.

Une vague de réponses bon enfant circula d'avant en arrière, puis l'inspecteur principal leva la main pour les faire taire.

— Premier point à l'ordre du jour : la découverte de notre suspect potentiel, Shaun Mansell, plus tôt aujourd'hui. Mark, Jan, vous avez plus d'informations concernant sa mort ?

— J'ai parlé à son médecin traitant cet après-midi, répondit Jan. Shaun s'était vu prescrire des analgésiques après avoir dit à son médecin que l'ibuprofène en vente libre ne soulageait plus ses spasmes dorsaux. Apparemment, c'est un problème persistant depuis son accident de voiture il y a trois ans.

— Il était dépendant ? demanda Kennedy.

— Pas à la connaissance du médecin, répondit Jan. Il m'a dit qu'il n'avait rien vu de noté dans le système à ce sujet. Quand je lui ai demandé s'il savait que Shaun utilisait peut-être de la marijuana pour compléter les analgésiques, il a nié savoir quoi que ce soit et il a dit qu'il travaillait dans quatre cliniques différentes chaque semaine. Il a affirmé que si Shaun ne partageait pas cette information lui-même ou si aucune préoccupation n'était notée lors de ses rendez-vous, ils ne pouvaient pas le savoir.

— Il se couvre ? dit Alex.

— Je pense que oui. Il est devenu un peu sec avec moi

après ça et il a dit que toute autre demande d'information devrait être faite par écrit.

Kennedy ajouta une note au tableau blanc, puis appela Caroline.

— Qu'en est-il des allocations qu'il percevait ?

— J'ai parlé à quelqu'un du centre pour l'emploi, chef, répondit l'enquêteuse. Elle a confirmé que Shaun touchait une allocation de demandeur d'emploi qui était versée sur son compte bancaire tous les quinze jours.

— Quand est-ce que l'agence locale l'a vu pour la dernière fois ?

— La semaine dernière, mercredi. La femme à qui j'ai parlé a dit qu'il semblait fidèle à lui-même et qu'elle était choquée d'apprendre qu'il avait été retrouvé mort dans son appartement.

— Il percevait d'autres aides ?

— Pas d'après ce qu'elle pouvait voir sur son ordinateur, dit Caroline. Apparemment, sa demande d'allocation d'invalidité a été refusée il y a trois ans.

— Bien, merci Caroline.

Kennedy fit un geste vers Alex.

— À vous, McClellan, qu'est-ce que vous avez découvert sur l'appartement ? Qui paie le loyer ?

— Il appartient à l'association locale pour le logement, chef.

Alex feuilleta son carnet un instant, trouva la page qu'il cherchait, puis continua.

— J'ai demandé quand quelqu'un avait vu Shaun pour la dernière fois, et on m'a dit que le contrôle annuel de sécurité du gaz avait été effectué sur la propriété il y a quatre mois. Rien d'anormal n'a été signalé par le technicien qui a fait le travail. La personne de l'association m'a dit que le bail devait être révisé dans environ trois mois, ils prévoyaient de réévaluer l'éligibilité de Shaun, car ils ont cinq familles sur leur liste qui ont désespérément besoin d'un logement. En tant qu'homme célibataire, Shaun aurait dû être en bas de la liste.

— Donc, ils allaient simplement l'expulser ? répliqua Jan d'un ton choqué.

Alex haussa les épaules.

— Eh bien, ils n'ont pas dit ça exactement, mais...

— Qu'en est-il des proches parents, ils ont été informés ? demanda Kennedy.

— Nous leur avons parlé il y a quelques heures.

Alice Fields se leva de son siège au fond pour se faire entendre.

— Son père possède une entreprise de construction du côté de Witney. Il est plein aux as.

— Et il ne voulait pas aider son fils ? dit Mark. C'est dur.

— Il nous a dit qu'il ne voulait rien avoir à faire avec Shaun. Ça fait des années, apparemment, même avant l'accident de voiture et tout le reste.

— Et sa mère ? ajouta Jan.

— Effondrée, répondit Alice. J'ai eu l'impression qu'elle espérait une réconciliation entre Shaun et son père. Quand nous sommes partis, elle m'a dit qu'ils avaient été très proches quand Shaun était enfant, et que c'est seulement quand il a commencé à fréquenter de mauvaises personnes après le collège que les choses ont commencé à mal tourner.

— Elle vous a donné des noms ? demanda Kennedy.

— Seulement un prénom pour l'un d'entre eux, répondit l'agente, et il est mort il y a quatre ans dans un accident agricole. Selon le rapport d'enquête, il utilisait des machines sous l'influence de substances illicites.

— Est-ce que quelqu'un a trouvé quelque chose suggérant que Shaun vendait de la drogue ? dit Kennedy par-dessus son épaule, son stylo suspendu au-dessus du tableau blanc.

Sa question fut accueillie par un silence, et il remit le capuchon sur son stylo avant de se tourner vers eux.

— Non ? Alors pourquoi diable a-t-il été retrouvé avec les mêmes pilules jaunes que celles trouvées dans la poche de Matthew ? Où sont les autres saletés ? Selon le rapport du labo, ses empreintes étaient partout sur ce couteau. Pourquoi le tuer ?

— Peut-être que Shaun prévoyait de commencer à dealer, suggéra Jan. Après tout, comme Caroline l'a dit, il risquait de perdre son logement gratuit dans les prochaines semaines. S'il a découvert d'une manière ou d'une autre qu'une nouvelle opération de trafic interrégional se mettait en place et qu'il voulait s'impliquer de ce côté, il aurait pu s'attendre à ce que Matthew se présente.

— Et peut-être qu'ils se sont disputés à son arrivée, ajouta Alex.

Mark parcourut du regard le réseau de photos et de notes qui remplissait le tableau blanc, et il s'éclaircit la gorge.

— Il y a un autre scénario possible, chef. Si c'est le même groupe que celui qu'on essayait de coincer dans le Wiltshire.

Un bref silence suivit ses paroles tandis que ses collègues se tournaient pour le regarder, et Kennedy s'appuya contre le bureau à côté du tableau blanc.

— On vous écoute, alors.

— L'homme qui m'a poignardé a été tué parce qu'ils voulaient le faire taire, expliqua Mark. Ils ne pouvaient pas risquer qu'il essaie de négocier une sorte d'arrangement avec nous pour réduire sa peine en échange d'informations sur l'ensemble de l'opération. Et si c'était la même chose ici ? Et si ce gang n'était pas prêt à commencer à fournir cette nouvelle drogue, ou si Matthew avait obtenu des échantillons avant que la drogue n'ait été correctement testée ? Et si, en essayant de me contacter pour obtenir de l'aide, Matthew avait déclenché une série d'événements que le gang tente d'arrêter en éliminant le risque que quelqu'un parle ?

Tracy leva la main.

— Chef ? J'ai eu l'équipe des relations médias au téléphone, ils demandent à propos d'un communiqué qu'ils veulent publier ce soir, avant que les gens ne commencent à poster des choses sur les réseaux sociaux concernant Shaun Mansell. Qu'est-ce que je dois leur dire ?

Kennedy fixa le sol d'un air sombre pendant un moment, puis il releva le menton et jeta un coup d'œil par-dessus son épaule à la photographie de Mansell épinglée au tableau blanc avant de se retourner vers l'assistante administrative.

— Dites-leur que nous considérons sa mort comme suspecte pour le moment.

# CHAPITRE 29

L'arôme chimique de pin et de citron suivait Mark dans toute la maison tandis qu'il appliquait une nouvelle dose généreuse de mousse nettoyante sur l'évier de la cuisine et frottait énergiquement.

Un tube rock indépendant de la fin des années quatre-vingt-dix résonnait depuis une paire de petites enceintes posées sur le plan de travail. La playlist lui rappelait sa jeunesse et les vendredis soir ordinaires d'avant son entrée dans la police. Il chantait le refrain avant de lâcher le chiffon pour mimer le solo de guitare.

Riant sous cape à l'idée de ce que diraient ses filles si elles pouvaient le voir, il jeta le chiffon dans la machine à laver et porta son attention sur la poubelle de la cuisine.

Quatre nuits de boîtes de plats à emporter et d'autres déchets remplissaient le sac, et en le tirant hors du support métallique, il se rappela de passer au supermarché le lendemain matin pour qu'ils aient de la nourriture plus saine pendant le week-end.

Kennedy avait annoncé les tours de service du week-end

en clôturant le briefing, et Mark avait choisi de prendre son samedi pour pouvoir libérer Lucy de ses services prolongés de garde d'enfants.

Une vague d'impuissance le submergea en réalisant que ses deux filles ne seraient plus des enfants pour très longtemps, puis il sourit en pensant à l'horreur de Louise si elle savait qu'il la considérait encore comme telle.

Dans une heure, il dînerait avec elles sur le bateau de Lucy avant d'appeler un taxi pour les ramener à la maison, c'était pour cette raison qu'il était déterminé à nettoyer l'endroit avant de commencer à descendre vers la rivière.

Après avoir noué les extrémités du sac et récupéré les déchets alimentaires de la poubelle à côté de l'évier, il sortit par la porte arrière et se dirigea vers la grande poubelle. Au moment où il claquait le couvercle, il entendit son téléphone sonner depuis sa place près de l'enceinte et il se précipita à l'intérieur en s'essuyant les mains sur le chiffon de ménage.

Le numéro était masqué.

— Allô ?

— Turpin ? Inspecteur Mark Turpin ?

— Oui. Qui est à l'appareil ?

— Vous auriez dû rester en dehors de ça, Mark. Vous auriez dû vous tenir bien à l'écart.

— Qui est-ce ?

Il fronça les sourcils, fouillant sa mémoire pour essayer de se rappeler s'il reconnaissait la voix. Elle était rauque, habituée à donner des ordres, et elle portait un fort accent du Wiltshire.

Il ne l'avait jamais entendue auparavant.

— Comment va la famille, Mark ?

La colère monta en lui, et il resserra sa prise sur le téléphone.

— C'est vous qui avez suivi Louise à la sortie de l'école ?

— Un joli duo, ces deux-là. Et votre femme ? Debbie, n'est-ce pas ? Vous lui parlez toujours, ou c'est fini entre vous ?

Mark se précipita dans le couloir et fouilla dans la poche de sa veste à la recherche de son téléphone professionnel.

— Vous m'écoutez, Turpin ?

— Je suis là. Restez loin d'elles.

— Montez à l'étage un instant, comme un gentil garçon.

— Quoi ?

— Vous m'avez bien entendu. À l'étage. Maintenant.

L'ordre était imprégné de menace et de mépris, et Mark fit tomber son téléphone professionnel au sol en le manipulant maladroitement.

*Que se passait-il ?*

Il monta les escaliers d'une démarche chancelante, sa main gauche agrippant la rampe tandis qu'il maintenait le téléphone contre son oreille droite.

— Qui êtes-vous ? demanda-t-il en détestant le tremblement dans sa voix. Qu'est-ce que vous voulez ?

— Vous n'étiez pas censé survivre, répondit l'homme. Vous êtes comme un foutu chat avec neuf vies. Ce que je veux, c'est que vous arrêtiez de fourrer votre nez dans des affaires qui ne vous concernent pas. Mais voilà le problème, Turpin. Je ne pense pas que vous le ferez à moins de me prendre au sérieux. Allez dans la chambre d'amis. Celle que vous utilisez comme bureau.

*Comment le sait-il ?*

— Est-ce que vous êtes entré dans ma maison ?

— Charmantes, les affaires que vos filles ont emballées pour séjourner chez vous, dit l'homme. Dommage qu'elles ne soient pas là en ce moment. Approchez-vous de la fenêtre.

La bile lui remonta dans la gorge tandis qu'il traversait la pièce et écartait le rideau en voile.

Au-delà de la ligne d'arbres, il pouvait voir la rivière.

Le clair de lune scintillait sur les eaux sombres, la lumière apparaissant et disparaissant au gré des arbres qui se balançaient dans un vent qui soufflait contre la vitre.

— Vous pouvez voir le bateau de là, n'est-ce pas ? demanda l'homme.

— Quoi ?

À travers un espace entre les maisons, il pouvait apercevoir la proue de la péniche de Lucy qui se détachait sur la berge. Son cœur fit un bond quand il vit que quelqu'un – soit Lucy, soit les filles – avait tendu une guirlande lumineuse le long du bateau depuis la dernière fois qu'il avait regardé. Les minuscules ampoules scintillaient, apparaissant et disparaissant, ce qui donnait l'impression d'une fête ou d'une célébration imminente.

Sa poitrine lui faisait mal, avec le sentiment qu'il était dépassé, qu'il avait perdu le contrôle.

— Mark ? Vous le voyez ?

— Oui, dit-il plus fort. Je le vois.

— Bien. Voilà ce qui arrive quand on ne se mêle pas de ses affaires.

Le téléphone se coupa.

Mark cligna des yeux lorsque, quelques secondes plus tard, un éclair de lumière jaillit de l'intérieur de la péniche et le bateau tout entier sembla s'élever dans les airs en explosant en flammes.

Le son de ses hurlements se répercuta contre les murs de la chambre.

## CHAPITRE 30

— Mark ? Mark, restez en ligne. Nous avons des agents, des camions de pompiers et des ambulances en route.

Une douleur traversa ses jambes, ses pas lourds sur les pavés de béton, sa respiration laborieuse au moment où il passa en courant sous l'arche décorative du Guildhall.

Les gargouilles de pierre ricanaient dans son dos depuis leurs perchoirs au-dessus de l'allée tandis qu'il ravalait un sanglot, les poumons en feu.

La voix de Kennedy résonnait depuis son téléphone, fourré dans sa poche quand il avait quitté la maison à toute vitesse en faisant claquer la porte d'entrée sur ses gonds.

Il entendait d'autres sirènes se joindre à celles qui venaient déjà de la direction de la rivière, et il vit deux voitures de patrouille le dépasser à toute allure sur Bridge Street.

— Mark ? Vous êtes là ?

Il serrait les dents, sa panique montait à chaque pas lorsqu'il traversa le pont et scruta l'eau à l'endroit où le bateau de Lucy était amarré.

Chaque expiration expulsait un autre cri déchiré par le chagrin, chaque inspiration provoquait une douleur poignante dans ses poumons qui, s'il s'arrêtait de courir, il le savait, s'échapperait en un hurlement.

Une lueur orange flamboyante remplissait l'horizon, et tandis qu'il se frayait un chemin parmi les badauds inquiets qui encombraient le trottoir et entravaient sa progression, il pouvait entendre le crépitement des flammes.

Deux agents en uniforme se tenaient près de la barrière métallique qui menait à la prairie inondable, mais il ne reconnut ni l'un ni l'autre et il lança un regard noir quand le plus grand des deux leva la main pour l'empêcher de passer.

— Inspecteur Turpin. Mes filles sont sur ce bateau.

Il n'attendit pas la réponse, ne prêta pas attention au regard stupéfait sur le visage de l'agent tandis qu'il passait en trombe et puisait dans ses dernières forces pour traverser l'étendue d'herbe jusqu'au bord de la rivière.

La chaleur frappa son visage à mesure qu'il approchait tandis qu'un chœur de voix effrayées et d'activité urgente emplissait l'air nocturne.

D'autres propriétaires de bateaux le long du chemin de halage manœuvraient leurs embarcations loin de l'incendie, pendant que la puanteur du diesel brûlé agressait les narines de Mark et irritait le fond de sa gorge.

Il atteignit la berge, haletant, et ses yeux parcoururent frénétiquement la gauche et la droite, cherchant parmi les visages de la foule qui s'était rassemblée, leur expression terrifiée.

Un nœud serré tordit son estomac, une douleur profonde qui lui donnait envie de tomber à genoux et de vomir.

Mark se força à s'approcher davantage, à continuer, à garder espoir, et il s'avança vers la péniche.

Il leva le bras pour protéger son visage au moment où une fenêtre explosait et arrosait la berge de verre brisé.

La foule recula d'un même mouvement, une nouvelle terreur dans leurs yeux alors que l'ampleur de la dévastation augmentait.

Il pivota au son des sirènes pour voir un camion de pompiers cahoter à travers l'herbe vers la rivière, puis il reporta son attention sur la péniche.

*La maison de Lucy.*

— Explosion de gaz, entendit-il quelqu'un dire derrière lui, et il se retourna brusquement pour voir qui avait parlé, mais la femme s'était déjà détournée et marchait aux côtés d'une autre, se hâtant vers la sécurité d'un cordon en train d'être établi par deux autres agents en uniforme.

*Ce n'en était pas une*, voulait-il lui crier.

Au lieu de cela, il tressaillit en voyant le feu balayer toute la longueur du bateau, incapable de voir à l'intérieur.

— Louise ! Anna !

Il atteignit l'extrémité du bateau et s'arrêta net en glissant sur les pierres meubles qui recouvraient le chemin de halage.

La poupe n'existait plus – un trou béant rempli de flammes avait remplacé la cuisine, et de la fumée s'échappait du toit.

— Monsieur ? Monsieur, vous devez vous éloigner.

Il se dégagea de la grande main qui lui avait saisi l'épaule et se retourna pour faire face au pompier qui l'avait approché.

— Mes filles sont à bord. Ma compagne aussi, et notre chien.

— Je suis désolé, monsieur, mais vous devez vous éloigner. C'est trop dangereux de rester ici.

Mark chancela, l'horreur de ce qu'on le forçait à voir

étant trop difficile à supporter, ses entrailles menaçant de se liquéfier.

— Faites quelque chose. Mes filles...

Ses jambes cédèrent tandis qu'un bruit terrible émanait de la coque, puis, avec un gémissement qui le frappa en pleine poitrine, le bateau commença à s'incliner dans l'eau.

# CHAPITRE 31

— Nom de Dieu. Putain, merde.

Jan frappa le volant du plat de la main, puis le tourna brusquement vers la droite et accéléra pour dépasser le bus de nuit qui s'arrêtait au trottoir.

— Vous êtes encore loin ?

— Presque arrivée, chef.

Elle entendait la panique dans la voix de l'inspecteur principal, ce qui ne faisait que renforcer ses pires craintes.

— Quand est-ce qu'il a raccroché ?

— Je l'ai perdu après que les pompiers lui ont dit de reculer, répondit Kennedy.

— Et ses filles et Lucy ?

— Pas de nouvelles pour l'instant.

— Merde. Attendez.

Jan tourna brusquement le volant à gauche, s'arrêta sur le parking municipal et courut jusqu'au sentier piétonnier. Elle montra sa carte professionnelle aux agents en uniforme au cordon de sécurité, et elle se mit à courir vers la berge de la rivière.

Elle essaya d'ignorer les visages stupéfaits et choqués des personnes qui défilaient dans la direction opposée, guidées par d'autres policiers, puis elle poussa un cri lorsque son talon se coinça dans le sol inégal.

Serrant les dents, elle tendit le cou en se rapprochant pour tenter de repérer Turpin parmi les premiers intervenants et les véhicules d'urgence garés le long du chemin de halage.

L'air était un mélange âcre de fumée de bois et de plastique brûlé, de carburant consumé et de produits chimiques qui lui piquaient les yeux et la gorge.

Elle essuya ses larmes et elle aperçut une responsable des pompiers qu'elle avait rencontrée lors d'un accident impliquant plusieurs véhicules sur la voie rapide.

La femme leva la main en guise de salut avant de traverser lourdement la pelouse dans sa direction, le visage grave.

— Jan.

— Où est-il, Heather ? Que s'est-il passé ?

— Viens avec moi.

La pompière se dirigea vers un second cordon qui s'étendait entre deux voitures de patrouille aux couleurs officielles, puis elle passa sous la bande flottante avant de désigner une ambulance.

— Par ici.

Jan enfonça ses ongles dans ses paumes alors qu'elles se rapprochaient, puis elle entendit une toux rauque familière en contournant la porte arrière du véhicule.

— Chef, Dieu merci.

Turpin était assis sur le hayon de l'ambulance, une couverture sur les épaules et un bras autour de chacune de ses filles.

Anna était en larmes et serrait son père si fort que Jan

pensa qu'il aurait des bleus le lendemain, tandis que Louise était assise à côté de lui, le visage hébété pendant qu'il lui caressait les cheveux.

— Lucy ?

— Ici.

Jan fit volte-face pour voir l'artiste aux cheveux bouclés qui s'approchait.

— Que s'est-il passé ?

Lucy secoua la tête et une grosse larme roula sur sa joue.

— Tout est parti. Tout.

— Comment est-ce que vous vous êtes échappées ?

— Nous n'étions pas là.

La femme repoussa ses boucles de son visage et renifla.

— On était sorties chercher du pain à l'ail avant l'arrivée de Mark.

— Je l'avais oublié tout à l'heure, dit Louise.

Sa voix tremblait.

— Si je m'en étais souvenue à ce moment-là... si j'avais—

— Chut, dit Turpin.

Il lui serra les épaules.

— Tu es en sécurité.

Il se dégagea des deux filles et fit un signe de tête à un ambulancier qui attendait près des portes arrière.

— Vous pouvez rester avec elles une minute ?

— Papa ? dit Anna.

— Je ne vais nulle part. J'ai juste besoin de parler à Jan un moment. Ok ?

Anna hocha la tête, puis elle se blottit contre sa sœur pendant que l'ambulancier dépliait une couverture supplémentaire et la drapait autour d'elles.

— Je vais rester avec elles, dit Lucy.

Turpin tendit la main vers elle.

— Tu dois entendre ça aussi.

Ils s'éloignèrent de quelques pas de l'ambulance pour que leurs voix ne soient pas portées par la brise, et Jan jeta un regard vers la berge où la structure métallique tordue de la péniche pointait vers le ciel depuis la coque d'acier encore fumante.

— Mon Dieu, Lucy, parvint-elle à dire.

Son cœur se serrait pour l'artiste qui avait fait de la péniche son foyer pendant si longtemps.

Quand elle l'avait vue pour la première fois, elle avait pensé que la propriétaire pouvait être une hippie, quelqu'un qui rejetait l'idée de faire partie de la société normale.

Lucy lui avait prouvé qu'elle avait tort. L'artiste était une femme d'affaires avisée, respectée au sein de la communauté, et ses œuvres d'art étaient reconnues.

Alors, que *s'était-il* passé ?

En se retournant vers Turpin, elle le vit resserrer la couverture autour de ses épaules et frissonner, et c'est à ce moment-là qu'elle remarqua que ses cheveux étaient mouillés.

— Tu as sauté dans la rivière ?

— Ça semblait être une bonne idée sur le moment.

Il renifla.

— Je ne voyais ni les filles ni Lucy sur le chemin de halage parmi la foule.

— On est revenues au moment où ils le sortaient de l'eau, dit Lucy en essuyant ses yeux avant de glisser son bras sous le sien. J'ai failli avoir une crise cardiaque. Quand j'ai vu ce qui était arrivé à mon bateau, j'ai cru qu'il avait coulé avec.

— J'ai reçu un appel, dit Turpin, la voix rauque. Il savait.

Il savait qu'Anna et Louise étaient ici, et que les filles logeaient chez Lucy.

— Qui ?

— Ça ne peut être que le chef de gang de Swindon.

— Tu as reconnu la voix ?

— Je n'en suis pas sûr. Peut-être que je l'ai entendue une fois, en passant, mais c'était il y a un moment maintenant.

— Qu'est-ce qu'il a dit ?

— Que j'aurais dû rester en dehors de ça.

— Le meurtre de Matthew ?

Il hocha la tête.

Jan fronça les sourcils.

— Je me demande pourquoi il a mis le feu au bateau si aucun de vous n'était à l'intérieur. Je veux dire, un coup d'œil par les fenêtres et il aurait vu qu'il était vide.

— Je tire toujours les rideaux dès qu'il fait noir, dit Lucy en resserrant la couverture autour de ses épaules. Je n'ai jamais aimé l'idée que les gens puissent voir à l'intérieur.

Turpin serra l'épaule de Lucy et embrassa ses cheveux.

— Je n'ai jamais voulu te mettre en danger.

— Tu es vivant. Nous le sommes tous.

Lucy força un sourire.

— Je suis assurée.

— Quand même...

— Qu'est-ce que tu veux faire ?

Jan enfonça ses mains dans ses poches pour qu'il ne les voie pas trembler.

— Kennedy est au courant ?

— Pas encore.

Il sortit son portable de sa poche.

— Je ne sais pas s'il fonctionne maintenant qu'il a été

sous l'eau. Il va probablement me dire de rester à l'écart demain. Peut-être définitivement. Je le ferais, si j'étais lui.

Jan déglutit.

— Putain de merde, Mark.

— Ouais, je sais. Je vais l'appeler dans un moment. Tu veux bien me rendre service ? Tiens-moi au courant. Je dois ramener Lucy et les filles à la maison. Les agents en uniforme y sont allés pour s'assurer qu'il n'y aucun risque, et ils ont dit que le chef avait organisé une voiture de patrouille pour rester dehors pendant les prochaines quarante-huit heures.

— Bien sûr, oui.

Ils retournèrent vers l'ambulance, Jan se demandant ce qu'elle allait bien pouvoir faire pour aider Turpin alors qu'elle observait sa petite famille.

Elle s'arrêta net avant qu'ils n'atteignent le véhicule, ses pensées s'entrechoquant.

— Où est Hamish ?

Lucy secoua la tête et baissa le regard vers ses bottes.

— Elles l'ont laissé sur le pont quand elles sont retournées en ville, dit Turpin.

Alors que son inspecteur essuyait de nouvelles larmes de ses yeux, elle comprit l'horrible vérité.

Le petit chien avait disparu.

# CHAPITRE 32

Dean Evans serrait sa main droite ensanglantée contre son ventre tandis qu'il observait avec une satisfaction lugubre une boule de feu en train d'illuminer l'eau à quatre cents mètres de l'endroit où il se tenait, et il essayait de se rappeler s'il avait déjà reçu un vaccin antitétanique.

Au moins quelque chose s'était bien passé ce soir.

Il leva les yeux vers le ciel. Un vent vif était devenu tumultueux, dispersant les nuages qui menaçaient de pluie quelques heures plus tôt, et désormais un faible clair de lune apparaissait et disparaissait.

Ils allaient devoir agir vite.

Il tendit l'oreille pour entendre par-dessus le bruissement des arbres et des roseaux qui envahissaient le point le plus étroit du chemin de halage, puis il avança hors des ombres alors qu'une silhouette approchait.

Peu à peu, Dean distingua le bonnet noir que l'homme avait enfoncé sur ses cheveux poivre et sel il y a peu, sa silhouette massive vêtue d'un jean sombre et d'une veste matelassée bleu marine.

— Tu l'as vu ? Tu l'as vu exploser ?

Une touche de frénésie transparaissait dans la voix de l'homme quand il parlait, ses mots haletants alors qu'il serrait fermement la main tendue de Dean.

— Oui. Ça lui servira de leçon, dit Dean. Tu l'as vu, lui ?

Colin Hadleigh retira son bonnet, le fourra dans sa poche et secoua la tête.

— Je ne voulais pas traîner dans le coin. Ils seraient aux anges s'ils mettaient la main sur moi après tout ce temps.

Dean grogna en réponse.

Le trafiquant de drogue basé à Swindon disposait d'un réseau de planques où il pouvait séjourner au jour le jour, ce qui contribuait à contrecarrer les efforts de la police pour l'arrêter. À maintes reprises, Hadleigh avait été si près d'être attrapé, pour finalement échapper de justesse – souvent grâce à des témoins qui disparaissaient, ou pire encore.

C'était ainsi que Hadleigh gérait son business – il s'impliquait rarement dans l'aspect répressif des choses. De cette façon, la police se retrouvait sans preuves.

Tout se déroulait comme prévu, sauf que Hadleigh était apparu plus tôt cet après-midi, apparemment prêt à risquer de se faire prendre juste parce qu'il voulait la satisfaction de voir la réaction de Turpin quand celui-ci découvrirait que sa petite amie et ses filles avaient péri dans l'incendie.

Dean n'avait pas réussi à l'en dissuader, alors il était là.

Hadleigh désigna d'un geste l'équipement abandonné éparpillé sur le chemin de halage.

— Range tout ça. Je meurs d'envie de fumer.

Dean retint la réplique qui se formait sur ses lèvres, puis il fit ce qu'on lui disait.

C'était comme ça avec Hadleigh. On ne posait pas de

questions, on ne répondait pas, on ne formulait pas de demandes.

Sinon, on finissait comme Shaun Mansell.

Il jeta un coup d'œil par-dessus son épaule et vit Hadleigh qui faisait les cent pas sur le chemin de halage, son visage éclairé par la lumière de son téléphone tandis qu'il soufflait la fumée sur le côté, les yeux plissés vers l'écran.

Il aurait tué pour une cigarette, lui aussi – pour calmer ses nerfs à vif plus qu'autre chose – mais il était hors de question qu'il s'arrête pour en fumer une.

Ça allait devoir attendre.

Hadleigh l'inquiétait. L'homme était un bon businessman, c'était vrai, mais son tempérament était imprévisible et dangereux – surtout quand il nourrissait une rancune.

— Et Turpin ? demanda Dean en s'arrêtant pour frotter ses doigts contre ses muscles dorsaux endoloris.

Hadleigh ricana.

— Il n'abandonnera jamais, malgré ça. C'est une chance que ton gars Shaun ait découvert où il habite. Dommage qu'il ait essayé de me menacer après.

— C'était la première fois qu'il tuait quelqu'un, non ?

— Ça ne lui donnait pas le droit de me supplier, puis d'essayer de me faire chanter, n'est-ce pas ? Comme si j'allais risquer qu'il aille voir la police.

Hadleigh laissa tomber son mégot et l'écrasa dans la boue avec la pointe de sa chaussure.

— Non, celui-là avait besoin d'une leçon.

Dean se redressa, hissa le sac noir en toile sur une épaule, et il se détourna de la lueur mourante plus loin en aval.

— On devrait partir d'ici, Colin. Ils vont nous chercher.

— Nous ? cracha Hadleigh. Je doute qu'ils me cherchent.

Ils ne savent même pas que je suis là. C'est toi qui vas devoir rester discret pendant un moment, surtout après Shaun.

— Mais—

Une sensation nauséabonde tordit l'estomac de Dean.

— Juste pour quelques jours. Et ne reviens pas à Swindon. Je vais te trouver autre chose à faire. Ailleurs.

Hadleigh lui donna une tape sur l'épaule.

— Maintenant, montre le chemin.

Les nuages se rapprochèrent tandis que Dean commençait à marcher, le sac cognant contre ses côtes à chaque pas.

Alors que la lune clignotait entre eux, une obscurité descendit sur la berge. Il pouvait distinguer la maison de l'éclusier devant lui, les fenêtres du rez-de-chaussée du bâtiment en briques étaient sombres tandis qu'une lumière brillait depuis une fenêtre à l'étage.

Il ne dit rien. Hadleigh aurait l'intelligence de se taire, alors il accéléra le pas et s'engagea sur l'étroite passerelle qui traversait la rivière.

Ils passèrent l'écluse sans incident, et il devina que les habitants étaient trop absorbés par la scène en aval. Personne n'appela depuis la maison, personne ne se demanda pourquoi deux hommes s'éloignaient précipitamment du chemin de halage à une heure si tardive alors qu'une péniche était en train de brûler.

Dean accéléra le pas, peu désireux de tenter sa chance, et il espéra que le reste de leur fuite se passerait aussi bien.

Il scruta par-dessus la clôture en grillage métallique qui séparait le chemin des eaux tourbillonnantes en contrebas, le rugissement du courant poussé à travers les étroites vannes sous ses pieds.

Le pont métallique tremblait sous la force de l'eau tandis

qu'il traversait la rivière, le déversoir en fort contraste avec le calme de l'écluse derrière lui.

Le bruit des pas de Hadleigh lui parvint et l'homme se rapprocha lorsqu'ils atteignirent le milieu.

— Hé.

Dean s'arrêta et regarda par-dessus son épaule.

— Quoi ?

— Qu'est-ce que tu as fait du chien ?

— T'inquiète pas pour lui. Il est loin maintenant.

— Tu veux que je porte le sac un moment ?

Hadleigh tendit la main et lui fit un signe.

— Allez. Donne-le-moi. Tu en as fait assez ce soir.

Dean laissa la bandoulière glisser de son épaule avec un sentiment de soulagement en se débarrassant de ce poids si lourd.

— Tu es sûr ?

Même lui pouvait entendre l'espoir dans sa voix. Ce n'était pas souvent que Hadleigh proposait d'aider quelqu'un, surtout quand c'était lui qui l'employait.

— Bien sûr.

Le sourire de Hadleigh déforma son visage en une grimace dans la clarté déclinante de la lune.

— C'est la moindre des choses.

— Merci.

Dean lui tendit le sac et se retourna pour faire face au chemin, marchant d'un pas plus léger tout en vérifiant sa montre.

Encore une vingtaine de minutes, et il pourrait ouvrir une canette de bière, fumer une cigarette et suivre les résultats de football à la télévision.

Il n'eut pas le temps de réagir lorsque le sac s'abattit sur l'arrière de son crâne.

La force du coup le propulsa par-dessus la rambarde et l'envoya s'écraser contre le déversoir en béton en contrebas, où l'eau glaciale l'enveloppa, lui volant son dernier souffle avant qu'il ne puisse crier.

# CHAPITRE 33

Lorsque Heather Bankside suivit Ewan Kennedy dans la salle des opérations ce samedi matin, la fatigue émanait de l'officière des pompiers.

Elle portait maintenant son uniforme au lieu de la tenue de protection dans laquelle Jan l'avait vue la nuit précédente et elle tenait un grand sac fourre-tout sur son épaule, qu'elle déposa sur un bureau près du tableau blanc avant de l'ouvrir et d'en sortir une tablette. Elle se tourna vers la salle et parcourut du regard l'équipe à leurs bureaux tandis que Kennedy la mettait au courant de l'enquête à voix basse.

Jan se dirigea vers la machine à café, prépara suffisamment pour elle-même, Heather et Kennedy, puis elle se rapprocha pour distribuer les boissons chaudes.

— Merci, Jan, dit Heather. Je n'ai pas eu l'occasion d'en prendre un deuxième ce matin. On n'a pas terminé au bord de la rivière avant trois heures.

— Malgré cela, elle a réussi à préparer un rapport préliminaire pour nous, dit Kennedy. Si vous voulez bien rassembler tout le monde, nous allons commencer le briefing.

Cinq minutes plus tard, Jan et ses collègues étaient assis en demi-cercle devant le tableau blanc et ils se turent lorsque l'inspecteur principal commença.

Après avoir formellement présenté Heather et son travail, Kennedy se mit de côté et laissa l'officière des pompiers poursuivre.

— Comme vous pouvez l'imaginer, pour ceux d'entre vous qui n'étiez pas sur place hier soir, la péniche a subi d'importants dégâts une fois que nous avons éteint l'incendie. Cette situation a été aggravée par la nature même du bateau : dans un espace aussi restreint, avec la quantité de produits chimiques à bord que la propriétaire utilisait pour son art, ainsi que d'autres matériaux et tissus d'ameublement, les flammes n'ont pas mis longtemps à prendre. Avec l'emplacement de l'amarrage et les difficultés rencontrées pour acheminer notre équipement jusqu'à la rive, nous n'avons pas pu le sauver.

Heather fit une pause et prit une gorgée de café avant de continuer.

— Ce que nous avons pu déterminer, c'est que l'incendie n'a pas été causé par une fuite de gaz.

— Avec un incendie de cette ampleur, comment se fait-il que le bateau n'ait pas complètement coulé ? demanda Alex.

— La coque est construite en acier, répondit Heather. Nous constatons des dommages importants dans la zone de la cabine, mais la coque a généralement résisté à l'intensité de l'incendie. La chaleur du feu s'est dirigée vers les parties les plus vulnérables du bateau, notamment la cabine et le toit.

— Mark a dit avoir reçu un appel téléphonique quelques minutes avant l'incendie lui demandant de regarder par sa fenêtre en direction du bateau, dit Kennedy. C'était une attaque ciblée, pas un accident.

— J'en suis consciente, répondit Heather. Mais pour l'instant, nous n'avons rien trouvé qui soutienne la thèse d'un incendie criminel. Une fois que nous aurons sorti le bateau de l'eau, nous pourrons réévaluer la situation.

— Si Mark et sa famille étaient ciblés, il n'y aurait pas des signes d'effraction ? demanda Caroline.

— Nous allons continuer notre inspection du bateau cet après-midi, dit Heather. Bien sûr, nous chercherons des preuves allant dans ce sens et nous vous informerons de ce que nous trouverons.

— Il y avait un chien à bord, dit Jan. Hamish. Il aurait sûrement repoussé un intrus ou au moins fait assez de bruit pour alerter les propriétaires des bateaux le long de cette portion de rivière, non ?

Kennedy se tourna vers elle, le regard troublé.

— Si l'auteur savait que la famille de Mark était à bord du bateau, et pas avec lui, alors il est logique qu'il savait aussi qu'il y avait un chien à bord. Il a peut-être neutralisé Hamish en premier pour qu'il n'alerte pas les voisins.

— Est-ce que l'un de vos agents sur place a trouvé le chien ? demanda Heather.

— Non. Ils n'ont pas trouvé de corps non plus.

— Très bien. Je vais prévenir mon équipe au cas où nous trouverions ses restes sur le bateau. Si c'est le cas, cela pourrait vous aider à obtenir des réponses.

Kennedy remercia l'officière des pompiers, puis libéra l'équipe.

Jan referma son carnet d'un geste sec, frustrée.

Deux hommes morts, la famille de Turpin qui avait eu de la chance de s'en sortir vivante et qui devait faire face à la perte de leur chien bien-aimé, et ils n'étaient pas plus près de découvrir qui était responsable.

— Ça va être une longue journée, marmonna Caroline tandis qu'elles retournaient à leurs bureaux.

— Sans blague.

# CHAPITRE 34

— Des nouvelles ? demanda Turpin.

Jan verrouilla l'écran de son ordinateur et se dirigea vers la fenêtre, scrutant à travers les stores un ciel gris qui planait au-dessus du parking du commissariat.

— Heather nous a communiqué ses premières conclusions tout à l'heure.

— Et ?

Jan soupira, laissa les stores se refermer d'un coup sec et s'adossa au mur.

— Ils n'ont encore rien trouvé qui étaye la thèse criminelle.

— C'est des conneries. Même moi je pouvais sentir l'essence. C'est un incendie criminel, Jan.

— Eh bien, Heather a précisé que ce n'étaient que des résultats préliminaires.

Jan entendait le ton défensif dans sa voix et se mordit la lèvre.

— Il y avait aussi tous les autres produits chimiques à bord qui appartenaient à Lucy pour sa peinture, tu te souviens. Je suppose qu'ils doivent examiner le tout avant de pouvoir nous donner quelque chose de concluant.

— Alors, qu'a dit Kennedy ?

— Il lui a demandé de nous tenir au courant pendant qu'ils fouillent les décombres. Ils ont une grue là-bas maintenant, qui sort l'épave de l'eau.

— Je sais. Je la vois depuis la fenêtre de la chambre.

— Comment tu tiens le coup ?

Turpin soupira.

— Pas très bien. Hamish nous manque à tous, et puis il y a l'idée qu'elles auraient pu si facilement être à bord quand c'est arrivé. Lucy a été très bouleversée ce matin quand elle a réalisé qu'elle n'avait plus de chez-elle où rentrer. Je veux dire, oui, elle a une assurance, mais ce sont tous les souvenirs qu'elle avait sur le bateau, des objets qui appartenaient à sa grand-mère, des choses comme ça.

— Une théorie qui circule est que celui qui a fait ça aurait pu faire quelque chose à Hamish avant l'incendie. Pour l'empêcher d'aboyer et d'alerter les voisins de Lucy. Notre suspect, quand nous le trouverons, devait les surveiller avant l'incendie pour savoir qu'il y avait un chien à bord qui pouvait donner l'alarme.

— Bon sang. Je ne sais pas ce qui est pire. Penser qu'il est mort dans l'incendie, ou que quelqu'un lui ait fait du mal avant.

— Je suis désolée. D'autres idées sur qui t'a téléphoné ?

— Je n'ai pas dormi parce que j'entendais sa voix dans ma tête, mais je n'arrive pas à mettre un nom dessus. Nous n'avons jamais réussi à savoir qui dirigeait le gang à Swindon, tout a foiré après la mort de notre informateur.

— Kennedy est en contact avec la police du Wiltshire, dit Jan. Il y a une réunion avec eux à seize heures par visioconférence. Apparemment, le commissaire va y assister.

— Dommage, je pensais venir. Mieux vaut que je ne vienne pas s'ils sont tous les deux présents.

— Tu ferais mieux de rester avec Anna et Louise pour l'instant. Ne t'inquiète pas, je t'appellerai...

Elle s'interrompit lorsque Caroline entra dans la salle des opérations et lui fit signe.

— Je dois y aller. Nous attendions que l'autopsie de Shaun Mansell soit terminée, et Caroline et Alex viennent de revenir de la morgue.

— Tu me tiens au courant ?

— Promis.

Elle mit fin à l'appel et se précipita vers l'endroit où l'équipe s'était rassemblée autour du tableau blanc, se glissant sur un siège à côté d'Alex.

— Ça va ?

Il hocha la tête, même si son visage restait pâle.

— Je croyais que tu avais dit que ça devenait plus facile avec le temps.

— Ah bon ?

— Bien, silence tout le monde, dit Kennedy en marchant d'un pas décidé vers l'avant du groupe. Caroline, vous voulez bien venir ici nous faire un résumé de ce que Ferguson avait à dire ?

L'enquêteuse se fraya un chemin parmi ses collègues, feuilleta son carnet en remontant de quelques pages avant de parler d'une voix claire qui résonna dans toute la pièce.

— D'après ses conclusions, Ferguson va indiquer dans son rapport que Shaun Mansell respirait encore le week-end dernier. Il estime que Shaun est mort soit lundi, soit mardi, d'une overdose de benzodiazépines et d'analgésiques.

— Accidentelle ou pas ? demanda Jan.

— Non, selon Ferguson, répondit Caroline.

Kennedy leva la main.

— Attendez. Tom ? Vous pouvez vous occuper des images de vidéosurveillance des rues autour de l'appartement de Shaun et voir si vous pouvez le repérer ? Commencez samedi et remontez progressivement pour qu'on puisse avoir une idée de ses déplacements avant sa mort.

— Je m'en occupe, chef.

— Pardon, Caroline, vous disiez ?

— Ferguson a également trouvé beaucoup d'alcool non digéré dans le contenu stomacal de Shaun. Du whisky. Avec les analgésiques qui lui étaient déjà prescrits et les pilules qu'il a prises, c'était une combinaison mortelle.

— Je n'ai rien vu qui suggère qu'il était un gros buveur quand nous étions dans son appartement. Il n'y avait pas de bouteilles vides ou entamées qui traînaient, dit Jan. S'il prenait des antidouleurs en plus de boire de l'alcool, ça aurait pu être fatal, n'est-ce pas ? Même sans prendre en compte les benzodiazépines, je veux dire.

— À quelle vitesse est-ce que nous pouvons obtenir les résultats toxicologiques pour confirmer la théorie d'une overdose ? demanda Kennedy.

— Je vais m'en occuper, mais ils ne rentrent pas avant lundi matin.

Caroline fronça les sourcils, puis relut ses notes.

— Ferguson a dit quelque chose ce matin qui n'avait pas de sens pour moi sur le moment. Il nous a dit qu'une des dents de devant de Shaun était ébréchée et que les dégâts semblaient récents. J'ai pensé qu'il voulait peut-être dire que Shaun aurait pu la cogner en tombant par terre, mais il aurait aussi pu être forcé à boire du whisky ? Quelqu'un qui forcerait une bouteille contre ses lèvres aurait pu ébrécher une dent.

— Jasper a fouillé cet appartement et il n'y a aucune mention d'une bouteille de whisky abandonnée dans son rapport.

L'inspecteur principal prit le téléphone sur le bureau de Tracy, appuya sur la numérotation rapide puis leva la main pour faire taire l'équipe lorsqu'on répondit à l'appel.

— Steph ? C'est Ewan Kennedy en bas, vous pourriez renvoyer une patrouille en uniforme à l'appartement où vivait Shaun Mansell ? Prévenez-les qu'ils vont devoir fouiller les poubelles communes à l'arrière de la propriété, nous devons trouver une bouteille de whisky.

Il remercia l'opératrice du centre de contrôle, puis reposa le téléphone sur son socle avant de lancer des ordres.

— Tom, ajoutez à la liste des tâches de votre équipe de surveiller les images de vidéosurveillance pour repérer toute personne agissant de façon suspecte autour de l'appartement de Shaun. Jan et Caroline, je veux que vous examiniez les déclarations des voisins, puis que vous les réinterrogiez aujourd'hui pour savoir si quelqu'un a entendu des signes de lutte dans l'appartement de Shaun, ou s'ils lui ont parlé avant l'heure estimée de sa mort. Vous pourrez faire la liaison avec les uniformes au sujet de la fouille des poubelles pendant que vous y êtes.

Kennedy parcourut la liste d'actions actuelle qui avait été générée à partir de la base de données.

— Alex, je veux que vous travailliez avec moi sur l'appel que Mark dit avoir reçu hier soir avant que la péniche ne prenne feu. Jan a rapporté son téléphone portable ce matin, il est en mauvais état après avoir été dans la rivière, mais si nous ne pouvons rien en tirer d'utile, nous le confierons à l'équipe de police scientifique numérique. Le reste d'entre vous, je veux que vous répondiez aux appels au cas où nous recevrions de nouvelles informations pour que nous puissions agir immédiatement.

Il les regarda par-dessus ses lunettes avant de les congédier d'un geste.

— Vous pouvez disposer.

CHAPITRE 35

Un rayon de soleil optimiste perçait à travers la couverture nuageuse matinale tandis que Mark, Lucy et les filles marchaient le long de la berge.

Le ciel au-dessus d'eux contrastait avec les pensées qui martelaient l'esprit de Mark alors qu'ils avançaient vers l'endroit où la péniche de Lucy avait été amarrée. Il serra sa main alors qu'ils approchaient du premier des bateaux qui avaient été éloignés de l'incendie la nuit précédente, et il fit un signe de tête au visage familier qui apparut à une fenêtre de cabine avant que la propriétaire ne sorte sur le pont.

— Si tu as besoin de quoi que ce soit, Lucy, tu as mon numéro de téléphone. Fais-moi signe, dit la femme.

— Je le ferai, merci, répondit Lucy.

— On veut tous t'aider. Je n'imagine pas ce que tu traverses.

Lucy hocha la tête, et Mark sentit sa main se resserrer dans la sienne tandis qu'ils s'éloignaient.

Il leva son regard vers l'horizon et parcourut des yeux la ligne d'arbres qui bordait la rivière. Il savait que sa recherche était vaine - H amish avait soit péri dans l'incendie, soit, selon les théories de ses collègues, été éliminé par l'incendiaire pour qu'il puisse s'approcher de la péniche sans que le chien ne donne l'alarme.

Il serra la mâchoire.

D'un même mouvement, le petit groupe s'arrêta en s'approchant de l'ancien amarrage de la péniche.

Le sol avait été piétiné par de lourdes bottes, des véhicules d'urgence et, enfin, par la grue utilisée pour sortir la carcasse du bateau de l'eau. Les vestiges d'herbe cédaient la place à la boue sur toute la berge jusqu'à l'eau, laissant des roseaux roussis et brûlés comme seuls témoins de l'incendie de la nuit précédente.

De l'autre côté de l'eau, des promeneurs de chiens tendaient le cou et pointaient l'espace où se trouvait autrefois la maison de Lucy. La péniche colorée avec ses carillons éoliens, ses pots de fleurs et ses bibelots excentriques avait été une vision familière pour beaucoup.

Un homme de petite taille, vêtu d'une veste matelassée et un bloc-notes en main, se tenait à quelques pas du bord de l'eau, la tête baissée pendant qu'il travaillait.

— C'est Tony, de l'assurance, dit Lucy. Je n'étais pas sûre qu'il viendrait aujourd'hui.

Elle présenta Mark, avant qu'il ne s'excuse et ne retourne vers le premier bateau, après s'être assuré qu'Anna et Louise restaient à l'écart du bord glissant de l'eau.

La femme lui tournait le dos pendant qu'elle utilisait un spray nettoyant et un chiffon pour essuyer les fenêtres de son bateau, et elle jeta un coup d'œil par-dessus son épaule lorsqu'il approcha.

Il tendit sa main.

— Je suis désolé, nous n'avons pas été formellement présentés. Je suis l'inspecteur Mark Turpin.

Elle posa le spray nettoyant.

— Wendy Keller.

— Je ne vous ai jamais vue auparavant, n'est-ce pas ?

Wendy secoua la tête.

— Nous passons généralement les mois les plus chauds à naviguer dans les Midlands. C'est notre amarrage d'hiver, même si, l'année dernière nous avons eu l'opportunité de séjourner chez un ami dans le sud de la France.

Elle parvint à sourire.

— Je n'allais pas refuser ça.

— Je ne vous en veux pas. J'ai loué un bateau par ici l'été dernier. Il n'y avait pas de chauffage, j'étais pressé de déménager avant l'arrivée du froid.

Il regarda par-dessus son épaule pour voir Anna et Louise en train de parler à un autre propriétaire de bateau plus haut sur la berge. Le couple enlaçait Louise et pointait plus loin en amont.

— Ce sont des filles adorables, tout comme Lucy.

Wendy tordait le chiffon de nettoyage dans sa main.

— Je n'arrive pas à croire ce qui est arrivé. Dieu merci, elles n'ont pas été blessées.

— Je suppose que vous ne savez rien à propos de notre chien, n'est-ce pas ? On ne l'a pas revu depuis l'incendie.

Le visage de la femme s'affaissa.

— Non, je ne l'ai pas vu. C'est terrible. Je suis vraiment désolée d'apprendre ça. On adorait quand il venait nous rendre visite.

Mark s'éclaircit la gorge.

— Je vais devoir vous demander à titre officiel, Wendy, est-ce que vous avez vu ou entendu quelque chose hier soir ici sur le chemin de halage avant que son bateau ne prenne feu ?

— Comme quoi ?

Les yeux de la femme s'élargirent.

— Je ne sais pas. Peut-être quelqu'un qui rôdait et que vous ne reconnaissiez pas. N'importe quoi qui aurait pu sembler suspect.

— Non, je ne peux pas dire que j'ai remarqué quoi que ce soit, et David, mon mari, n'a rien mentionné non plus.

— À quel moment est-ce que vous avez réalisé que quelque chose n'allait pas ?

— Le vent a dû changer de direction, parce que quelques instants avant que le bateau ne prenne feu, David a dit qu'il sentait de la fumée. C'est toujours inquiétant, évidemment. Nous sommes sortis sur le pont. Nous étions amarrés ici, alors quand nous avons vu l'incendie, nous... je suis désolée.

Elle s'interrompit et essuya ses larmes.

— C'était un tel choc. De voir ça arriver. Nous avons mis nos bottes et nous nous sommes précipités vers l'amarrage, et à ce moment-là, les deux propriétaires de bateaux les plus proches du sien larguaient les amarres et s'éloignaient aussi vite qu'ils pouvaient pendant que le reste d'entre nous prenait ce que nous pouvions comme seaux et autres pour essayer d'éteindre les flammes.

— C'était incroyablement dangereux, dit Mark. Vous n'aviez pas peur que les fenêtres explosent ?

Wendy secoua la tête.

— Nous avions peur, oui, mais nous pensions que Lucy et vos filles étaient à l'intérieur. Nous devions faire quelque chose.

Mark tendit la main et lui serra le bras, la gorge nouée.

— Merci.

— Nous restons solidaires, nous qui vivons sur l'eau, dit-elle. Vous auriez fait la même chose pour nous.

— Oui, c'est vrai.

— Voilà, donc.

La femme renifla.

— Nous étions tellement soulagés quand elles sont arrivées en même temps que la police et les pompiers. Pauvre Hamish, par contre.

— Je sais.

— Papa !

Il se retourna en entendant Anna crier pour voir sa plus jeune fille lui faire signe.

— Vous devriez être avec elles, dit Wendy. Je mentionnerai à David que vous êtes passé, il est en ville en ce moment, mais s'il se souvient de quoi que ce soit à propos de la nuit dernière, je lui dirai de vous en informer.

— Merci, dit Mark.

Il lui remit une de ses cartes de visite avant de se dépêcher le long du chemin de halage jusqu'à l'endroit où Lucy se tenait à côté d'Anna et Louise près d'un autre propriétaire de bateau qu'il reconnaissait.

— James.

— Mark.

L'homme plus âgé se gratta la barbe puis fit un geste vers Lucy.

— Je disais justement qu'un groupe d'entre nous a commencé une collecte pour l'aider à se remettre sur pied.

— Je lui ai dit qu'il n'avait pas à faire ça, dit Lucy en rougissant.

— Ne sois pas ridicule, ma petite. Pas après tout ce que tu as fait pour nous au fil des ans.

Les yeux de James rougirent sous ses sourcils touffus.

— Tu es comme une fille pour nous, tu comprends. Ces gens de l'assurance ne vont rembourser qu'une partie. Tu vas avoir besoin d'aide, alors n'essaie pas de nous arrêter.

— Il a raison, tu sais, dit Mark. On ne pourra faire que peu de choses par nous-mêmes.

Anna tira sur la manche de son manteau.

— James a vu quelqu'un avec Hamish hier soir.

— Vraiment ?

Il essaya de contenir son espoir, mais celui-ci transparaissait dans sa voix.

— Où ça ?

— Ils sont passés juste ici, dit James. Avec une laisse.

— Quoi ?

— J'ai pensé que Lucy avait peut-être des amis et que l'un d'eux l'emmenait se promener pour se dégourdir les pattes avant qu'il ne soit trop tard.

— Mais on ne le promène jamais en laisse par ici.

James haussa les épaules.

— Je n'y ai pas vraiment réfléchi sur le moment, mais quand Lucy a dit que tes filles étaient là hier soir, je me suis demandé quels autres invités elle pouvait avoir. Ce n'était pas un grand bateau, n'est-ce pas ?

— Tu pourrais décrire l'homme que tu as vu ?

— Pas vraiment. Il faisait si noir, tu comprends ? J'avais juste sorti la tête pour vider la poubelle avant d'aller me coucher, et je les ai vus au bout du chemin de halage là-bas, en train de se diriger vers l'écluse. Je n'ai pas reconnu l'homme, mais je reconnaîtrais Hamish entre mille. Cela dit, il n'avait pas l'air content. J'ai cru qu'il tirait un peu sur sa laisse, pour être honnête. En y réfléchissant, c'était peut-être juste une corde. Difficile à dire. Le type avait l'air impatient avec lui, j'ai pensé qu'il voulait juste qu'il se dépêche de faire ses besoins avant de le ramener chez Lucy.

James haussa les épaules, une expression de tristesse sur son visage buriné.

— Désolé, ma petite. J'ai simplement supposé que c'était un de tes amis.

Mark ne dit rien et plongea la main dans sa poche alors que son téléphone commençait à sonner. Il jeta un coup d'œil au numéro et grimaça.

— Je dois répondre.

Il répondit à l'appel et se détourna.

— Debbie, comment ça va ? J'ai essayé d'appeler il y a quelques jours, mais ça m'a envoyé directement sur la messagerie.

— Mauvais réseau, répondit son ex-femme. Comment ça se passe là-bas ?

Mark croisa les doigts derrière son dos, prit une profonde inspiration, puis força un sourire sur son visage pour qu'il se reflète dans sa voix.

— On est bien occupés.

— Ta voix est fatiguée.

— Juste le travail, c'est tout, quelque chose s'est présenté. Lucy a aidé avec les filles, elle les emmène aux musées et ce genre de choses, pour qu'elles ne s'ennuient pas.

— Eh bien, je vous verrai mardi. Vous pourrez tous me raconter vos nouvelles quand je vous verrai.

— Tu rentres déjà ?

— Maman va beaucoup mieux, et ma cousine Charlotte vient passer deux semaines avec elle pour l'aider à reprendre ses habitudes. Gillian et moi y retournerons après, tu sais, à tour de rôle. Avec un peu de chance, ce ne sera pas pour longtemps. Quoi qu'il en soit, je te donnerai tous les détails la semaine prochaine. Mon vol atterrit mardi matin, alors je passerai dans l'après-midi, si ça te convient ?

— Appelle-moi quand tu atterris, tu veux bien ?

— Il y a un problème ?

La voix de Debbie trahissait de l'inquiétude, et Mark se retourna pour voir ses filles qui l'observaient, l'air dubitatif. Il déglutit.

— Je t'expliquerai quand je te verrai, d'accord ? Pas au téléphone.

Après l'avoir rassurée que les deux filles allaient bien, Mark mit fin à l'appel et fourra le téléphone dans sa poche, puis il se retourna pour voir Lucy qui secouait la tête.

— Tu vas être dans le pétrin quand elle va revenir.

— Je sais.

# CHAPITRE 36

Une odeur écœurante de saleté et de décomposition frappa Jan au visage lorsque l'agent en uniforme à côté d'elle souleva le couvercle de la poubelle industrielle.

D'un seul mouvement, les officiers rassemblés reculèrent pour se détourner de la puanteur qui émanait du conteneur débordant.

— Quel jour passe le camion-poubelle ? demanda Jan en tenant son bras devant son visage, des gants de protection sur ses mains.

— Les collectes résidentielles se font le mardi, répondit Caroline.

Elle plissa le nez en promenant son regard sur les déchets entassés dans la poubelle par les résidents des appartements au-dessus. Ses yeux s'écarquillèrent en entendant un bruit de grattement.

— Putain, c'est un rat ? Je déteste les rats.

— Pensez à ça comme à une gerbille géante.

L'agent Nathan Willis lui fit un clin d'œil.

— Mais pas aussi mignon.

Jan plissa les yeux vers lui.

— Dans ce cas, on vous laisse faire.

Il gémit, puis fit signe à ses collègues d'approcher et ils commencèrent à fouiller dans les restes abandonnés de la vie des résidents.

Jan enleva ses gants d'un coup sec et s'éloigna rapidement de la poubelle pour inspirer l'air plus frais au milieu de l'espace commun derrière les appartements avant de se retourner pour regarder l'équipe travailler.

— Si les poubelles ne sont pas ramassées avant mardi, cette bouteille de whisky pourrait être tout au fond, d'après la chronologie que Ferguson nous a donnée, dit Caroline.

— Si elle est là-dedans.

Jan laissa tomber ses gants dans une poubelle pour déchets biologiques placée à côté de la roue arrière d'une des voitures de patrouille, sortit un petit flacon de gel antiseptique de son sac, puis elle grimaça en l'étalant sur ses mains.

— Ils vont en avoir pour un moment. Allons discuter avec le voisin de Shaun pendant que nous attendons. Comment il s'appelle ?

Sa collègue prit le gel désinfectant offert.

— Merci. Frank Tyler. Il vit ici depuis cinq ans, selon la déposition que les agents en uniforme ont prise la semaine dernière.

Jan remit le flacon dans son sac et elle suivit Caroline par la porte arrière dans le bloc d'appartements.

— Quelque chose d'utile ?

— Pas sur le moment, mais peut-être que si nous mentionnons que Shaun aurait pu avoir la visite de quelqu'un plus âgé que Matthew, ça pourrait lui rafraîchir la mémoire. La semaine dernière, nous ne cherchions que Matthew, n'est-ce pas ? Pas un autre homme.

— C'est vrai. Ok, je te suis.

Elle emboîta le pas à Caroline alors qu'elles montaient les escaliers jusqu'au deuxième étage, s'arrêtant un moment sur le palier pour vérifier leurs notes avant de se diriger vers la porte de l'appartement numéro quatre.

Elle sonna à la porte, attendit un moment et, comme aucun bruit de pas n'approchait, elle frappa du poing contre la surface en bois.

— Peut-être qu'il n'est pas là ? suggéra Caroline.

Jan leva la main en entendant un mouvement de l'autre côté, puis la porte fut brusquement ouverte.

Un visage rougeaud l'examina à travers une chaîne de sécurité en laiton.

— Qu'est-ce que vous voulez ? Je ne vote plus et si vous vendez quelque chose, vous pouvez aller vous faire voir.

Caroline saisit sa carte professionnelle en même temps que Jan.

— Ça vous dérange si on échange quelques mots, monsieur Tyler ? C'est au sujet de votre voisin, Shaun Mansell.

— Ils ont déjà reloué son appartement à quelqu'un d'autre ? Peut-être une jeune femme cette fois, ce serait une amélioration.

Il les reluqua, ses yeux bleu pâle jetant un coup d'œil à la porte d'en face.

— Remarquez, n'importe quoi serait une amélioration par rapport à Shaun. Un fainéant, ce bâtard.

— Est-ce que nous pouvons entrer, monsieur Tyler ? Peut-être continuer cette conversation sans les mesures de sécurité ? dit Jan en réprimant son dégoût.

— Je suppose que oui.

Il leva les yeux au ciel, détacha la chaîne de la porte et la maintint ouverte tout en dévorant Caroline des yeux tandis qu'elle passait devant lui.

— Après vous, monsieur Tyler.

Jan sourit narquoisement alors qu'il claquait la porte avant de les conduire vers un appartement qui reflétait la disposition de celui de Shaun Mansell de l'autre côté du couloir.

Un écran de télévision hurlait depuis un coin du salon et un brouillard jaunâtre de fumée de cigarette flottait dans l'air tandis que Tyler se traînait vers un fauteuil élimé et s'y enfonçait, avant d'écraser un mégot dans un cendrier plein.

— Vous pourriez baisser la télé ? demanda Jan en forçant un sourire. On pourrait peut-être s'entendre parler.

La lèvre de Tyler se retroussa, mais il tendit la main vers la télécommande et appuya dessus d'un doigt.

L'écran s'assombrit.

— J'ai déjà dit aux flics qui étaient là l'autre jour tout ce que je sais.

— Nous avons reçu de nouvelles informations que nous suivons, dit Caroline, ignorant le regard de l'homme et se déplaçant vers la fenêtre. Votre appartement donne sur les poubelles en bas.

— Et alors ?

— Est-ce que vous avez entendu quelqu'un rendre visite à Shaun Mansell entre samedi et jeudi de la semaine dernière ?

— Je ne crois pas. Je l'ai déjà dit aux autres.

Jan retint un soupir. Si la télévision de l'homme hurlait quotidiennement comme elle le faisait à leur arrivée, elle n'était pas surprise qu'il n'ait rien remarqué de ce qui se passait devant sa porte.

— Et qu'en est-il d'une dispute ? dit-elle. Des cris peut-être ?

— Non.

Elle l'entendit alors.

Un tremblement, très subtil, mais bien présent.

— Frank ? Est-ce que quelqu'un vous a menacé ?

Il secoua la tête, puis baissa les yeux vers ses genoux, la bouche crispée.

— Vous avez vu quelque chose ?

L'homme exhala, un soupir qui fit s'affaisser ses épaules comme si toute l'énergie quittait son corps.

— Mardi soir. J'ai entendu un cri, puis quelque chose de lourd qui est tombé. J'ai baissé le son de la télé, mais tout était redevenu silencieux.

— Et le bruit venait de l'appartement de Shaun ?

— Oui. Je me suis levé et j'ai regardé par l'entrebâillement de la porte d'entrée. Un homme est sorti de l'appartement. Il ne m'a pas vu tout de suite. Je crois que je l'ai fait sursauter.

— Qu'est-ce qu'il a fait ?

— J-je lui ai demandé si tout allait bien. Il m'a dit que Shaun lui avait demandé de sortir acheter du tabac, et il m'a demandé si je savais où était le magasin le plus proche. J'ai pensé qu'ils fumaient simplement de cette herbe que je sentais chaque fois que Shaun ouvrait sa porte, alors je lui ai parlé de la station-service plus haut sur la route qui était probablement encore ouverte.

— C'était à quelle heure ? demanda Caroline.

— Vers dix heures et demie, onze heures moins le quart, je pense.

— Est-ce qu'il a dit autre chose ?

Jan se rapprocha en retenant son souffle pour éviter d'inhaler l'odeur corporelle de l'homme, plutôt que par anticipation.

— Il m'a remercié, puis il a descendu l'escalier.

— Il était seul ?

— Oui.

Tyler fronça les sourcils.

— Il y a autre chose, il avait la main sous sa veste. Comme s'il tenait quelque chose en dessous, vous voyez ce que je veux dire ?

— Vous avez vérifié la porte d'entrée de Shaun ?

Tyler secoua la tête et frissonna.

— Je ne voulais pas. Je ne voulais pas savoir.

— Est-ce que vous avez entendu quelque chose dehors, après le départ de l'homme ? demanda Caroline en pointant le pouce par-dessus son épaule en direction de la fenêtre.

— Je ne suis pas sûr. Non.

Jan se pencha en arrière tandis que son téléphone portable commençait à sonner, et elle le sortit de son sac.

— Enquêteuse West.

— C'est Nathan en bas. Nous avons trouvé une bouteille de whisky, il y a des traces de sang juste à l'intérieur du goulot.

— On arrive.

Elle termina l'appel, se leva et rangea le téléphone.

— Monsieur Tyler, nous allons envoyer deux de nos collègues pour prendre une déposition actualisée. Je vais également organiser la visite d'un dessinateur, j'apprécierais que vous lui donniez une description de l'homme que vous avez vu.

— Est-ce que ça va aider ?

— Je l'espère, oui.

— D'accord, alors.

Tyler bougea légèrement et commença à se relever du fauteuil.

— Inutile de nous raccompagner, dit Jan en lui faisant signe de se rasseoir. Merci pour votre temps.

— Est-ce que je suis en sécurité ici ?

Sa voix résonna lorsqu'elles atteignirent la porte.

Caroline pinça les lèvres, puis se retourna.

— Est-ce que vous avez quelqu'un que vous pouvez appeler, de la famille ou quelque chose comme ça ?

— Non.

— Nos collègues vous donneront le numéro d'un serrurier, dit-elle avec une note d'excuse dans la voix. Je ne peux pas vous promettre que nous pourrons assurer votre protection pour le moment, mais ça vaudrait la peine de faire vérifier au moins la serrure de votre porte d'entrée.

Jan ouvrit la marche vers le bas de l'escalier, et elle leva les yeux vers la fenêtre de l'appartement de Tyler alors qu'elles se dépêchaient vers la poubelle industrielle désormais vide.

L'homme les regardait fixement, les sourcils froncés tandis qu'il observait les policiers qui fouillaient les autres poubelles.

— Tu crois qu'il a vu le meurtrier de Shaun ? demanda Caroline en suivant son regard.

— Oui, je le pense. Et je crois que M. Tyler a de la chance d'être encore en vie. Celui qui a assassiné Shaun semble faire de son mieux pour couvrir ses traces, tu ne trouves pas ?

CHAPITRE 37

— Je ne m'attendais pas à te voir avant quelques jours. Qu'est-ce que tu fais ici un dimanche matin ?

Mark tint la porte ouverte pour Louise et Anna, puis il se tourna vers Tom Wilcox qui s'appuyait sur le comptoir de la réception, le regard intrigué.

— Changement de plans. Tu peux donner des badges visiteur à ces deux-là avant que je les emmène à l'atrium ?

— Bien sûr. Kennedy sait que vous êtes là ?

— Pas encore.

Wilcox pinça les lèvres. Il montra à Louise puis à Anna où se tenir pendant qu'on prenait leurs photos avant de leur remettre les badges.

— Et comment allez-vous toutes les deux ?

Anna haussa les épaules et glissa sa main dans celle de Mark.

— Vous allez aider Papa à attraper celui qui a fait ça ? demanda Louise.

Elle avança le menton vers le sergent de police.

— Oui, c'est ce que je vais faire. Nous allons tous le faire.

— Bien.

— Merci, Tom.

Mark guida ses filles à travers la porte intérieure sécurisée avant de les conduire jusqu'à l'atrium. Il sortit son portefeuille et donna sa carte de débit à Louise.

— Tu en auras besoin pour le distributeur automatique. La télécommande est là-bas, ne laisse pas Alex y toucher pendant sa pause, sinon vous allez vous retrouver à regarder des émissions de rénovation.

Anna la prit et alla s'installer sur l'une des chaises sous le téléviseur.

— Papa ?

Louise attendit que sa sœur soit occupée à zapper entre les chaînes avant de se tourner vers lui.

— Ça va, toi ? Je veux dire, tout le monde nous demande à nous et à Lucy comment on va, mais personne ne te le demande, n'est-ce pas ?

Il ne savait pas quoi dire et la prit dans ses bras à la place.

— Merci.

— Tu n'as pas répondu à la question.

Après un moment, elle se dégagea et le fixa du regard.

— Est-ce que ça va ? Je veux dire, vraiment ?

— Je suis en colère. Frustré qu'on n'ait pas encore trouvé qui a tué Matthew, et je suis furieux que toi, Anna et Lucy ayez été ciblées.

— Est-ce que tu as peur ?

Mark cligna des yeux, surpris par la maturité de sa fille et son inquiétude.

Son regard ne vacilla pas.

— Un peu, oui, répondit-il, mais c'est pour ça que je voulais venir ici. Pour aider.

Un triste sourire passa sur ses lèvres.

— Tu nous aurais rendues folles si tu étais resté à la maison.

— C'était si évident ?

— Oui.

Il jeta un coup d'œil par-dessus son épaule, puis revint à elle.

— Je dois y aller. L'inspecteur principal Kennedy va commencer le briefing du matin dans un instant, et je veux y assister.

Louise agita son téléphone vers lui.

— Qu'est-ce que je dis si Maman appelle ?

— Je te laisse décider.

— Tu lui as dit ?

— Pas encore.

— Tu vas avoir *tellement* d'ennuis.

— Ouais, Lucy m'a dit quelque chose dans ce genre.

Il la poussa doucement vers sa sœur, puis il traversa le bâtiment et monta les escaliers jusqu'au premier étage.

Kennedy était au milieu de son discours d'introduction quand Mark entra dans la salle des opérations. Il regarda par-dessus ses lunettes de lecture en abaissant ses notes.

— Qu'est-ce que vous fichez ici, Turpin ? aboya-t-il.

— Je suis là pour aider, chef.

Mark laissa tomber son sac à dos sur sa chaise, sortit son carnet et se dirigea vers l'endroit où le reste de l'équipe s'était rassemblé.

Jan poussa une chaise de sous le bureau contre lequel elle s'appuyait, et les roulettes heurtèrent la chaussure de Mark alors qu'il l'arrêtait et la remerciait d'un signe de tête avant de s'asseoir.

Kennedy lui lança un regard noir, puis reporta son attention sur l'équipe réunie.

— Comme je le disais, nous attendons une nouvelle mise à jour de Heather concernant les découvertes de son équipe au sujet de l'incendie dans les prochains jours. Passons à Shaun Mansell. Alice, où en êtes-vous avec les caméras de surveillance ?

L'agente de police s'avança et fit face à ses collègues.

— Nous avons commencé par examiner les enregistrements le long de la route devant les appartements entre lundi matin et vendredi après-midi, quand Shaun a été retrouvé mort. Cette période était basée sur l'avis du médecin légiste selon lequel Shaun était encore vivant le week-end dernier. En fait, nous pouvons corroborer son rapport car nous avons des images de Shaun devant un immeuble plus haut dans la rue tard dimanche après-midi. Il était tourné vers la direction de son appartement quand la caméra l'a capté.

— Et pour lundi ? demanda Alex.

— C'est là que nous avons plus de travail à faire, répondit Alice. Il n'y a aucun signe de Shaun durant la matinée, mais dans l'après-midi, nous avons quelqu'un qui entre dans la rue au niveau du carrefour avec la route principale, qui a fait des efforts pour dissimuler son visage.

Elle fit un signe à Tracy, qui distribua des copies d'une image fixe extraite de la vidéo.

— Comme vous pouvez le voir, il porte une casquette de baseball unie avec son col relevé, et il n'y a aucun signe distinctif que nous pouvons utiliser pour suivre ses mouvements après qu'il quitte la zone.

— Que se passe-t-il quand il arrive à l'appartement de Shaun ? demanda Mark en examinant la photo que Jan tenait.

Alice soupira.

— C'est ce que je voulais dire par avoir plus de travail à faire. Il y avait un camion de déménagement garé au bord du trottoir devant la caméra la plus proche de l'appartement de Shaun, donc nous perdons de vue cette personne quand elle passe derrière. Nous ne pouvons pas être sûrs si elle est allée à l'appartement de Shaun ou si elle a emprunté une ruelle qui longe une propriété voisine. J'ai discuté avec Tom, et nous prévoyons de retourner là-bas ce matin pour parler aux personnes qui déménageaient afin de savoir si elles ont vu cette personne. Nous allons également interroger les propriétaires dont les jardins donnent sur la ruelle pour voir s'ils ont vu quelqu'un agir de façon suspecte.

— Et qu'en est-il de l'entreprise de déménagement ? dit Jan. Leur logo est facile à repérer sur ces images.

— Fermée jusqu'à demain matin, répondit Alice. Nous les contacterons dès la première heure et organiserons des entretiens avec les hommes qui figurent ici dès que possible.

— C'est du bon travail, dit Kennedy en ignorant la vague de frustration qui traversa l'équipe tandis que l'agente de police regagnait sa place. Tenez-moi au courant de tout élément utile que vous découvrirez. Jan, où en est-on avec la bouteille de whisky trouvée dans la poubelle hier ?

— Elle a été envoyée pour que le sang qui s'y trouve soit comparé à celui de Shaun.

— Et vous dites que son voisin prétend avoir vu quelqu'un quitter l'appartement mardi soir ?

— Oui, chef. Frank Tyler. J'ai demandé à un agent en uniforme de recueillir une déclaration mise à jour de sa part, et il travaille actuellement avec un dessinateur pour nous donner une idée de l'apparence du type. Je devrais avoir ça cet après-midi pour l'intégrer au système. J'enverrai un email à tout le monde une fois que ce sera fait.

— Merci. Est-ce que Tyler a mentionné s'il avait vu quelqu'un d'autre entrer ou sortir de l'appartement ?

— Non, répondit Jan, mais je me demande si son meurtrier séjournait là-bas avant de le tuer. Je veux dire, ce n'est pas parce que les empreintes de Shaun étaient sur le couteau utilisé pour tuer Matthew que cela signifie qu'il était responsable, n'est-ce pas ?

— Je suis plutôt d'accord.

Mark se pencha en avant sur son siège.

— Et si le couteau retrouvé avec les empreintes de Shaun avait été pris dans son appartement par ce type que Frank Tyler a vu ?

— Alors pourquoi tuer Shaun aussi ? demanda Jan.

— Parce que celui qui a fait ça fait le ménage, dit Mark. C'est ce qui s'est passé dans l'affaire sur laquelle je travaillais à Swindon. Dès qu'il s'est senti menacé ; dans notre cas, c'était parce que la couverture d'un informateur avait été dévoilée, il a commencé à se débarrasser de tous ceux qui pourraient parler. L'homme qui a tué notre informateur et a tenté de me tuer a été assassiné pendant sa détention provisoire. C'est pour ça que cette enquête a piétiné.

Kennedy retira ses lunettes de lecture et se frotta l'arête du nez.

— Mais qu'est-ce qui l'a fait paniquer ? L'arrivée de Matthew ici ?

— C'est possible, répondit Mark. Je veux dire, nous *pensons* que Matthew est venu ici pour me trouver. Ce que je ne comprends pas, c'est pourquoi le bateau de Lucy a été détruit. Si celui qui fait ça veut me voir mort, pourquoi n'est-il pas venu chez moi ?

— Chef ?

Une voix provenant de l'autre côté du groupe le fit détourner le regard de l'inspecteur principal.

Caroline était assise avec son ordinateur portable ouvert et secouait la tête, un sourire triste aux lèvres.

— Il y a quelques mois, c'était dans tous les journaux, vous vous souvenez ?

Elle retourna l'ordinateur portable pour que lui et Kennedy puissent voir l'écran. Un titre de journal y était affiché.

*Un détective fraîchement nommé navigue vers le succès.*

Mark gémit, ses épaules affaissées.

Il se souvenait de l'article – un journaliste était arrivé avec un photographe après que l'équipe avait mis hors d'état de nuire un tueur en série qui ciblait des prêtres de paroisse. Voulant montrer Mark dans le cadre le plus pittoresque pour séduire un public plus large – le journaliste jugeant l'extérieur du commissariat « trop politique » – il s'était emparé de la découverte que Mark louait une péniche.

Un seul regard sur la peinture écaillée et l'état délabré du bateau avait suffi pour que le photographe suggère de faire poser Mark le long de la rive avec la péniche plus jolie de Lucy comme toile de fond.

— Et l'appel téléphonique que j'ai reçu ? Vous avez réussi à tracer le numéro ?

Jan secoua la tête.

— Rien pour l'instant, chef. Nous l'avons transmis à la police scientifique numérique. Ils ont découvert qu'il a été acheté dans une boutique à Swindon, mais il n'y a eu aucune activité depuis cet appel vers toi. Ils nous préviendront s'ils trouvent autre chose.

Sur ces mots, Kennedy mit fin au briefing et fit signe à Mark et Jan.

— Dans mon bureau, maintenant.

Il ouvrit la marche à travers la salle des opérations, puis ferma la porte avant qu'ils ne s'assoient sur les chaises face à son bureau.

— Vous avez parlé à votre ex-femme ?

— Ce matin, chef.

— Comment a-t-elle pris la nouvelle ?

Mark jeta un coup d'œil à Jan, puis revint vers l'inspecteur principal.

— Je ne lui ai pas dit, chef. Elle ne peut pas revenir avant mardi, sa mère a été gravement malade, et je ne voulais pas avoir cette conversation au téléphone.

— Vous êtes sûr que c'est la bonne chose à faire ?

— Je ne suis plus sûr de rien, chef.

Kennedy plissa le nez, ouvrit la bouche pour rétorquer, puis sembla se raviser et fit glisser un dossier sur le bureau en tapotant du doigt sur la surface rugueuse en carton.

— Nous avons réussi à obtenir quelques faveurs, dit-il. À partir de demain, vous et votre famille allez séjourner dans une propriété en périphérie de la ville, alors ne prévoyez pas de venir ici le matin. Une voiture banalisée viendra vous chercher chez vous et vous emmènera à la maison. Emportez ce dont vous avez besoin pour un séjour de deux semaines, au cas où.

— Attendez. Quoi ? Une planque ?

Mark regarda Kennedy puis Jan, stupéfait.

— Je dois être ici. Je veux dire, bien sûr, je suis d'accord pour que les filles y aillent, Debbie aussi quand elle reviendra de St Helier, mais moi je ne peux pas. Nous devons arrêter celui qui fait ça.

— Laissez-nous nous en occuper.

Kennedy se dirigea vers son bureau et prit un stylo.

— Sur quel vol Debbie revient-elle ?

— Le vol de 7 h 30 vers Gatwick mardi matin.

— Nous enverrons quelqu'un l'accueillir à l'aéroport pour l'amener directement ici. Gillian est avec elle ?

— Oui.

— Très bien, nous organiserons son retour chez elle. Je ne pense pas qu'elle soit en danger, mais nous aurons une patrouille pour surveiller sa maison également.

— Ça ne marchera pas.

Mark enfonça ses ongles dans les accoudoirs moelleux du fauteuil.

— La planque, je veux dire.

— Je ne vous mets pas en danger, dit Kennedy. Nous avons déjà un jeune enfant et un homme morts, sans parler de votre informateur à Swindon et de l'homme qui a essayé de vous tuer là-bas.

— Je dois être vu en train de travailler par celui qui est derrière tout ça, sinon il soupçonnera que quelque chose ne va pas. Il n'y a pas d'autre solution.

— Ce n'est pas négociable.

Mark se leva brusquement et commença à faire les cent pas sur la moquette.

Il devait rester impliqué – il devait savoir quels progrès l'enquête faisait et quelle direction elle prenait.

Plus que tout, il devait découvrir qui était responsable des meurtres et tentait de lancer un puissant cocktail de drogues de type benzodiazépine à des toxicomanes sans méfiance au sein de la communauté.

Il s'arrêta.

— Et si nous utilisions cette histoire de planque comme moyen de le faire sortir de l'ombre ?

— Qu'est-ce que tu veux dire ? demanda Jan.

— Faire croire que ma famille prévoit de rester avec moi à mon domicile, mais les déplacer à la faveur de l'obscurité pendant que vous surveillez la rue. Emmenez-les à cet endroit sécurisé que vous avez mis en place. Pendant ce temps, je peux m'assurer d'être vu. Ce sera trop tentant pour celui qui est responsable de tout cela pour qu'il résiste. Si nous le faisons sortir au lieu d'attendre qu'il frappe, nous pourrons l'arrêter. Nous travaillons à l'aveugle en ce moment, nous ne savons même pas à quoi il ressemble, où il a été, ni où il séjourne maintenant que Shaun Mansell est mort.

Kennedy semblait préoccupé.

— C'est un sacré risque, et je vais d'abord devoir en référer au commissaire.

— Alors faites-le, s'il vous plaît, chef.

— C'est trop dangereux, dit Jan. Tu ne peux pas.

— Je n'ai pas le choix, répondit Mark. Celui qui fait ça n'abandonnera pas tant qu'il n'aura pas fini, ou que je ne serai pas mort.

# CHAPITRE 38

Jan enfonça ses mains dans ses poches alors que ses bottines soulevaient la rosée matinale de l'herbe qui descendait des pittoresques jardins de l'abbaye jusqu'à la berge de la rivière.

Devant elle, Caroline marchait à vive allure vers une plage boueuse formant un espace en forme de croissant qui grouillait de plongeurs de police et d'agents en uniforme.

L'odeur de végétation pourrissante et de sous-bois humide lui parvint à mesure qu'elles s'approchaient.

Des sirènes retentissaient au loin, leur son vacillant tandis que le vent l'emportait un instant, avant de revenir avec une urgence renouvelée pendant qu'elle suivait sa collègue.

Une fine brume couvrait la surface de l'eau et formait une écume qui tourbillonnait à la base de la cascade et piégeait des déchets, de fines branches d'arbres et d'autres vestiges de verdure avant de les recracher dans le courant de la rivière.

Elle frissonna et porta son attention sur l'agent qui lui tendait un bloc-notes. Elle griffonna son nom à l'endroit indiqué puis elle se glissa sous le cordon à côté de sa collègue. Après avoir enfilé des combinaisons de protection et des surchaussures, elles s'approchèrent de l'endroit où travaillait l'équipe.

Le corps de l'homme avait été dégagé des racines noueuses qui s'entortillaient entre la berge et l'eau, et il reposait maintenant étendu sur une bâche noire pendant qu'un groupe d'enquêteurs scientifiques travaillait avec les plongeurs et pataugeait dans les eaux peu profondes, la tête baissée.

Elle aperçut Ferguson qui parlait à l'un des agents en uniforme et elle s'approcha d'eux en élevant la voix pour se faire entendre par-dessus le grondement du déversoir qui cascadait depuis les hauteurs de la Tamise jusque dans le bassin où travaillaient ses collègues.

— Sergent Stanton, je suis l'enquêteuse Jan West, et voici ma collègue l'enquêteuse Caroline Roberts. Vous étiez le premier sur les lieux ?

L'officier hocha la tête.

— Nous avons reçu un appel d'un client de la chambre d'hôtes au bout du chemin. Il faisait son jogging matinal quand il a vu le corps du type à moitié sorti de l'eau.

— Une idée de ce qui lui est arrivé ?

— Il a une blessure à la tête, un coup à l'arrière du crâne, répondit Ferguson. Difficile de dire si c'est dû à une chute ou à une agression pour l'instant. Il n'est pas resté longtemps dans l'eau, mais je ne pourrai vous dire si la blessure à la tête est la cause du décès qu'après avoir effectué l'autopsie.

Jan plissa le nez.

— Kennedy est déjà furieux. Trois morts en moins d'une semaine. Quand est-ce que vous allez pouvoir faire l'autopsie ?

Ferguson lui lança un regard dédaigneux.

— Je vous le ferai savoir. Ce n'est pas le seul cadavre dont je m'occupe cette semaine, merci à Gillian.

Il adressa un bref signe de tête au sergent de police avant de tourner les talons et de s'éloigner d'un pas lourd, les épaules voûtées.

— Quel grognon, dit Stanton. Des nouvelles du retour d'Appleworth ?

— Cette semaine, répondit Caroline. Je n'aurais jamais cru être contente de la revoir jusqu'à ce que je doive travailler avec lui.

— Où est le type qui l'a trouvé ? demanda Jan en scrutant la petite foule qui entourait le bord de l'eau.

— Avec l'agente Marie Collins, de retour à la chambre d'hôtes, dit Stanton. Ce qu'il a vu l'a secoué, et nous avons pensé qu'une boisson chaude lui ferait du bien. Marie prendra sa déposition officielle en même temps et je lui demanderai de vous la faire parvenir cet après-midi.

— Super, merci.

— Vous voulez jeter un coup d'œil pendant que vous êtes là ?

— On vous suit.

Jan et Caroline le suivirent le long de la berge en pente douce vers la rivière où le corps de l'homme avait été déposé.

En s'approchant, Jan examina la forme allongée.

L'homme semblait avoir une vingtaine d'années, avec des cheveux brun foncé et un teint pâle. Ses yeux fixaient vaguement le lointain, un voile laiteux sur ses iris en atténuait la couleur et créait un contraste saisissant avec les ecchymoses sur ses joues.

— Qu'est-ce qui a causé ça ?

— Jasper est monté au déversoir pour voir si notre gars s'était cogné la tête en tombant, dit Stanton.

— Il est bien tombé là-bas ?

— Nous sommes encore en train d'analyser la scène.

— Compris.

Jan reconnut le ton tranchant dans sa voix avec un hochement de tête. Stanton avait raison, ils n'étaient sur place que depuis une heure et il faudrait encore du temps avant qu'une analyse complète ne soit terminée.

— D'autres blessures à part celle à la tête ?

— Quelques vilaines marques et égratignures sur le visage et les mains. Certaines sur ses avant-bras sont assez profondes, dit Stanton en les montrant. Je me demandais si elles n'auraient pas pu être causées par des racines d'arbres le long de la berge, ou par des parties métalliques tranchantes du déversoir.

— Ok.

Jan prit quelques photos avec son téléphone pour les partager avec le reste de l'équipe à son retour, plutôt que d'attendre que les clichés officiels soient envoyés par email par les techniciens de scène de crime.

— Nous allons vous laisser continuer, merci pour cette mise à jour.

— Pas de problème. Nous avons relevé les empreintes digitales pendant que Ferguson était là. Avec un peu de chance, elles seront passées dans le système cet après-midi également.

— Merci.

Elle se retourna et tendit les bras pour s'empêcher de glisser sur la berge tout en remontant la pente avec ses surchaussures en plastique, puis elle atteignit le cordon de sécurité et retira sa combinaison avant de la placer dans une poubelle à risques biologiques à proximité.

Caroline plissa les yeux face à la fine bruine qui

commençait à tomber et elle observa le corps de l'homme être enroulé dans un sac.

— Tu crois qu'il est lié aux meurtres de Matthew et Shaun ?

— Je ne sais pas.

La lèvre de Jan se retroussa tandis qu'elle regardait les feux arrière de la voiture du médecin légiste clignoter une fois avant de disparaître au tournant.

— Espérons que le chef pourra faire pression sur Ferguson pour qu'il nous livre quelque chose d'utile dans les prochains jours. En attendant, mieux vaut espérer que ces empreintes digitales nous apportent des informations intéressantes.

# CHAPITRE 39

Épuisée après une après-midi frustrante à interroger les résidents et les promeneurs de chiens aux alentours de l'écluse d'Abingdon, Jan suivit Caroline dans la salle des opérations et s'affala sur sa chaise avec un soupir.

D'après l'atmosphère qui régnait autour d'elle, elle soupçonnait que Kennedy aurait du mal à susciter l'enthousiasme de l'équipe.

Un groupe de quatre agents en uniforme entra dans la pièce, gobelets de café à emporter à la main. Ils détachèrent leurs gilets pare-balles et retirèrent leurs casquettes et Jan pouvait entendre leur conversation feutrée. Beaucoup de personnes qu'ils avaient tenté d'interroger au sujet de l'homme décédé étaient au travail ou ailleurs, avec une longue liste d'adresses qui devraient faire l'objet d'un suivi au cours des vingt-quatre prochaines heures, s'ajoutant à une charge de travail déjà considérable.

Jan baissa la tête lorsque le commandant divisionnaire de la zone de police locale quitta le bureau de Kennedy, et elle s'occupa à trier les nouveaux courriels qui étaient apparus pendant son absence, jusqu'à ce que l'homme disparaisse dans le couloir.

Alex s'approcha, sa cravate de travers et ses manches de chemise retroussées.

— Du nouveau ?

— Rien d'utile. Tant que Ferguson ne pourra pas nous dire quand ce type est tombé à l'eau et depuis combien de temps il y était, il sera difficile d'établir une chronologie précise pour les questions que nous posons aux résidents, du moins ceux à qui nous avons pu parler.

Elle fit une pause lorsque Kennedy sortit de son bureau et fit signe à tout le monde de se rapprocher du tableau blanc.

— Viens, peut-être que quelqu'un d'autre a eu plus de chance que nous.

L'inspecteur principal ne perdit pas de temps à ouvrir le briefing.

— Où est-ce que nous en sommes avec les entretiens concernant le meurtre de Shaun Mansell ? Qui a une mise à jour pour moi ?

— Moi, chef.

Alex sortit son carnet, parcourut son contenu du regard, puis éleva la voix.

— Nous avons parlé aux propriétaires des épiceries et cavistes à proximité immédiate de l'appartement de Shaun concernant la bouteille de whisky trouvée dans la poubelle. Tous sauf un la vendent, donc nous avons été ralentis par le fait que nous avons dû obtenir les images des caméras de sécurité de chacun d'eux pour les analyser ensuite.

Kennedy leva la main pour arrêter Alex et tendit le cou vers le fond du groupe.

— Où en sommes-nous avec l'esquisse de la personne que le voisin de Shaun a vue ?

— Elle nous a été envoyée par courriel il y a cinq minutes, répondit Tracy. Je vais la charger dans la base de données après le briefing.

— Dès qu'elle l'aura fait, Alex, je veux que vous travailliez avec Marie pour voir si quelqu'un sur ces images de sécurité correspond à l'esquisse. Alice, qu'en est-il de cette société de déménagement ? Vous avez déjà parlé à quelqu'un là-bas ?

— Oui, chef.

L'agente de police se fraya un chemin entre deux sergents pour atteindre l'avant de la salle, puis elle se tourna vers ses collègues.

— Ils ont commencé leur service à Wallingford ce matin-là, et ils ont dit que le nouveau propriétaire de cette maison en face de celle de Shaun n'a pris possession des clés qu'à une heure de l'après-midi. Ils étaient sous pression pour terminer le déchargement avant cinq heures parce que leur patron avait accepté un prix fixe pour le job. À part avoir parlé à un voisin qui voulait savoir combien de temps ils allaient encore rester pour qu'il puisse sortir sa voiture de son allée, ils n'ont remarqué personne d'autre. Je leur ai montré une photo de Shaun, mais ni l'un ni l'autre ne peut affirmer catégoriquement l'avoir vu durant la journée.

— Merde.

Kennedy remonta ses lunettes de lecture sur son nez et lança un regard noir à Jan.

— Et qu'en est-il de notre autre mort ?

— Aucune pièce d'identité sur lui, et Ferguson n'était pas prêt à donner son avis sur la question de savoir si sa blessure à la tête a été causée par une chute du déversoir ou par un coup, dit Jan. J'ai demandé quand nous pouvions nous attendre à ce que l'autopsie soit effectuée, mais il n'a pas voulu s'engager sur une date, il dit qu'il est débordé parce que Gillian n'est pas là—

Les yeux de Kennedy se plissèrent lorsqu'il l'interrompit.

— Je vais l'appeler dans une minute pour lui botter les fesses, cet imbécile prétentieux. Nous avons besoin de ce rapport cette semaine si nous voulons déterminer si cela est lié aux meurtres de Matthew et Shaun. Dieu merci, Gillian revient au travail plus tard cette semaine. Et les empreintes digitales ?

— Elles ont été prélevées et je vais travailler avec les agents en uniforme pour les faire analyser, répondit Caroline. Jan a aussi quelques photos du visage du type, alors je vais les télécharger sur HOLMES2 et les distribuer. Comme ça, nous pourrons prendre de l'avance avant que Jasper ne nous fournisse une mise à jour plus tard aujourd'hui après qu'ils auront terminé au bord de la rivière. Je vais également les envoyer par email à nos contacts de la police du Wiltshire, au cas où ils le reconnaîtraient.

— Bon travail, vous deux.

Kennedy se tourna pour ajouter leurs mises à jour au nombre croissant de notes sur le tableau blanc, puis il jeta un regard par-dessus son épaule.

— Vous pouvez disposer. Je veux des réponses et un début de progrès pour le briefing de demain matin, c'est compris ?

Un murmure d'acquiescement flotta dans la salle des opérations avant que les chaises ne soient repoussées et que l'équipe se disperse vers les bureaux qui leur étaient attribués.

Jan retourna à son ordinateur, son énergie diminuant tandis qu'elle faisait défiler les emails qui semblaient toujours se multiplier pendant son absence.

Une demi-heure plus tard, elle envisageait de suivre

l'exemple de ses collègues en uniforme et de s'éclipser pour trouver une tasse de café décente lorsque son téléphone vibra.

Elle jeta un coup d'œil au nom affiché sur l'écran et s'en empara tout se dirigeant vers la porte. Elle fit glisser son pouce sur l'écran avant que l'appel ne se termine.

— Attends une seconde.

Elle attendit qu'un groupe d'agents et de personnel administratif passe devant elle, puis elle s'appuya contre le mur du couloir et porta le téléphone à son oreille.

— Ok, fais vite avant que quelqu'un d'autre ne passe.

— Pourquoi est-ce qu'il y avait tant de monde au bord de la rivière ce matin ? Je pouvais les voir depuis la maison, dit Turpin, sa voix urgente. Ils ont trouvé quelque chose en rapport avec le bateau de Lucy ?

Jan soupira.

— Pas exactement. Nous avons un autre cadavre. Et avant que tu ne demandes, non, nous ne savons pas encore s'il est lié aux morts de Matthew et de Shaun.

— Qu'est-ce qu'on sait ?

— Pas grand-chose. Nous avons passé la matinée à faire du porte-à-porte autour de l'écluse d'Abingdon, mais comme tu le sais, c'est un endroit isolé et beaucoup de gens étaient déjà sortis au moment où nous avons reçu l'appel, partis au travail ou ailleurs. Les agents en uniforme ont laissé des coordonnées dans les boîtes aux lettres quand c'était possible, mais ils vont y retourner dans la soirée s'ils ont le temps et demain matin pour essayer de contacter tous ceux qui ne se manifestent pas. Kennedy est comme un tigre en cage en ce moment, le commandant divisionnaire était là quand je suis revenue, et je sais que le commissaire exige des mises à jour régulières.

— Une idée de qui est le type mort ?

— Pas encore. Caroline travaille avec les agents en uniforme pour passer les empreintes digitales prélevées sur la scène dans le système. Nous pourrions avoir une correspondance plus tard aujourd'hui. Il ne portait aucune pièce d'identité, mais elle a également transmis les détails au Wiltshire.

— Tu as une photo de lui ?

Elle pouvait entendre l'impatience dans sa voix, les émotions refoulées de la semaine passée et l'insistance de Kennedy pour qu'il reste à l'écart de la salle des opérations pendant que la maison sécurisée était mise en place étant trop pour l'inspecteur.

— Jan ?

Elle soupira.

— D'accord. Je vais te l'envoyer par message. Qu'est-ce que tu vas faire ?

— Ça ne peut pas attendre que les agents en uniforme aient la possibilité de retourner voir les gens qui habitent sur ce chemin de halage demain matin, dit Turpin. Au moins un des voisins de Lucy a aperçu un homme qui passait devant les bateaux avec Hamish en laisse. Je vais y aller ce soir et voir ce que je peux découvrir.

# CHAPITRE 40

Mark adressa un hochement de tête sinistre à l'agent en uniforme qui se tenait près de son portail, puis il tira sur son bonnet en laine et enfonça ses mains dans ses poches.

Se dépêchant de quitter l'impasse, il accéléra le pas en atteignant la route principale et il tenta de repousser l'inquiétude qui grignotait et effilochait ses nerfs.

Le souvenir frais du visage de Lucy lorsqu'il lui avait expliqué la nécessité de quitter la maison pour quelques heures obscurcissait ses pensées et enveloppait son cœur de culpabilité, la tristesse dans ses yeux reflétant une acceptation réticente qu'il ne s'arrêterait pas avant que les personnes qui avaient détruit sa maison et failli tuer ses filles adorées et sa compagne soient traduites en justice.

Il avait laissé les filles faire leurs bagages, prêtes à être emmenées discrètement la nuit suivante avec leur mère une fois qu'elle arriverait, leurs visages stoïques.

Cela lui faisait mal de voir à quel point elles s'adaptaient bien, comment elles acceptaient simplement que c'était ce que sa vie et la leur étaient devenues au cours des dernières années.

Pas étonnant que Debbie ait divorcé.

Une agitation l'avait saisi tout au long de la journée, aggravée par son appel téléphonique à Jan.

Il savait qu'il devrait laisser ses collègues faire avancer l'enquête sans lui pendant un jour ou deux pendant qu'il s'occupait de sa famille, mais c'étaient les cauchemars qui venaient à lui aux petites heures qui le faisaient agir.

C'était personnel, et donc il ferait tout ce qu'il pourrait pour traquer l'homme responsable et l'arrêter.

Le reste de sa marche passa dans un flou – le chauffeur de bus qui lui lança un regard furieux pour avoir traversé devant son véhicule alors qu'il s'éloignait du trottoir, la femme qui jeta un coup d'œil à son visage et s'éloigna précipitamment en serrant son sac à main contre elle comme pour se protéger, et les deux adolescents qui lui lancèrent des regards maussades alors qu'il passait à grands pas – il ne remarqua aucun d'entre eux tandis qu'il se rapprochait du sentier qui serpentait à travers la prairie jusqu'à la rivière.

Wendy Keller n'était nulle part en vue lorsqu'il s'approcha du chemin de halage, mais un homme légèrement voûté se tenait à la poupe, un nuage de fumée de cigarette en train de flotter au-dessus de lui alors qu'il se retournait au salut de Mark.

— Je peux vous aider ?

— Inspecteur Mark Turpin, police de la vallée de la Tamise.

Mark montra sa carte professionnelle et inclina son visage loin du filet de fumée qui s'échappait des narines de l'homme alors qu'il se penchait plus près.

— Vous êtes le mec de Lucy ?

— Oui.

L'homme tendit sa main.

— David Keller. Wendy a dit qu'elle vous avait parlé samedi. Des nouvelles sur ce qui a causé l'incendie ?

— Pas encore, non. J'espérais que vous pourriez m'aider, en fait. Mes collègues sont passés plus tôt mais vous étiez tous les deux sortis.

— Pour faire des courses. Cette histoire avec le bateau de Lucy nous a secoués pour être honnête, surtout qu'il y a une rumeur selon laquelle l'incendie aurait été déclenché intentionnellement. Wendy veut descendre la rivière pendant un moment.

— Vous partez bientôt ?

Keller haussa les épaules.

— Demain matin, pas ce soir. Pourquoi ?

En réponse, Mark sortit son téléphone et ouvrit l'image que Jan lui avait envoyée.

— Est-ce que vous pourriez jeter un coup d'œil à cet homme pour voir si vous le reconnaissez ? Je suis désolé, ce n'est pas une belle image, mais c'est la seule que j'ai. Il a été retrouvé échoué près du déversoir ce matin.

— Ah, c'est donc ça toute cette agitation ? J'ai entendu dire que vos collègues étaient revenus ici plus tôt aujourd'hui. Je pensais que c'était à cause de l'incendie. Attendez, je vais chercher mes lunettes de lecture. Je ne vois fichtre rien sans elles.

Keller écrasa sa cigarette dans un pot en céramique rempli de sable près de la porte, puis il disparut dans la cabine un instant et revint avec sa femme sur ses talons.

— Inspecteur Turpin ? David m'a dit que vous aviez une photo à lui montrer.

— Cela ne vous dérange pas ? Je lui ai précisé qu'il s'agit d'un homme mort.

Il le vit alors – l'éclair de délectation dans les yeux de la femme – et il retint un soupir. Parler à des témoins potentiels pouvait être un pari risqué parfois. Souvent, les personnes auxquelles il s'adressait ne savaient rien, mais voulaient en savoir plus pour pouvoir le raconter à leurs amis et à quiconque voudrait bien les écouter.

Le bras de Wendy s'enroula autour de la taille de son mari tandis qu'ils scrutaient tous deux l'écran du téléphone, puis elle secoua la tête.

— Je ne le connais pas. Et toi, chéri ?

— Je ne l'ai jamais vu. Il est du coin ?

— Nous ne disposons pas de cette information pour le moment, dit Mark en remettant le téléphone dans sa poche.

Il fit mine de regarder sa montre et adressa un sourire d'excuse.

— Je suis désolé, je dois y aller. Est-ce que vous pourriez nous le faire savoir si vous vous rappelez l'avoir vu aux alentours de la rivière au cours des deux dernières semaines environ ?

— Bien sûr, répondit David.

— Merci.

Mark s'éloigna rapidement, la voix de Wendy qui interrogeait son mari sur ce qui avait pu être dit avant qu'elle n'apparaisse sur le pont se perdant progressivement tandis qu'il portait son regard de l'autre côté de la rivière vers les pentes ornementées des jardins de l'abbaye.

Il laisserait les agents en uniforme parler aux résidents de ce côté de la rivière pour conclure leurs enquêtes de voisinage, mais il voulait trouver une personne de plus avant de retourner auprès de ses filles.

James l'aperçut alors qu'il approchait de la péniche amarrée le plus loin, et il leva la main en signe de salut quand il s'approcha.

— Turpin. Tu as l'air d'avoir besoin d'un verre.

Mark monta sur le pont arrière peu profond et serra la main de l'homme.

— Je ne devrais pas.

Le propriétaire du bateau haussa un sourcil broussailleux.

— Tu n'es pas en service, si ?

— Eh bien, non mais—

— Très bien alors. Entre.

Posant sa main sur le toit de la cabine pendant un moment, Mark laissa James avancer et porta son regard à travers la prairie, puis vers le sentier qui longeait la berge de la rivière jusqu'à l'écluse d'Abingdon.

Les souvenirs de promenades avec Hamish durant l'été assombrissaient ses pensées, une douleur sourde se formant au fond de sa gorge alors qu'il se demandait ce qui était arrivé au petit chien.

C'était l'incertitude qui faisait mal. La vérité serait insupportable quand il la découvrirait, mais il avait besoin de savoir. Besoin de découvrir qui était responsable.

— Tu viens ou quoi ? lança James depuis les profondeurs de la péniche.

— Désolé, répondit Mark en se baissant sous l'encadrement de la porte pour descendre dans la cuisine et trouver l'homme en train de verser de généreuses doses de whisky dans deux verres. Vraiment, je ne devrais pas, je dois retrouver mes filles et Lucy dans une minute.

— C'est juste un verre. En plus, la marche va être froide pour rentrer.

Mark accepta le verre que James lui tendait, et il porta un toast à son hôte avant de prendre une gorgée.

— Merci.

— Pas de problème. Bon, j'imagine que tu veux me demander quelque chose ?

Mark attendit que l'homme prenne place à côté d'une petite table fixée sur un côté de la cabine, puis il s'appuya contre le plan de travail de la cuisine et sortit son téléphone.

— C'est à propos du type mort qui a été retrouvé vers le déversoir ce matin. Je me demandais si tu le reconnaissais ?

James prit le téléphone, examina l'image en fronçant les sourcils, puis se pencha en avant.

— Je me demande...

— Quoi ?

— Il faisait quelle taille ? Tu sais ?

— Environ un mètre soixante-quinze, d'après les détails que nous avons jusqu'à présent.

— Ça pourrait être lui.

— Où ça ? Ici ?

James rendit le téléphone.

— Oui. Je suppose que ça pourrait être le type que j'ai vu avec Hamish.

— Tu en es sûr à quel point ?

— Pas à cent pour cent. Mais c'est ce nez romain. Un peu proéminent, c'est tout, dit-il en haussant les épaules. Mais comme je l'ai dit, il faisait sombre à ce moment-là, donc je n'ai eu qu'un aperçu de lui lorsqu'il est passé devant les lumières de la cabine.

Mark vida la dernière goutte de whisky au fond du verre et le posa sur le plan de travail.

— Merci, James. Si tu as raison à son sujet, le prochain verre sera pour moi.

# CHAPITRE 41

Quand Jan entra dans la salle des opérations le lendemain matin, elle fut surprise de voir Heather Bankside, l'officière des pompiers, aux côtés de l'inspecteur principal Kennedy devant le tableau blanc.

Elle plaça son sac à main sous son bureau et elle se dépêcha de les rejoindre tandis que Kennedy feuilletait les pages d'un rapport relié.

Heather esquissa un petit sourire.

— Bonjour, Jan.

— Bonjour. C'est ton rapport final ?

— Aussi complet qu'il puisse l'être, avec ce qui restait.

— Quelle est ta conclusion ?

La femme grimaça.

— Mark avait raison. Nous avons confirmé que l'incendie a été provoqué par un accélérateur, probablement de l'essence.

— Un cocktail Molotov ? Comment ?

Kennedy feuilleta le rapport.

— Nos enquêteurs ont trouvé des preuves qu'une des

fenêtres avait été brisée. C'était un bateau assez ancien, et Lucy a confirmé que les fenêtres étaient en simple vitrage, plutôt qu'en double. Quelques fragments de verre étaient éparpillés à l'intérieur de la coque. Certains correspondaient aux éclats restants dans les cadres de fenêtre, mais d'autres étaient d'un type différent, similaire à une bouteille de lait, ou quelque chose comme ça. Les autres fenêtres qui se sont fissurées à cause de la chaleur ont explosé vers l'extérieur, pas vers l'intérieur. Une fois que nous avons passé au crible les débris et trié ce que nous avions, il était assez évident qu'il s'agissait d'un acte criminel. Quelqu'un a cassé une fenêtre et a lancé un cocktail Molotov.

— Ce que je ne comprends pas, c'est que personne n'a vu quelqu'un quitter le bateau de Lucy après avoir lancé le cocktail Molotov, dit Jan. Celui qui a fait ça aurait sans aucun doute été pressé de s'enfuir, il aurait attiré l'attention sur ce chemin de halage parce que tout le monde se connaît.

— Il faisait déjà nuit à ce moment-là.

Kennedy tapota un nom sur le tableau.

— D'après ce que Mark m'a dit ce matin concernant les voisins de Lucy, un seul d'entre eux pense avoir vu quelqu'un promener Hamish avant l'incendie, et aucun des autres propriétaires de bateaux n'a rien vu, ils étaient tous à l'intérieur de leurs propres cabines et sont sortis voir ce qui se passait quand ils ont entendu le bateau de Lucy s'enflammer.

Heather tapota le bras de Kennedy.

— Eh bien, je vous laisse résoudre ce mystère. Je dois retourner au bureau, je déposerai quelques copies supplémentaires de notre rapport sur votre bureau en partant, et vous devriez avoir un email dans votre boîte de réception avec le document joint pour le distribuer à votre équipe.

L'inspecteur principal remercia l'officière des pompiers, puis il reporta son attention sur le tableau blanc.

— Il faut être un sacré salopard pour menacer la famille d'un homme de cette façon.

— Chef !

Jan se retourna en entendant la voix d'Alex et elle vit l'enquêteur qui se précipitait vers eux.

— Qu'est-ce qu'il y a ? demanda Kennedy.

— Je viens de recevoir un appel de la police du Wiltshire, dit-il. C'est au sujet des photographies que nous leur avons envoyées du type retrouvé mort près du déversoir hier. Ils savent qui c'est.

— C'est qui ? demanda Jan.

— Dean Evans. En plus, ils nous ont donné une liste de ses associés connus, et tous sauf un ont été localisés, Colin Hadleigh. C'était lui que Mark et ses supérieurs du Wiltshire soupçonnaient d'être le chef d'un gang de trafic de drogue qu'ils essayaient de mettre sous les verrous quand il s'est fait poignarder. Personne n'a vu ni entendu parler de lui depuis des mois.

— Donnez-moi ça, dit Kennedy en arrachant le carnet d'Alex et en parcourant la page du regard. Ils ont des empreintes digitales pour notre M. Evans ?

— Seulement par hasard, dit Alex. Il y a huit ans, il a été arrêté pour conduite en état d'ivresse. J'ai demandé au laboratoire de comparer ses empreintes avec celles trouvées sur la bouteille de whisky dans les poubelles devant l'appartement de Shaun Mansell, et elles correspondent presque parfaitement. J'ai demandé au labo de nous envoyer leur rapport dès que possible.

Il reprit son carnet de la main tendue de Kennedy et poursuivit :

— Wiltshire nous a aussi envoyé des images de meilleure qualité, alors je me suis dit qu'on pourrait les montrer à Frank Tyler pour voir s'il peut confirmer que c'est bien la personne qu'il a vue chez Mansell.

— Faites ça, dit Kennedy. Et parlez aussi aux propriétaires des débits de boissons dans un rayon de trois kilomètres autour de l'appartement de Mansell, montrez-leur les photos pour voir si ça leur rafraîchit la mémoire. Relancez aussi pour les images de vidéosurveillance des routes les plus proches d'Abbey Gardens, elles n'ont pas encore été envoyées.

Tandis qu'Alex retournait à grands pas vers son bureau, Jan porta son attention sur les notes et théories qui couvraient le tableau blanc, écrites avec des stylos de différentes couleurs.

— Qu'est-ce que vous en pensez, chef ? Une équipe de deux personnes qui cherche à faire taire Mark et Matthew et tous ceux impliqués dans cette enquête initiale à Swindon ?

— Peut-être, répondit l'inspecteur principal. Et, peut-être bien que ces deux-là ont eu un différend qui a conduit l'un d'eux à mourir. Quoi qu'il se passe, c'est lié à Mark. Nous devons trouver Colin Hadleigh avant qu'il n'essaie de tuer quelqu'un d'autre.

## CHAPITRE 42

Mark écarta légèrement le rideau du salon pour la énième fois et il tenta de réprimer la panique qui lui serrait la poitrine.

À l'étage, il entendait Louise et Anna se chamailler pendant qu'elles préparaient leurs valises, avant que la voix apaisante de Lucy ne calme le bruit. Des pas résonnèrent sur la moquette au-dessus, les lattes inégales du plancher craquant sous les mouvements, puis il entendit le son caractéristique des bottines de Lucy dans l'escalier.

— Tout va bien ? demanda-t-il par-dessus son épaule alors que ses yeux balayaient l'entrée de l'impasse.

— Petite dispute évitée.

Elle s'approcha de lui, l'entoura de ses bras et appuya son front contre son épaule.

— Elles sont stressées, c'est tout.

— Je sais.

Il laissa retomber le rideau, se tourna et la serra plus fort contre lui.

— Comment tu tiens le coup ?

Elle haussa les épaules.

— Ça va, je suppose. Mieux aujourd'hui. Je pense que toutes ces affaires à régler avec le bateau m'ont aidée. Et toi ?

— Je suis mort de trouille à l'idée de ce que Debbie va dire quand elle découvrira tout ce qui s'est passé.

— Chef ?

Il la lâcha lorsque John Newton apparut dans l'embrasure de la porte, l'agent paraissant plus jeune que son âge vêtu d'un jean et d'un sweat à la place de son uniforme.

— Oui ?

— Je viens d'être informé que votre femme sera là dans environ dix minutes, chef. Kennedy dit que vous devez vous tenir à la porte avec vos filles pour que, dans le cas où votre maison serait surveillée, on ait l'impression que vous avez tous l'intention de rester à l'intérieur. On a appelé un taxi local pour que tout paraisse normal, plutôt que de la déposer dans une voiture banalisée.

— Ok, merci, John. Où est Kennedy en ce moment ?

— En route. Il va se garer à quelques rues d'ici, puis il va utiliser le sentier qui longe l'arrière de votre propriété pour arriver jusqu'ici. Nous allons utiliser cette voie pour faire sortir tout le monde plus tard dans la soirée.

Newton saisit sa radio qui commençait à grésiller, et il disparut en direction de la cuisine pour coordonner avec ses collègues.

Mark entendait les voix de deux autres officiers en civil lorsqu'il les rejoignit. Le sergent Peter Cosley et un autre agent, Carl Ansty, avaient transformé la table de la cuisine en centre d'opérations depuis la veille et ils vidaient progressivement le contenu de son réfrigérateur.

— Je ferais mieux de monter les chercher, dit Mark. Tu vas t'en sortir ici un moment ?

— Bien sûr.

Lucy serra son épais gilet autour de sa taille et s'enfonça dans un fauteuil.

Il la laissa en train de se ronger l'ongle du pouce et monta rapidement l'escalier.

— Les filles, votre mère sera là dans une minute.

Louise apparut à la porte de la chambre d'amis, le visage orageux.

— Vous allez vous disputer ?

— Probablement.

Il lui offrit un sourire fatigué.

— Je l'ai un peu cherché, non ?

— Oh, Papa.

Elle traversa la moquette en essuyant les larmes qui coulaient sur ses joues.

— Elle va nous empêcher de te voir à nouveau ?

Mark la serra dans ses bras, abasourdi. Il n'avait même pas envisagé que Debbie puisse supprimer tous ses droits de voir ses filles après les événements de la semaine passée, mais les paroles de Louise faisaient tournoyer ses pensées.

Et si elle le faisait ?

Est-ce qu'il pourrait lui en vouloir ?

— J'espère que non, murmura-t-il. Pas pour toujours. Peut-être juste pour un moment, jusqu'à ce qu'on soit sûrs que vous êtes toutes en sécurité et qu'on ait mis ce type sous les verrous.

— Eh bien, moi je vais quand même venir te voir.

Anna se tenait dans l'encadrement de la porte, les bras croisés, l'air défiant.

— Merci, ma chérie. Voyons comment les choses évoluent, d'accord ? Je ne veux pas mettre trop de pression sur votre mère en ce moment. Elle a déjà assez à gérer.

Louise s'écarta au bruit d'une voiture qui s'arrêtait dehors.

— C'est elle ?

— Je pense que oui. Tout est prêt ?

Mark força un ton joyeux dans sa voix et se dirigea vers la chambre. Les valises des deux filles étaient sur le lit, et il les prit chacune avant de se diriger vers l'escalier.

— Allez. Il faut que vous soyez toutes les deux à la porte pour l'accueillir.

Les filles le suivirent dans l'escalier, et il posa les valises près du pied de la rampe avant de les serrer chacune à leur tour dans ses bras.

— Séchez vos larmes, allez. Tout va bien se passer.

Une silhouette apparut de l'autre côté du panneau de verre dépoli au-dessus de la porte, et il l'ouvrit pour trouver Debbie debout à côté d'une policière en civil qui détourna son regard lorsque son ex-femme entra à grands pas dans la maison.

Elle le fusilla du regard, puis serra ses filles dans une étreinte féroce.

— Si c'est tout, chef, je vais... euh... je vais payer le chauffeur de taxi et m'en aller, dit l'agente Collins, l'embarras colorant ses joues.

— Merci, Marie.

Mark prit la valise qu'elle lui tendait et ferma la porte, conscient que les voix dans la cuisine s'étaient tues.

Il n'y avait pas de bruit non plus en provenance du salon, comme si Lucy retenait son souffle.

Finalement, Debbie relâcha leurs filles et fit volte-face pour lui faire front.

— Mark ? Qu'est-ce qui s'est passé, bordel ?

# CHAPITRE 43

Une légère odeur de cigarette suivit Peter Cosley lorsqu'il rentra du jardin et ferma la porte de la cuisine.

— Nous sommes prêts, dit-il. La voie est libre.

John Newton s'agitait près de la table de la cuisine, le regard troublé.

— Elles doivent partir maintenant, chef. Pas question de traîner.

— Je vais les chercher.

Il laissa ses collègues dans la cuisine, John Newton et l'autre agent étant encore visiblement gênés par la dispute qu'il avait eue avec Debbie plus tôt, malgré leur retraite à l'étage et la porte fermée de la chambre d'amis qu'il utilisait comme bureau.

Elle s'était finalement calmée, mais il faudrait longtemps avant qu'il soit pardonné.

Peut-être que ça n'arriverait jamais.

Lorsqu'il entra dans le salon, un silence glacial accueillit son arrivée, et Lucy leva les yeux du magazine de moto qu'elle faisait semblant de lire quand il s'éclaircit la gorge.

— Debbie ? Ils sont là pour emmener tout le monde à la planque.

Son ex-femme leva un regard noir du jeu de société auquel elle jouait avec Anna et Louise, puis elle pinça les lèvres.

— Vous avez entendu votre père, les filles. Prenez vos manteaux.

Mark aida Anna à enfiler son anorak doublé de fausse fourrure et la serra dans ses bras avant de se tourner vers Louise.

— Veille sur ta mère et ta sœur pour moi, d'accord ?

Sa lèvre inférieure tremblota, mais elle hocha la tête, puis suivit Anna dans la cuisine.

— Lucy ? Toi aussi.

— Quoi ?

Elle leva les yeux du magazine et fronça les sourcils.

— Je croyais que je restais ici.

— Non, tu pars avec elles.

Il jeta un coup d'œil à Debbie.

— Si c'est trop gênant, préviens Kennedy et il prendra d'autres dispositions demain, mais tu ne restes pas ici.

Elle soupira, jeta le magazine de côté et les suivit, lui et Debbie, dans le couloir.

— Attends.

Son ex-femme leva une main pour l'arrêter.

— Si tu as raison à propos de tout ça, alors tu es aussi en danger, non ? Pourquoi tu ne viens pas avec nous ?

— Parce que nous allons attirer ici celui qui est derrière tout ça, dit Mark. Nous allons mettre fin à cette histoire, d'une façon ou d'une autre.

— Ils ne peuvent pas faire ça sans toi ?

— Pas vraiment. Il faut que ça donne l'impression que je suis là, après tout.

Ils s'interrompirent lorsque la porte de la cuisine s'ouvrit et que Jan entra, suivie d'Ewan Kennedy.

— Tout le monde est prêt ? demanda-t-elle.

— Oui.

Mark fit signe à Debbie et Lucy de rejoindre les filles.

— Aussi prêts que nous pourrions l'être.

— Attends, Mark ?

Son ex-femme posa sa main sur son bras.

— Et s'il t'arrive quelque chose ?

— Il ne va rien m'arriver. Pas avec toute cette équipe avec moi. Tout va bien se passer, fais-moi confiance.

Elle ne répondit pas, mais observa Newton qui remettait les valises à un sergent qui attendait près de la porte.

— Allons-y, dit Kennedy d'une voix bourrue.

Il laissa passer Anna, puis fit signe à Louise et Debbie.

— Venez.

— À bientôt.

Lucy balança son sac fourre-tout par-dessus son épaule et lui donna un baiser sur la joue.

— Fais attention à toi, d'accord ?

— Promis. Comme je l'ai dit, tout va bien se passer.

Elle suivit les autres et il se dirigea vers la fenêtre pour scruter le jardin obscur au-delà.

—Tu penses qu'elles te croient ? demanda Jan en levant la main en signe d'adieu alors que la porte de la cuisine se refermait.

Mark fit un signe de la main à ses filles qui lui jetèrent un regard à travers la fenêtre, le clair de lune illuminant leurs cheveux avant qu'elles ne disparaissent derrière Kennedy et l'agent Ansty par la porte arrière du jardin. Malgré le sourire plaqué sur son visage tandis que Debbie et Lucy les suivaient, il serra les dents.

— Pas la moindre chance.

Jan ricana, puis l'éloigna.

— Viens, mets la bouilloire en route. Scott a invité quelques copains ce soir pour regarder un match de championnat à la télé, donc je n'ai pas besoin de rentrer tout de suite. Et vous ? Qui reste ce soir ?

— John et moi restons jusqu'à minuit, répondit Cosley. Wilcox organise la relève avec deux agents qui vont prendre la suite jusqu'à six heures demain matin. Kennedy dit qu'on va surveiller vos déplacements entre ici et le commissariat demain matin, mais à distance. Agissez normalement.

— C'est le plan pour le reste de la semaine ? demanda Mark.

— À peu près.

Cosley sourit.

— Si vous voulez vous débarrasser de nous, il vaut mieux espérer qu'on attrape ce salaud rapidement.

— C'est noté.

Ils sursautèrent en entendant frapper à la porte de la cuisine.

— Merde, quoi encore ?

Mark l'ouvrit brusquement, puis recula de surprise.

— Lucy ?

— Il est hors de question que je partage une maison avec ton ex-femme, vu son humeur, dit-elle en franchissant le seuil d'un pas déterminé. Rebonjour tout le monde.

— Qu'est-ce que Kennedy a dit ?

Mark ferma la porte, déconcerté.

— Tu sais que tu pourrais être en danger si tu restes ici.

— Il a dit quelque chose comme quoi j'étais aussi têtue que toi.

Elle sourit et brandit son sac fourre-tout. Quelque chose tinta à l'intérieur.

— Alors, tu veux un peu de ce vin que j'ai apporté tout à l'heure, ou quoi ?

— Je crois que tu es probablement la femme la plus courageuse que je connaisse, dit-il en la serrant dans ses bras. Ou alors la plus folle.

# CHAPITRE 44

Les yeux embués après une nuit blanche à s'inquiéter pour sa famille et incapable de se reposer en sachant que deux collègues dormaient dans son salon en cas de danger imminent, Mark ne put réprimer un énorme bâillement tandis qu'il sonnait à l'interphone de la morgue d'Oxford.

— De tous les jours possibles..., marmonna-t-il avant de se tourner vers sa collègue.

— Vois le bon côté des choses, répliqua Jan. Elle a probablement évacué la majeure partie de sa colère en discutant avec Debbie hier soir.

— Mon Dieu, j'espère, gémit Mark en desserrant sa cravate, qu'il roula et fourra dans sa poche.

— Lucy allait bien ce matin ?

— Fatiguée. Je l'ai laissée au téléphone avec les assureurs, encore une fois. Et quelques banques, pour voir si elle peut obtenir un prêt. Tu sais comment les assureurs interprètent la valeur marchande d'une voiture, non ? Il s'avère que c'est encore pire pour les bateaux.

— Elle n'est pas toute seule là-bas ?

— Non, Kennedy a changé l'équipe de surveillance à six heures ce matin.

Il se tourna au son d'un léger bourdonnement, le mécanisme de verrouillage se libérant, et il posa sa main sur la poignée de la porte.

— Allons-y.

Gillian Appleworth, la médecin légiste du quartier général qui se trouvait également être son ex-belle-sœur, leva les yeux du bureau d'accueil où elle parlait à son assistant, et lui lança un regard noir.

— Tu as intérêt à t'expliquer, dit-elle, son ton aussi glacial que l'air froid qui émanait de la porte ouverte de la morgue.

— Bonjour, Gillian.

Il entendait la gaieté forcée dans sa voix, sachant qu'il la provoquait alors qu'il signait le registre et prenait une combinaison de protection des mains de Clive, mais il ne pouvait s'en empêcher.

S'il devait se faire réprimander, autant en finir tout de suite.

Il s'écarta pour laisser Jan accéder au registre des visiteurs et croisa le regard de la médecin légiste.

— Elle va bien ?

Gillian pinça les lèvres.

— Effrayée. En colère.

— Et toi ?

— Furieuse.

Ses épaules se détendirent un peu.

— C'est vrai ? Tout ça est lié à ce qui s'est passé à Swindon ?

— On pense que oui. Je suis le seul lien plausible avec les meurtres jusqu'à présent, surtout le premier, Matthew.

— On t'avait prévenu ? Tu as refusé de laisser tomber ou quelque chose comme ça ?

Son ton était urgent maintenant, et il reconnut la note de panique.

— Non, pas d'avertissement.

Il baissa les yeux vers ses pieds tandis que Jan finissait de parler avec Clive et les rejoignait.

— Je vais l'arrêter, Gillian. Il est allé trop loin cette fois. Je sais que je suis dans la ligne de mire dans ce métier, je dois m'y attendre de temps en temps, mais dès que quelqu'un essaie de tuer ma famille...

Il leva les yeux quand elle soupira, et il la regarda boutonner sa blouse de protection.

— Donc les deux meurtres de la semaine dernière, et peut-être la mort de cet homme, sont tous l'œuvre de la même personne ? demanda-t-elle.

— C'est ce qu'on pense, oui.

— Tu dois l'arrêter, Mark. Avant qu'il ne t'arrête.

— Alors aide-moi à trouver le responsable. Aide-nous à l'enfermer, définitivement.

— Oh, Mark.

Ses yeux gris se fermèrent un instant avant qu'elle ne secoue la tête et lui fasse signe d'approcher.

— Allez, finissons-en.

Il expira, puis laissa Jan passer devant tandis qu'il fermait la marche de cette triste procession vers la salle d'examen.

Gillian passa les cinq premières minutes à donner des instructions à Clive sur la façon dont elle allait procéder à l'autopsie, une procédure inhabituelle pour cette équipe de deux personnes habituellement synchronisées, et elle lança un regard noir à Mark tandis que Clive commençait à trier les différents instruments nécessaires.

— Cet imbécile de Ferguson a laissé cet endroit dans un tel état de chaos qu'il va nous falloir une semaine pour tout retrouver, dit-elle en agitant une scie d'aspect menaçant. Patientez, nous allons commencer dans une minute.

Mark recula d'un pas lorsque la médecin légiste passa en trombe, ne voulant pas se mettre en travers de son chemin et aggraver davantage son humeur.

— Si ça peut te consoler, tu nous as manqué aussi.

Elle lui lança un regard noir, mais il aperçut le tressaillement au coin de sa bouche avant qu'elle ne détourne le regard pour se concentrer sur le corps étendu de Dean Evans et placer sa main sur l'interrupteur du microphone au-dessus de la table pour l'activer.

Mark se déconnecta mentalement pendant que l'examen progressait, détournant les yeux lorsque la grande scie se mit à tourner et coupa à travers le sternum de l'homme.

Gillian fournissait un commentaire clair pendant qu'elle travaillait, passant divers organes et échantillons à Clive, qui les déposait habilement dans des balances avant de les préparer pour l'analyse en laboratoire.

Tout cela finit par se terminer.

Lui et Jan s'approchèrent un peu tandis que Clive commençait à recoudre l'homme, et Mark ajusta son masque pour essayer de neutraliser l'odeur nauséabonde qui émanait de l'abdomen du défunt.

— Tu as une opinion concernant l'heure du décès ? demanda Jan.

— Je dirais qu'il a été là-bas deux jours tout au plus, répondit Gillian en retirant son masque. Les dommages à ses yeux ont probablement été causés par la faune le long de cette partie de la rivière, renards, rats, ce genre de choses.

— Il n'a pourtant été repéré que lundi matin.

Jan fronça les sourcils.

— Si tu dis qu'il est entré dans l'eau il y a environ deux jours, alors c'était aux alentours de vendredi soir ou samedi matin.

— Les remous dans cette partie de la Tamise sont forts, surtout les courants au pied du déversoir où ils rencontrent l'écluse, expliqua Mark. En plus, il portait des vêtements de couleur sombre. Son corps a pu être pris dans le tourbillon sous le déversoir pendant un moment avant de se libérer et d'être rejeté sur la rive.

— Ou il a été emporté directement et il s'est coincé dans les branches d'arbres, dit Jan. J'ai un contact à l'agence pour l'environnement, je l'appellerai plus tard aujourd'hui pour voir si l'une ou l'autre de ces théories est possible.

— Alors, qu'est-ce que tu en penses, Gill ? Accident ou meurtre ? demanda Mark, désireux de clore l'autopsie et d'échapper aux limites de la morgue.

La médecin légiste parcourut du regard le corps de l'homme.

— Je suis presque certaine que la blessure à l'arrière de sa tête n'a pas été causée par sa chute au-dessus du déversoir. Les barrières de sécurité au-dessus du déversoir ne sont qu'à hauteur de taille pour quelqu'un comme Dean, et il n'aurait pas fallu grand-chose pour le faire basculer par-dessus bord. Donc, je dirais qu'il a eu de l'aide, oui.

— Et les coupures et les contusions sur ses mains et ses bras ? demanda Jan. Je me demandais si elles auraient pu être causées par des éléments métalliques sur le déversoir, ou peut-être par les branches d'arbres le long de la rive. Ou est-ce qu'il s'agit de blessures défensives ?

Gillian prit délicatement l'une des mains du mort entre les

siennes et la tourna pour mieux voir les marques sous l'éclairage au plafond, puis elle leur fit signe de s'approcher.

— Ni métal ni bois, mais très probablement causées par un animal. Regardez, vous pouvez voir les marques de morsure ici, certaines sont assez profondes. Les griffures autour de son poignet et de ses avant-bras ressemblent à des coups de griffes également. Il s'est battu avec un chien à un moment donné avant sa mort, elles ne sont définitivement pas post-mortem.

— C'est peut-être lui que le voisin de Lucy a vu avec Hamish ce soir-là, dit Jan. Et peut-être que Hamish s'est défendu si Evans essayait de... essayait de…

Elle ne termina pas sa phrase et baissa le regard.

— Bien, dit Mark en examinant les coupures profondes. Avec un peu de chance, ça lui a fait un mal de chien.

# CHAPITRE 45

Jan termina son appel et fit pivoter sa chaise pour faire face à Turpin.

L'inspecteur avait son téléphone à l'oreille, mais il croisa son regard et hocha la tête.

Pendant qu'elle attendait, elle regarda autour de la salle des opérations et tenta d'assimiler l'énorme quantité d'informations que l'équipe s'efforçait de traiter.

Chaque bureau était occupé lorsque l'horloge au mur indiqua quatre heures et demie de l'après-midi, alors que les agents en uniforme, les détectives et le personnel administratif travaillaient pour mettre à jour la base de données, suivre les pistes et les détails en suspens, et se précipitaient entre leurs ordinateurs et les imprimantes.

Tout cela pour que l'inspecteur principal Kennedy puisse recevoir les documents d'information les plus détaillés possibles en fin de journée.

N'importe quoi qui pourrait démontrer une sorte de progrès.

Le découragement de ses collègues était palpable.

— Jan, désolé de te faire attendre. Qu'est-ce que tu as ?

La voix de Turpin la tira de sa rêverie, et elle cligna des yeux pour se reconcentrer.

— Ah oui, bien sûr.

Elle se pencha en avant et pointa son écran d'ordinateur tandis qu'il contournait leurs bureaux pour la rejoindre.

— J'ai récupéré cette image satellite de l'écluse d'Abingdon et du déversoir à côté. Jenny Foster de l'agence pour l'environnement m'a rappelée il y a cinq minutes. Elle confirme que si quelqu'un tombait dans l'eau en dessous des vannes du déversoir, il est tout à fait possible que les remous et les courants le long de cette portion d'eau entraîneraient le corps le long de la rive droite, ici, et qu'il pourrait très bien se retrouver coincé le long de la berge où le corps de Dean Evans a été découvert lundi matin.

— Tu peux zoomer pour que je regarde de plus près ?

— Je peux, mais des gens ont téléchargé des photos du déversoir au fil des ans parce qu'il fait partie du sentier de la Tamise, et elles offrent un angle encore meilleur. Regarde.

Jan attendit pendant que Turpin parcourait les différentes images. Il s'arrêta en arrivant à une qui montrait un groupe de personnes à côté de la clôture de sécurité.

— Gillian avait raison. Cette barrière n'est pas aussi haute que dans mes souvenirs. Elle m'arriverait en dessous de la taille, seulement un peu plus haute que ce qu'elle estimait pour Dean Evans.

— Ce n'est pas tout, chef.

Jan se détourna de l'écran pour lui faire face.

— Je suis retournée là-bas cet après-midi, et une partie de la clôture est cabossée, comme enfoncée un peu, comme si quelque chose de lourd s'était appuyé dessus. J'ai demandé à Jasper d'envoyer quelqu'un voir s'ils pouvaient trouver des preuves, mais il y a eu trop de promeneurs dans le coin depuis lundi. Toutes les empreintes digitales ou fibres qui auraient pu être reliées aux vêtements de Dean ont disparu.

— Merde.

Les épaules de Turpin s'affaissèrent alors que son téléphone sonnait à nouveau.

— Merci de t'être occupée de ça, en tout cas.

— Je l'ai trouvé.

Jan leva la tête et regarda vers l'endroit où Alex était assis à son bureau, une expression triomphante sur son visage tandis qu'il lui faisait signe de s'approcher.

Turpin leva la main en signe d'attente et murmura dans le téléphone de son bureau, ses mots précipités.

— Qui ?

Elle repoussa sa chaise, ignorant le fracas qu'elle fit en heurtant un classeur, et elle traversa la pièce.

— Dean Evans. Regarde.

Alex attendit que Turpin termine son appel et les rejoigne, puis il pointa l'écran.

— J'étais en train de revoir les images de vidéosurveillance de la gare de Didcot Parkway. La dernière fois, nous nous sommes concentrés sur Matthew, mais c'est définitivement Evans. Regarde.

Il appuya sur le bouton de lecture et tapota l'écran du doigt lorsqu'un homme à capuche descendit d'un train en direction de Reading.

— Vous allez voir son visage dans un instant.

La silhouette sur la vidéo gardait la tête baissée, enfonça ses mains dans les poches de son sweat à capuche et descendit les escaliers en courant vers le passage souterrain sous les quais. Alex tendit la main vers sa souris, passa à une deuxième caméra située à l'extérieur du hall de la gare, et mit l'enregistrement en pause au moment où l'homme sortait du guichet et levait les yeux vers la liste des horaires affichée sur un panneau électronique à côté de l'arrêt de bus.

— C'est bien lui, dit Turpin. Bien vu. C'était à quelle heure ?

Alex vérifia ses notes par rapport à la liste des séquences qui leur avaient été fournies.

— Lundi après-midi, à deux heures et demie.

— Seulement quelques heures avant que Matthew ne soit tué, dit Jan, dégoûtée. Il a été envoyé ici pour le tuer, n'est-ce pas ? Et ensuite, il a aussi tué Shaun Mansell.

— Soit ça, soit il est venu ici pour s'assurer que Shaun tue Matthew, puis il l'a assassiné pour le faire taire. J'ai montré les photos qu'on a eues du Wiltshire à Frank Tyler ce matin, le voisin de Shaun, et il a dit qu'il pensait que Dean Evans était le type qu'il avait vu sortir de l'appartement de Shaun.

— Mais alors, qui a tué Evans ? demanda Alex. J'ai passé en revue les images, et il n'y a aucune trace de Colin Hadleigh. S'il est responsable de la mort d'Evans, on s'attendrait à ce qu'il le suive.

— Les gars du Wiltshire ont dit qu'on ne l'avait pas vu depuis des mois, dit Jan.

— Il n'a pas besoin d'être vu. Beaucoup de ses contacts sont peut-être sous surveillance, mais il doit avoir un réseau de personnes vers qui se tourner en cas d'urgence, des gens qu'il peut menacer s'ils ne l'aident pas. Attendez, j'ai une idée.

Turpin éleva la voix.

— Caroline, tu peux vérifier si nous avons eu des signalements de plaques d'immatriculation volées dans les jours précédant nos trois meurtres ?

— Bien sûr, donne-moi un moment.

Jan fronça les sourcils.

— Chef ?

Il se tourna vers elle.

— C'était un ancien collègue du Wiltshire à qui je parlais au téléphone. La voiture d'un des associés de Hadleigh a été repérée par le système à la périphérie de Swindon vendredi soir avant de tourner sur l'A420.

— C'est en direction d'Oxford, non ?

— Exactement. Le problème, c'est que la voiture s'est arrêtée avant la caméra suivante et n'a plus été vue depuis.

— Il a changé les plaques ?

— C'est ce que pense l'équipe du Wiltshire.

— Voilà, chef.

Caroline leur fit signe de s'approcher, puis elle parcourut du regard un rapport sur son écran.

— Quelqu'un a appelé le numéro non urgent lundi soir pour dire que ses plaques avaient été volées de sa voiture pendant qu'il était avec ses enfants dans un fast-food à la périphérie de Shrivenham.

— Très bien, dit Turpin. C'est cette plaque d'immatriculation qu'il faut rechercher dans LAPI depuis Shrivenham.

— Compris.

— Une fois que tu auras confirmation qu'il est bien ici à Abingdon, demande à Tom de te trouver quelques personnes en uniforme pour vous aider, toi et Alex, à repasser les vidéos de surveillance pour la période allant du meurtre de Matthew jusqu'à lundi matin, quand le corps de Dean Evans a été retrouvé dans la rivière.

Il tapota la photographie de Colin Hadleigh dans le dossier ouvert sur le bureau de l'enquêteuse.

— Il est ici, et je veux savoir comment diable il a pu s'approcher du bateau de Lucy sans que personne ne le voie.

# CHAPITRE 46

Mark se frotta le visage et réprima un bâillement.

Une atmosphère lourde remplissait la salle des opérations – le ciel au-delà des fenêtres était sombre depuis une heure déjà, et les murmures d'une équipe épuisée se mêlaient aux sonneries des téléphones.

Les phares des voitures se reflétaient sur les rebords des fenêtres tandis que les derniers travailleurs passaient devant le bâtiment, quittant la zone industrielle pour rejoindre la route principale qui les ramènerait chez eux.

Et pourtant, personne ne quittait son bureau, les visages baignés dans la lueur des écrans d'ordinateur pendant qu'ils travaillaient.

Durant n'importe quelle enquête, la salle des opérations serait remplie du bruit attendu d'un groupe de personnes travaillant de longues heures à proximité les uns des autres, mais à cette heure tardive, l'épuisement s'était installé, et les seules voix qui parvenaient jusqu'à lui étaient feutrées, méditatives.

Kennedy avait gardé le briefing de l'après-midi court, et

Mark supposait qu'il voulait que l'équipe se remette au travail aussi vite que possible, étant donné le manque de progrès jusqu'à présent.

Et la frustration qui en découlait.

— Chef ? Tu vas sûrement vouloir jeter un œil à ça, dit Caroline en planant près des classeurs à côté du bureau de Jan, son carnet à la main.

Mark se redressa et laissa échapper un gémissement mal dissimulé tandis que son dos protestait après être resté trop longtemps courbé sur un clavier d'ordinateur. Il roula des épaules tout en suivant Caroline jusqu'à l'endroit où elle et Alex étaient en train de revoir les images de vidéosurveillance une fois de plus.

L'enquêteuse lui indiqua une chaise libre à côté de la sienne, puis désigna l'écran.

— On a essayé d'établir un calendrier des déplacements de Dean depuis son arrivée à Didcot Parkway la semaine dernière, expliqua-t-elle. On sait qu'on l'a filmé aux environs de l'appartement de Shaun Mansell, mais après ça, rien, jusqu'à jeudi soir. Là.

Mark scruta l'enregistrement vidéo granuleux sur l'écran.

On y voyait une silhouette avec un bonnet en laine tiré bas sur son front traverser une rue, une main enfoncée dans la poche de son manteau tandis que l'autre portait un grand sac similaire à un sac de sport.

— C'est où ça ?

— Stert Street, juste avant d'arriver à la place du centre-ville, répondit Alex en roulant sa chaise pour les rejoindre. Il traverse la rue ici, puis il se dirige vers la mairie. La vidéosurveillance le récupère sur Abbey Close, en train de marcher vers la rivière avant qu'on ne le perde.

— Je me demande ce qu'il y a dans ce sac, dit Mark. On ne l'a pas retrouvé, n'est-ce pas ?

— Pas encore, chef, répondit Caroline en désignant Alex du pouce. Il a une théorie à ce sujet, cependant.

Les joues de son collègue rougirent.

— C'est juste une idée.

— Eh bien, on t'écoute, dit Mark en se penchant en arrière dans sa chaise.

— Je réfléchissais à la taille du sac qu'il porte, chef. Et à sa forme. Il a l'air assez rectangulaire, non ? Je veux dire, si Hadleigh l'avait envoyé ici pour faire taire Matthew et Shaun Mansell, je ne m'attendrais pas à ce qu'il porte quelque chose de cette taille. Il voyagerait léger, non ? Peut-être un sac à dos tout au plus.

Mark regarda une fois de plus l'image figée sur l'écran et fronça les sourcils.

— Ça a l'air assez lourd aussi. Encombrant.

— Exactement.

La voix d'Alex s'amplifia tandis qu'il s'enthousiasmait pour son sujet.

— Alors, ce à quoi je pensais... Le truc, c'est que ma copine et moi avons passé beaucoup de temps cet été à barboter sur la rivière quand il faisait chaud, et on pensait s'acheter un kayak pour l'année prochaine. Ce serait moins cher que de les louer tout le temps comme on l'a fait cette année—

— D'accord...

Mark haussa un sourcil en direction de Caroline, se demandant où Alex voulait en venir avec son explication, mais elle sourit et lui fit signe d'attendre et d'écouter.

— Bref, on loue un appartement une chambre en plein centre-ville. Pas de place pour un kayak, dit Alex. On avait un peu abandonné l'idée, jusqu'à ce que Becky découvre qu'on peut acheter des kayaks gonflables.

— Des kayaks gonflables ?

— Ouais. Tu le gonfles au bord de l'eau quand tu veux l'utiliser, puis tu le dégonfles pour le ranger. Il ne pèse qu'environ quinze kilos, en plus.

Alex se pencha et tapota l'écran.

— Le truc, chef, c'est que le sac dans lequel il est livré ressemble beaucoup à celui-ci.

— Si c'est un kayak, où est la pagaie ? demanda Jan.

— Probablement dans le sac, répondit Alex. Si c'est comme celui qu'on regardait, la pagaie se dévisse pour qu'on puisse soit utiliser une extrémité chacun si on est deux dans le kayak, soit la monter entièrement pour un utilisateur solo. Ça facilite aussi le transport.

Mark regarda à nouveau l'image de Dean Evans, puis il revint à Alex. Il cligna des yeux.

— Bon sang, McClellan. Je crois que tu tiens quelque chose.

— Dean apporte le kayak à Hadleigh le vendredi soir, dit Caroline, l'aide à le gonfler quelque part près de la rive, à l'abri des regards, puis il fait le tour pour se rendre de l'autre côté de la rivière et attirer Hamish loin du bateau de Lucy—

— et Hadleigh traverse en pagayant une fois qu'il sait que Hamish ne donnera pas l'alerte. Il casse une fenêtre et lance le cocktail Molotov à l'intérieur, dit Mark. Il suppose que Lucy et les filles sont à bord parce que les rideaux sont tirés et qu'elles ont laissé quelques lumières allumées avant d'aller faire des courses. Il s'éloigne du bateau en pagayant avant que les flammes ne prennent et il remonte la rivière où Dean peut l'aider à dégonfler le kayak.

— À ce moment-là, dit Jan en s'approchant avec

Kennedy, peut-être que Hadleigh tue Dean et jette son corps dans la rivière, là encore, pour couvrir ses traces, avant de s'en aller à pied avec ce sac.

— Vous avec Hadleigh sur caméra avec le sac ? demanda l'inspecteur principal, les bras croisés tandis qu'il fixait l'écran.

Alex secoua la tête.

— Non, nous ne l'avons pas du tout vu sur les caméras, mais je me demandais s'il n'avait pas simplement jeté le sac dans une haie ou par-dessus la clôture de quelqu'un. Je veux dire, il n'en avait plus besoin, n'est-ce pas ?

— Vérifiez en bas si quelqu'un l'a rapporté, dit Kennedy. Sinon, je mettrai une équipe en place demain matin pour fouiller les sentiers et les routes qui s'éloignent de la rivière. Et bon travail, Alex.

— Merci, chef.

— Pendant que je vous ai tous ici, nous avons réussi à localiser la voiture de Hadleigh, poursuivit l'inspecteur principal.

Il distribua des photographies d'une zone industrielle.

— C'est à l'extérieur de Challow. La lecture automatique de plaques d'immatriculation a repéré le véhicule sur la route principale lundi soir. Des agents en uniforme viennent de terminer les entretiens avec les propriétaires des entreprises installées là-bas, et l'un d'eux gère un garage. Petit, certes, principalement pour les contrôles techniques, mais il confirme qu'un homme correspondant à la description de Hadleigh s'est présenté en disant qu'il prévoyait de vendre sa voiture et qu'il voulait une vérification rapide. Il a pris un taxi après avoir remis les clés.

— Une idée d'où il est allé ?

— Non, répondit Kennedy, et la voiture est toujours là.

Elle est sous surveillance au cas où elle se remettrait en mouvement, et le propriétaire de l'entreprise nous préviendra si Hadleigh revient.

— Donc, on l'arrête simplement quand il revient. Facile, dit Caroline.

— Si nous l'arrêtons maintenant, nous n'avons pas assez d'éléments pour l'inculper, dit Kennedy. Il mettra simplement la mort de Shaun Mansell et de Matthew, ainsi que l'incendie criminel, sur le dos de Dean Evans. Nous n'avons aucune preuve suggérant qu'il était responsable de la destruction du bateau de Lucy, les images de vidéosurveillance ne montrent que Dean avec ce sac, après tout.

— Il ne s'arrêtera pas tant qu'il ne m'aura pas eu, chef, dit Mark en entendant la fatigue dans sa propre voix. Nous devons faire quelque chose.

— Qu'est-ce que vous voulez faire, chef ? demanda Jan.

Kennedy fit tourner la branche de ses lunettes de lecture entre ses doigts pendant un moment, puis il regarda tour à tour Jan, Mark et les autres détectives.

— Laissez la voiture où elle est. Quand elle bougera, nous suivrons. Avec un peu de chance, il se dirigera vers la maison de Mark et nous l'arrêterons avant qu'il n'aille plus loin. Rentrez chez vous et reposez-vous, tous. Nous n'en avons pas encore fini avec cette affaire, et j'ai le sentiment que nous allons avoir des journées bien chargées.

# CHAPITRE 47

Jan émit un reniflement peu élégant en luttant pour se réveiller, alors que la sonnerie stridente de son téléphone portable l'arrachait d'un sommeil profond.

Scott alluma sa lampe de chevet, le regard confus en se tournant vers elle.

— Désolée, mon chéri, murmura-t-elle avant de faire glisser son doigt sur l'écran et de repousser les couvertures. Chef ?

— Hadleigh est en mouvement. Le système LAPI a repéré sa voiture avec les plaques d'immatriculation volées en train de quitter la zone industrielle près de Challow il y a cinq minutes, et il se dirige vers Grove. Nous devons supposer qu'il vient pour Mark. Deux voitures de patrouille sont en route pour l'intercepter. Je veux que vous et Caroline soyez présentes pour l'arrestation car je veux qu'il soit immédiatement amené et interrogé.

Jan cligna des yeux pour chasser le sommeil, transféra son téléphone dans sa main droite et s'assit au bord du matelas pour enfiler son pantalon.

— Où est l'équipe maintenant ?

— Ils viennent de quitter Didcot. Ils prévoient de passer par Steventon et la route de Hanney, en se basant sur le fait que Hadleigh va probablement utiliser l'A338 pour se rendre à Abingdon plutôt que de risquer la voie rapide.

— Ok. Je suis en route.

— Je vais les prévenir. Attendez-vous à recevoir un appel avec une mise à jour de notre part bientôt.

— Quelle heure est-il ? bâilla Scott en remontant la couverture sur ses épaules.

— Trois heures et demie. Tu me prépares du hareng fumé...

— Je doute fort que Kennedy te laisse revenir ici pour le petit-déjeuner.

Jan sourit, finit de s'habiller puis se précipita de son côté du lit pour l'embrasser.

— À plus tard.

— Je t'aime.

Elle descendit les escaliers deux marches à la fois, attrapa son manteau sur le poteau de l'escalier et balança son sac sur son épaule avant de sortir par la porte d'entrée.

La voiture démarra du premier coup, et elle enfonça l'accélérateur après avoir fixé son téléphone sur le support du tableau de bord, appelant Caroline en haut-parleur alors qu'elle quittait le lotissement.

— Jan ? Tu as eu des nouvelles de Kennedy aussi ?

L'autre enquêteuse semblait essoufflée.

— Il y a environ trois minutes. Je vais me diriger vers Marcham, et toi ?

— Pareil. Je serai probablement derrière toi, alors je ferai des appels de phares quand je te verrai.

— Ok.

— Est-ce que Mark est en route ?

— J'en doute, Kennedy l'a probablement laissé dormir.

— Le chanceux.

— On le lui rappellera, ne t'inquiète pas.

Jan baissa légèrement la vitre pour dissiper les dernières brumes de sommeil.

— D'ailleurs, si tout ça est censé attirer Hadleigh et le faire se diriger vers Mark, ça aurait l'air plutôt idiot s'il n'est pas vraiment chez lui.

— C'est vrai.

Caroline termina l'appel, et Jan resserra sa prise sur le volant en négociant la route sinueuse qui menait à l'A338.

Elle espérait arriver à temps.

Elle voulait être là quand la voiture de Hadleigh serait interceptée par ses collègues, et voir l'expression sur son visage quand il comprendrait que ses efforts pour assassiner Turpin et sa famille avaient été vains.

Et elle voulait obtenir justice pour l'adolescent et les hommes qu'il avait tués dans ses tentatives impitoyables d'y parvenir.

Des lumières au loin attirèrent son attention, et elle réalisa qu'elle approchait de la station-service au croisement avec la route principale. Son regard effleura l'horloge du tableau de bord – quatre heures, et l'endroit allait bientôt ouvrir, prêt à accueillir ses premiers clients matinaux.

Elle serra les dents, consciente que la circulation deviendrait progressivement plus dense à mesure que l'aube se lèverait, et elle espérait qu'ils pourraient arrêter Hadleigh sans blesser personne d'autre.

Son téléphone sonna dans son support, et elle appuya sur le bouton du volant pour répondre.

— West.

— C'est Kennedy. Hadleigh a pris la route de Garford.

— Quoi ?

Jan entendit la confusion dans sa propre voix.

— Pourquoi ? C'est dans la direction opposée à la maison de Mark.

— Nos deux voitures de patrouille sont bien en retrait pour le moment, donc il ne les aurait pas repérées. Il prend peut-être une route détournée par précaution. Prenez la route de Kingston Bagpuize et faites demi-tour pour le rattraper, d'accord ? Je vais dire aux uniformes de réduire l'écart et, à vous tous, vous devriez pouvoir l'immobiliser avant qu'il n'atteigne Southmoor.

— Oui, chef.

Elle mit fin à l'appel, puis elle jeta un coup d'œil dans le rétroviseur alors que les phares d'un véhicule apparaissaient derrière elle et clignotaient deux fois.

Caroline l'avait rattrapée.

Jan toucha légèrement les freins, vérifia qu'aucune voiture n'arrivait en sens inverse, puis elle traversa rapidement le carrefour et accéléra de nouveau.

Son cœur commença à s'emballer tandis que la formation qu'elle avait reçue des années auparavant sur les poursuites de véhicules lui revenait en mémoire. Contrairement à ce qu'on voyait à la télévision, arrêter un suspect dans une voiture en mouvement était dangereux, et ni elle ni ses collègues ne voulaient que leur matinée commence par une tragédie.

Le téléphone sonna à nouveau.

— Il se dirige vers vous. Encore environ un kilomètre et demi.

La voix de Kennedy paraissait déformée, les bruits de fond suggérant qu'il faisait les cent pas dans le centre de contrôle pendant qu'ils surveillaient la progression du véhicule du tueur sur LAPI et transmettaient ses ordres aux deux voitures de patrouille.

— Arrêtez-vous sur la prochaine portion droite de route, utilisez vos véhicules pour bloquer son chemin, et mettez-vous à l'abri au cas où il ne s'arrêterait pas.

— Compris, chef.

Faisant clignoter ses freins pour avertir sa collègue, elle retint son souffle tandis que la voiture abordait le virage suivant. Comme prévu, la route s'étendait devant elle ; une portion étroite de la voie qui ne laissait aucune possibilité de passage aux véhicules en sens inverse.

Elle tourna brusquement le volant vers la gauche, serra le frein à main et descendit tandis que Caroline plaçait sa voiture vers la droite, créant ainsi un barrage en forme d'arête de poisson.

— Bouge ! cria Jan, avant de se diriger vers le virage qu'elles venaient de passer.

Elle entendit des sirènes au loin et elle se mit à courir pour atteindre la sécurité de l'entrée d'une ferme quelques instants avant que le rugissement d'un moteur ne parvienne jusqu'à elle.

— Les voilà, dit Caroline en allongeant le cou pour voir au-delà des voitures garées.

— Heureuse d'utiliser une voiture de service cette semaine, marmonna Jan. Et toi ?

— C'est celle de mon frère.

Sa collègue haussa les épaules.

— Peu importe. C'est une vraie poubelle de toute façon. Il a l'intention de l'envoyer à la casse depuis un an.

Jan rit, malgré la gravité de la situation.

Des phares percèrent la pénombre de l'aube naissante

alors que le premier véhicule contournait la courbe à l'extrémité et fonçait vers les voitures garées.

— Il ne les a pas vues ?

Elle ignora les paroles de sa collègue et observa plutôt la voiture de Hadleigh.

Elle ne ralentissait pas.

Une fraction de seconde plus tard, les deux voitures de patrouille apparurent, gardant une distance de sécurité entre elles et le véhicule qu'elles poursuivaient. Ça ne servirait à rien qu'elles percutent le véhicule après son accident – cela ne ferait qu'augmenter le nombre de victimes.

Jan se mordit la lèvre tandis que Hadleigh continuait à foncer vers elles.

— Il va sortir de la route dans une minute, dit Caroline, une note d'urgence perçant dans sa voix.

Peut-être qu'elles se trompaient.

Peut-être qu'il n'allait pas s'arrêter...

— Recule, dit Jan, et elle tira sa collègue plus loin dans l'entrée de la ferme jusqu'à ce qu'elles soient derrière un pilier en béton.

Un crissement de pneus sur le goudron parcourut la route, puis Jan entendit le bruit reconnaissable de tôle froissée lorsqu'elle rencontra la végétation.

Les sirènes s'arrêtèrent, et elle jeta un coup d'œil autour du pilier.

Hadleigh s'était encastré dans la haie à quelques pas de sa voiture, et les deux voitures de patrouille s'étaient immobilisées derrière lui.

Leur tueur n'avait nulle part où aller.

— Ne le laissez pas s'enfuir ! cria-t-elle tout en courant elle-même pour rejoindre les quatre officiers en uniforme qui s'étaient élancés hors des véhicules de poursuite.

Elle et Caroline atteignirent la voiture de Hadleigh en même temps qu'un sergent de police élancé qui ne semblait pas du tout affecté par le sprint qu'il venait d'effectuer.

— J'y vais ? demanda-t-il, la main sur la poignée de la portière.

— Allez-y, dit Jan en se positionnant derrière lui et prête à lire ses droits à Hadleigh.

Lorsque le sergent arracha la portière, le halètement choqué de Caroline reflétait exactement ses propres pensées.

Un jeune homme dégingandé d'une vingtaine d'années était assis derrière le volant, les mains levées et les yeux grands ouverts tandis que la lumière de la torche balayait son visage.

Des hématomes couvraient son orbite et sa mâchoire tandis que du sang s'écoulait de sa lèvre inférieure.

— Qui diable êtes-vous ? demanda Jan.

— Gary Livens. Je suis désolé. Il m'a dit que je devais le faire. Il a dit qu'il savait où habitait ma petite amie et que si je ne faisais pas ce qu'il me disait, il la tuerait.

Une grosse larme roula sur la joue meurtrie de l'homme.

— Merde.

Jan s'éloigna de quelques pas, sortit son téléphone portable et appuya sur la touche de numérotation rapide.

— Chef ? Hadleigh ne conduisait pas la voiture. Il n'est pas ici.

CHAPITRE 48

Mark se retourna, repoussa le drap de ses pieds et passa un bras autour de la taille de Lucy.

Il avait au moins réussi à se reposer un peu, même si son sommeil avait été intermittent. Malgré la présence de deux agents de police dans sa maison, il ne pouvait se défaire du sentiment de responsabilité qu'il éprouvait envers Lucy et sa famille.

Un merle siffla un reproche strident à l'extérieur. Quelques instants plus tard, un rouge-gorge se joignit à lui, et Mark se demanda si le chat du voisin rôdait, profitant du calme avant les heures de transport.

Il passa la main sur ses yeux irrités et résista à l'envie d'allumer la lumière.

L'aube n'avait pas encore percé par l'interstice en haut des rideaux de la chambre et il ne voulait pas bouger jusqu'à ce qu'il soit obligé de le faire.

Il savourait le son de la respiration douce de Lucy à côté de lui, le mouvement de son corps pendant qu'elle dormait.

Il aurait voulu que tout soit comme avant.

Que Lucy ait encore sa péniche.

Que Hamish soit encore en vie.

Que deux hommes et un garçon n'aient pas été assassinés parce qu'une personne voulait garder le contrôle de son commerce de drogue et inonder la région avec un mélange mortel de benzodiazépines qui mutilerait et tuerait encore plus de gens.

— Je t'entends penser.

Il leva le bras tandis que Lucy se retournait pour lui faire face avec un sourire ironique.

— Désolé, je ne voulais pas te réveiller.

— Tu ne m'as pas réveillée. Il est quelle heure ?

Il tourna son poignet et examina le cadran lumineux de sa montre.

— Quatre heures et demie.

— Tu vas travailler aujourd'hui ?

— Probablement. J'aimerais bien savoir quels progrès ils ont fait. Ce n'est pas pareil d'en entendre parler au téléphone.

Un ronflement sonore traversa le plancher, et elle gloussa.

— Quelqu'un dort bien, au moins.

En bas, la chasse d'eau retentit, et Mark écouta les pas qui parcouraient le couloir avant que la porte de la cuisine ne se referme.

— Ils doivent se relayer. C'est logique. Rester assis comme ça peut être épuisant.

Il la serra plus près, embrassa la masse de boucles qui encadraient son visage et inhala le doux parfum de son shampooing.

Son corps bougea contre le sien, et il retint un gémissement.

— À quelle heure est-ce que tu dois partir ? murmura-t-elle.

— Pas tout de suite.

Un léger bourdonnement se fit entendre à travers la fenêtre et s'arrêta à l'extérieur de la maison. Quelques instants plus tard, un tintement de verre filtrait depuis le seuil de la porte d'entrée.

— Au moins, on aura assez de lait quand on se lèvera, murmura Lucy. Je pensais qu'ils allaient finir le reste pendant la nuit.

Elle se blottit sous son bras et reposa sa joue contre sa poitrine.

Mark souleva sa tête de l'oreiller et fronça les sourcils.

— Mais je ne me fais pas livrer de lait.

Un fracas venant d'en bas et un cri de surprise depuis la pièce du dessous le firent plonger vers son jean drapé sur une chaise à côté du lit, une fraction de seconde avant que l'odeur d'essence et un terrifiant *wouff* ne rugisse en direction de la porte du salon.

Il entendit Newton crier, puis Cosley surgit de la cuisine à toute vitesse, hurlant à pleins poumons.

— Au feu ! Au feu !

— Habille-toi, vite.

Mark enfila son jean et ses chaussures, puis aida Lucy, s'assurant qu'elle se dirigeait vers les escaliers avant de passer un sweat-shirt par-dessus sa tête.

Il s'arrêta sur le palier, ouvrit un placard et en sortit des couvertures, puis il se mit à courir.

Arrivé en bas des escaliers, Cosley aidait Newton à sortir du salon, le policier était en train de suffoquer à cause de la fumée.

— Fermez la porte.

Mark se laissa tomber au sol, roula les couvertures et bourra le tissu contre l'interstice.

— Tout le monde va bien ?

— Oui, chef, croassa le policier. Heureusement, je venais juste de me réveiller quand il a cassé la fenêtre.

Mark se retourna pour voir Lucy qui tendait la main vers la poignée de la porte d'entrée.

— Porte arrière, porte arrière ! lui cria-t-il. Ne sors pas par là, il pourrait nous attendre.

Elle pâlit à ces mots, puis hocha la tête et sprinta vers la cuisine.

— Ne traînez pas, suivez-la, dit-il aux deux agents. Assurez-vous que c'est sécurisé, puis faites-la sortir. Je serai juste derrière vous.

Mark se mordit la lèvre, puis il monta en trombe à l'étage vers la petite pièce qui lui servait de bureau.

Il entendait les flammes qui prenaient possession du salon, le crépitement et les claquements alors que ses affaires alimentaient l'incendie. Attrapant l'esquisse encadrée que Lucy lui avait offerte lors de son emménagement et une photo préférée de ses deux filles, il se dirigea vers l'armoire et en sortit deux manteaux épais pour lui et Lucy avant de dévaler les escaliers et de sortir par la porte de la cuisine.

Les sirènes retentissaient dans le vent lorsqu'il rejoignit Cosley à la porte du jardin, au moment où le sergent baissait sa radio.

— Les pompiers sont en route, et Kennedy envoie une voiture vous chercher.

Mark tendit l'un des manteaux à Lucy et enfila l'autre sur ses épaules avant de lui passer les deux cadres. Il l'embrassa brièvement, puis il ouvrit la porte.

— Je vais faire le tour par devant.

— Je viens avec vous, chef, dit Cosley. Le chef me tuera s'il arrive quelque chose à l'un d'entre vous.

Laissant son collègue avec Lucy, il emboîta le pas à Mark, qui courut le long du chemin de gravier envahi de mauvaises herbes et tourna au coin. Le sentier se rétrécit avant d'atteindre l'impasse et il s'arrêta brusquement sur la surface inégale.

En regardant par-dessus la haie qui séparait sa maison louée du chemin, il ne vit personne.

Hadleigh avait disparu.

# CHAPITRE 49

Jan versa les restes de thé dans l'évier, rinça la tasse et la plaça sur l'égouttoir en jetant un coup d'œil par-dessus son épaule au bruit de pas sur le carrelage.

— Désolée si on vous a réveillée, Debbie.

L'ex-femme de Turpin secoua la tête et bâilla.

— Ne vous inquiétez pas. Je n'arrivais pas à dormir de toute façon. Qu'est-ce qui se passe ?

Elle observa les visages fatigués des policiers rassemblés autour d'une table en pin qui occupait la majeure partie de la cuisine.

Kennedy avait ordonné à Jan et Caroline de se rendre à la planque pour informer Alex et l'équipe sur place des résultats de la poursuite du petit matin et pour assurer une protection supplémentaire à la famille pendant qu'il contactait Turpin.

Située à la périphérie d'Abingdon, cette grande ferme inoccupée avait été choisie pour son isolement relatif – la propriété voisine la plus proche se trouvait à quatre cents mètres, et le paysage plat offrait à l'équipe de protection une vue dégagée sur tout véhicule ou toute personne qui s'approcherait.

— Nous pensions avoir attrapé Hadleigh tout à l'heure, dit Jan, peu disposée à mentir ou à édulcorer la vérité.

La seule préoccupation de Debbie était de protéger ses filles, et Jan savait que si leurs rôles étaient inversés, elle s'attendrait au même respect.

— Malheureusement, il avait utilisé quelqu'un d'autre pour conduire sa voiture.

— Un leurre, vous voulez dire ?

Debbie remonta la fermeture éclair de son gros sweat et traversa la cuisine jusqu'à la bouilloire, qu'elle mit en marche.

— Alors, où est-il ?

— Nous supposions qu'il se dirigerait vers Abingdon, c'est pour ça que nous avons essayé de l'intercepter. Maintenant, l'inspecteur principal Kennedy tente de contacter Mark pour le prévenir, lui et l'équipe à son domicile.

— Toujours pas de nouvelles.

Alex fronça les sourcils en direction de la radio AirWave qui crachait des parasites depuis le centre de la table.

— Si vous vous préparez un café, Debbie, je me joins à vous.

L'ex-femme de Turpin fit mine de ne pas avoir entendu le jeune enquêteur, et elle s'approcha de l'endroit où Jan s'appuyait contre l'évier.

— Vous avez essayé de l'appeler ?

— Non. Parfois, il vaut mieux qu'une seule personne tente d'établir le contact, sinon nous finissons tous par appeler et aucun appel ne passe.

Elle tendit la main et la posa sur le bras de la femme.

— Ne vous inquiétez pas. Dès que nous saurons quelque chose, Alex et moi vous le ferons savoir.

Debbie secoua la tête, les yeux baissés.

— J'aurais préféré que Lucy ne retourne pas à la maison. Je l'aime bien, vraiment, et je ne voulais pas la contrarier hier. J'étais juste tellement... j'étais inquiète pour Anna et Louise.

— Bien sûr que vous étiez inquiète. Je ferais pareil, si j'étais à votre place.

— Vous avez des jumeaux, n'est-ce pas ?

— Oui, et je deviendrais folle si je pensais qu'ils étaient en danger.

Debbie regarda par la fenêtre alors que le soleil matinal se levait au-dessus d'un bosquet d'arbres au fond du grand jardin, et elle laissa échapper un soupir.

— Vous pensez qu'il va venir ici ? Hadleigh, je veux dire.

— Personne ne sait que vous êtes ici. Et, s'il venait à le découvrir, regardez autour de vous. Nous sommes sept, et il est seul.

Jan lui serra le bras.

— Vous êtes en sécurité ici. Vos filles aussi.

— Est-ce que Mark vous a dit que Hadleigh avait fait suivre les enfants sur le chemin de l'école un jour ? frémit Debbie. J'étais terrifiée au début. Et puis, quand j'ai eu le temps d'y réfléchir davantage, je me suis mise en colère. Vraiment en colère. Je voulais le trouver et lui faire mal. Faire n'importe quoi pour l'arrêter.

Un flot de voix jaillissant de la radio les fit sursauter toutes les deux, et Jan se détourna de la femme tandis que Carl Ansty augmentait le volume et levait la main pour demander le silence pendant qu'il écoutait.

Son visage pâlit à mesure que les nouvelles lui

parvenaient, les ordres aboyés par Kennedy résonnant sur les ondes.

— Est-ce qu'il... est-ce qu'il vient de dire que la maison de Mark a été incendiée à l'instant ?

Jan s'approcha de la table pour s'efforcer d'entendre malgré les voix excitées dans la cuisine, pendant qu'Antsy prenait des notes et transmettait des ordres à son équipe élargie dans les ruelles autour de la planque.

— Il va bien, dit Alex en tenant son téléphone portable, Caroline penchée par-dessus son épaule pour lire le texto. Il dit que Hadleigh a lancé une bombe incendiaire par la fenêtre de devant. Ils sont tous sains et saufs, et il y a deux camions de pompiers sur place. L'incendie est sous contrôle.

— Je vais y aller, dit Jan en prenant son manteau du dossier d'une des chaises et en le passant sur ses épaules.

Elle rejeta ses cheveux par-dessus le col.

— Vous deux, restez ici avec le reste de l'équipe, au cas où ce serait une ruse pour détourner notre attention de la planque.

Elle parcourut la table du regard en fronçant les sourcils, puis elle se dirigea vers le plan de travail et souleva les journaux et magazines qui avaient été abandonnés au cours de la nuit.

— Quelqu'un a vu mes clés de voiture ?

Une série de réponses négatives accueillit sa question, et elle se dirigea vers l'endroit où elle avait laissé son sac à main à côté de la bouilloire, fouillant dans les poches avec un sentiment d'urgence croissant.

— Où est Debbie ?

Jan fit volte-face à la question d'Alex, réalisa que la femme n'était plus dans la cuisine et se précipita dans le couloir.

— Debbie ? appela-t-elle en direction de l'escalier.

Elle aperçut des jambes nues à travers la balustrade qui longeait le palier avant que Louise ne se penche, le front plissé.

— Où est Maman ?

Jan força un sourire et fit signe à la fille de retourner dans sa chambre.

— Par ici, quelque part. Occupe-toi de ta sœur, d'accord ?

L'adolescente disparut de son champ de vision, mais Jan ne put empêcher la vague de panique qui monta dans ses veines et lui comprima la poitrine tandis qu'elle ouvrait brusquement la porte d'entrée.

Sa voiture avait disparu.

— Merde.

# CHAPITRE 50

Mark était resté en retrait à la périphérie du jardin avant pendant que l'équipe de pompiers commençait à éteindre les flammes provenant de son salon et à maîtriser l'incendie.

Ça n'avait pas pris longtemps.

En quelques minutes, le feu s'était réduit à des cendres fumantes et, ignorant un cri du chef des pompiers, il traversa d'un pas décidé la pelouse détrempée jusqu'à la porte d'entrée.

Aucun des pompiers n'avait signalé avoir vu un homme s'enfuir des lieux, leur attention étant plutôt concentrée sur le fait d'arriver le plus rapidement possible à la propriété pour la sécuriser.

Néanmoins, les poils sur sa nuque se hérissaient, le sentiment que Hadleigh n'en avait pas fini avec lui le rendait peu enclin à rester en retrait et à laisser les autres prendre le contrôle de la situation.

Les flammes alimentées à l'essence avaient brûlé à travers le plafond du salon, faisant fondre les câbles électriques et détruisant sa collection de livres et de disques vinyles, la télévision et tout ce qui se trouvait sur leur passage.

Tout ce qui restait de son canapé deux places et de ses fauteuils était un triste tas de bois carbonisé et de rembourrage fumant et détrempé qui dégageait des fumées chimiques dans l'air et faisait pleurer ses yeux.

Il détourna le regard et cligna des yeux pour retrouver une vision claire, puis il porta son attention sur le chemin de béton qui menait à la porte découpée dans la haie de troènes qui bordait le trottoir.

Il fit signe à l'agente Alice Fields, qui était arrivée avec les premiers secours.

— Qu'est-ce qu'il y a, chef ?

Mark pointa du doigt la dalle de pavage à côté du poteau de la porte.

— Ça. L'eau des tuyaux a emporté la majeure partie.

Alice s'accroupit et plissa le nez, puis elle leva les yeux vers lui.

— Des éclaboussures de sang ?

— Il est blessé, dit Mark en montrant la traînée de sang qui menait vers la maison. Gravement, en plus.

Alice se retourna.

— Alors où est-il ?

Mark plissa les yeux face au soleil matinal et se protégea le visage avec ses mains.

— Il n'a pas pu aller bien loin. La camionnette de lait est toujours là.

— Pourquoi ne pas l'utiliser ?

— Trop évident peut-être.

Mark jeta un coup d'œil à l'intérieur de la cabine du conducteur.

— Regardez, il y a du sang partout sur le siège et le

volant aussi. Peut-être qu'il est tellement gravement blessé qu'il ne peut plus la conduire. Demandez à une des équipes en uniforme de commencer à chercher le conducteur. Hadleigh a dû le maîtriser et l'abandonner quelque part à proximité, dit Mark, puis il pivota sur ses talons.

— Chef ? Où est-ce que vous allez ?

— Trouver le salaud qui a lancé un cocktail Molotov sur ma maison, grogna-t-il. Comme vous l'avez dit, il n'a pas pu aller bien loin.

Il partit en sprint, mais ralentit en quittant l'impasse et s'arrêta finalement à l'intersection avec la route principale.

Les voitures défilaient maintenant à intervalles réguliers, mais il ignora la circulation et balaya du regard le trottoir.

Là, près du panneau qui indiquait le nom de la rue pour rejoindre l'impasse, se trouvait ce qu'il cherchait.

Une autre éclaboussure de sang, plus importante cette fois, comme si Hadleigh s'était arrêté un moment pour se reposer et qu'il avait tenté d'arrêter le saignement.

Mark fit les cent pas en essayant de déterminer quelle direction l'homme avait prise ensuite, puis il entendit le klaxon d'une voiture plus loin sur la route, dans la direction opposée au centre-ville, et il accéléra le pas.

Effectivement, quelques taches de sang parsemaient le trottoir ici et là, et Mark imagina Hadleigh en train de tenir sa main contre sa poitrine pour endiguer le flot de sang tandis qu'il s'éloignait précipitamment de la scène du crime.

Peut-être s'était-il coupé en brisant la fenêtre ou en lançant la bombe incendiaire. Vu la quantité de sang, sa blessure était assez profonde pour nécessiter des soins médicaux urgents, et rapides.

Pourtant, il ne pouvait pas, n'est-ce pas ?

Pas sans abandonner. Pas sans se livrer pour faire face aux conséquences des meurtres qu'il avait autorisés ou commis.

Une sombre satisfaction s'empara de Mark à l'idée que, parce que Hadleigh avait assassiné tous ceux qui auraient pu le dénoncer lors d'un interrogatoire policier, il s'était isolé, et il ne lui restait plus aucun recours pour obtenir de l'aide.

Cette pensée le fit accélérer le pas, déterminé à trouver l'homme qui avait tenté de lui ôter la vie et de détruire sa carrière.

Sa respiration était lourde maintenant – pas à cause de l'effort, mais de la panique qui montait dans sa poitrine.

Il voulait être celui qui arrêterait Hadleigh. Il voulait être celui qui lui passerait les menottes, lui lirait ses droits, puis il l'observerait de l'autre côté de la table dans l'une des salles d'interrogatoire pendant qu'il l'informerait de ce qui allait se passer ensuite.

Car Mark s'assurerait que le criminel écope d'une peine à perpétuité.

Voire deux.

Il ne se reposerait pas tant qu'il ne saurait pas que l'assassin de Matthew serait enfermé pour longtemps.

D'autres coups de klaxon retentirent, et il vit des expressions inquiètes sur les visages des conducteurs qui passaient.

La blessure de Hadleigh devait être suffisamment grave pour attirer l'attention, et un sentiment d'urgence renouvelé s'empara de Mark.

Il se mit à courir en suivant les taches de sang qui apparaissaient maintenant plus régulièrement.

Il ne pouvait pas se permettre que Hadleigh se vide de son sang avant qu'il ne l'atteigne.

*Là !*

Devant lui, Mark aperçut Hadleigh qui vacillait d'un côté à l'autre en titubant alors qu'il essayait de s'échapper.

L'homme était voûté, sa main droite serrée contre sa poitrine, des taches de sang sur son jean bleu. Comme s'il avait senti l'approche de Mark, il jeta un coup d'œil par-dessus son épaule et grimaça, puis il tenta d'accélérer.

L'arrogance et la démarche assurée que Mark associait à Hadleigh avaient disparu ; à leur place se trouvait la silhouette chancelante et titubante d'un homme désespéré.

Un rond-point se trouvait devant et divisait la route en quatre directions. Tout en courant, Mark sortit son téléphone portable de sa poche, le déverrouilla, scruta l'écran et parcourut la liste des appels récents jusqu'à trouver le nom de Kennedy, et il appuya dessus.

— Hadleigh !

L'homme jeta un coup d'œil par-dessus son épaule, le regard halluciné. Au lieu de ralentir, il sembla puiser une nouvelle énergie dans son corps et il bondit en avant.

— Mark ? Où diable êtes-vous ?

— Radley Road, chef, en direction du rond-point au croisement avec Twelve Acre Drive. Vous pouvez envoyer quelques voitures et une ambulance ici ? Hadleigh est blessé, gravement, je pense. Il va avoir besoin de soins médicaux urgents.

— Vous l'avez appréhendé ?

— Pas encore. J'y travaille.

Mark termina l'appel au moment où Hadleigh s'arrêta.

Il se pencha en avant et posa une main sur l'un de ses genoux, les épaules secouées.

— Je te tiens, espèce de salopard.

Mark ralentit jusqu'à marcher, un point de côté

commençant à tordre les muscles entre ses côtes. Il haussa la voix et glissa le téléphone dans sa poche arrière.

— Abandonne, Hadleigh. Tu dois aller à l'hôpital. Maintenant.

— Va te faire foutre, Turpin.

La voix de l'homme semblait faible, malgré son défi forcé. Il se redressa, son visage se tordant tandis qu'il baissait les yeux sur sa main, où le sang coulait d'une blessure que Mark pouvait désormais voir gravée dans sa paume.

Mark entendit des voix et il regarda derrière lui pour voir une femme en train de promener son chien de l'autre côté de la route, le front plissé alors qu'elle fixait l'homme qui perdait son sang sur le trottoir.

Un groupe de trois écoliers en blazers élégants et sacs de sport sur les épaules se moquaient et gesticulaient, tout en bravade pendant qu'ils sortaient leurs téléphones et commençaient à prendre des photos.

— Merde.

Mark reporta son attention sur Hadleigh.

— Assieds-toi sur le trottoir. Lève ta main au-dessus de ta tête. Ça aidera à arrêter le saignement.

— Va te faire foutre.

— Pourquoi est-ce que tu as tué Matthew ? Ce n'était qu'un gamin.

Mark fit un pas en avant.

— Pourquoi est-il venu ici ?

Hadleigh fit un pas en arrière.

— Reste où tu es, Turpin.

— Ok, ok.

Mark leva les mains.

— Alors ? Tu vas me le dire ?

— Ce petit con allait foutre toute l'opération en l'air.

Hadleigh cracha à quelques centimètres des pieds de Mark.

Il ne bougea pas et soutint plutôt le regard de Hadleigh.

— Matthew a décidé qu'il voulait sortir, et il se souvenait de ton visage de la dernière fois. Alors, quand il a vu ta photo dans tous les journaux, j'imagine qu'il a pensé que tu pourrais l'aider. Le problème, c'est qu'on était en train d'étendre la chaîne d'approvisionnement par ici. S'il t'avait parlé, dix-huit mois de travail seraient partis en fumée.

Hadleigh secoua la tête et laissa échapper un rire amer.

— Tout ce travail, envolé, à cause d'un gamin de quatorze ans qui a décidé de se découvrir une conscience.

— Je suppose qu'il a grandi.

— C'était un emmerdeur.

— Alors tu as utilisé Shaun Mansell pour l'assassiner. Pourquoi tuer Shaun et Dean ?

— Pourquoi pas ?

Hadleigh haussa les épaules.

— Dommages collatéraux. Shaun allait parler à vos collègues après avoir tué Matty. Dean était un témoin gênant. Ils ont tous les deux servi à quelque chose, c'est tout.

— Tu as essayé de tuer ma famille.

Hadleigh ricana.

— Quel dommage quand j'ai découvert qu'elles n'étaient pas à bord. Sympa, la petite réunion que vous avez eue sur le chemin de halage, non ?

— Pourquoi les impliquer ? Ça ne les concernait pas, c'était toujours entre toi et moi.

— Pour t'envoyer un message, bien sûr. Puis, quand j'ai réalisé que vous aviez emménagé ensemble, je me suis dit que ça vous parquerait tous dans cette maison. Je pourrais vous éliminer tous d'un coup et être sûr de le faire correctement cette fois—

— Ouais, à propos de ça, dit Mark.

Il fit un pas en avant, incapable de cacher la satisfaction dans sa voix.

— Tu as échoué, Hadleigh. Ma famille n'était pas dans la maison. Nous les avons éloignées pour que tu ne puisses pas leur faire de mal. Et ceux d'entre nous restés dans la maison sont tous vivants.

Le hurlement des sirènes transperça le silence choqué qui suivit ses paroles.

— Tu entends ça, Hadleigh ? Ils viennent ici pour te sauver parce que je vais m'assurer que tu vives, cracha Mark. Et ensuite, je vais m'assurer qu'un juge t'enferme pour très longtemps. Avec un peu de chance, tu ne sortiras pas avant tes soixante-dix ans.

Hadleigh ricana.

— Comme je l'ai dit, va te faire foutre, Turpin.

Il pressa sa main contre sa poitrine, puis il se retourna pour traverser la route en courant.

— Non ! Arrête ! cria Mark.

Trop tard, Hadleigh réagit.

Il fit un pas en arrière, comme surpris par la proximité de la voiture qui fonçait sur lui, puis son corps fut catapulté dans les airs et fit une culbute par-dessus le pare-brise avant d'atterrir sur le trottoir en un tas brisé et froissé.

Un silence tomba sur la route, comme si le temps s'était arrêté.

La femme qui promenait son chien quelques instants plus tôt restait figée sur place, sous le choc. Le chien gémit.

Les écoliers baissèrent leurs téléphones pour fixer la

forme immobile étendue au milieu de la route, le visage consterné.

Mark retenait son souffle, attendant que Hadleigh bouge, attendant que les cris commencent.

Rien ne se passa.

Il se mit alors à courir et sortit son téléphone portable pour signaler l'accident tout en glissant jusqu'à s'arrêter près de Hadleigh. Il s'accroupit et posa ses doigts sur le cou de l'homme avant d'essayer de localiser un battement de cœur qu'il savait ne pas pouvoir trouver.

Il se releva sur des jambes tremblantes et il écarta d'un geste les spectateurs, leur demandant d'attendre plus loin le long de la route, à un croisement avec une impasse. Il pouvait maintenant entendre les sirènes approcher ; les occupants de ces voitures pourraient recueillir les témoignages nécessaires.

Le conducteur...

Il pivota lorsque la portière de la voiture s'ouvrit, et une femme émergea, les yeux écarquillés dans un visage pâle, une main à sa bouche.

Le cœur de Mark manqua un battement.

— Debbie ? Qu'est-ce que tu fais ici ?

# CHAPITRE 51

Mark examina le sac en papier que Jan avait posé sur la petite table en bois devant lui, puis il leva les yeux vers sa collègue.

Elle haussa les épaules.

— J'ai pensé que tu n'avais probablement pas mangé ce matin.

L'arôme gras de la nourriture frite lui mit l'eau à la bouche. Il s'empara du sac, le déchira et plongea ses dents dans l'épaisse croûte du friand.

— Oh mon Dieu, c'est délicieux, dit-il en essuyant une trace de sauce sur ses lèvres avec une serviette en papier. Tu es une sainte.

— Je sais.

Leurs voix résonnaient dans l'atrium vide, le reste du commissariat en train de s'activer dans tout le bâtiment ou parti en intervention.

Mark se laissa aller contre le dossier de sa chaise, tendit la main vers la télécommande et coupa le son de la télévision.

— Qu'est-ce qui se passe là-haut ?

— C'est la pagaille, comme tu peux l'imaginer.

— Le commissaire est toujours là ?

— Et il va y rester un moment.

— Merde. J'espère que Kennedy n'a pas trop d'ennuis.

— Pas autant que toi.

Jan sourit, puis elle se laissa tomber sur le canapé à côté de lui tandis qu'il terminait son friand.

— Comment tu tiens le coup ?

Il avala sa bouchée.

— Ça aide de savoir que Debbie va pouvoir rentrer chez elle avec les filles plus tard aujourd'hui. Je crois que Gillian l'accompagne. Au moins, elles seront dans un environnement familier pendant que tout ça se déroule.

— Kennedy a dit ce qu'il va lui arriver ?

— Elle a fait une déclaration officielle.

Il froissa le sac en papier et le jeta sur la table.

— Je ne pense pas qu'ils vont l'inculper pour conduite dangereuse ou quoi que ce soit, elle n'avait nulle part où aller. Hadleigh s'est jeté juste devant elle, et il y a des témoins qui corroborent sa version des faits.

— La promeneuse avec son chien et les écoliers ?

— Exactement.

— Et toi ?

Elle lui donna un petit coup.

— Ne crois pas que tu vas t'en tirer en évitant la question.

Mark soupira.

— Honnêtement ? Je suis soulagé que ce soit fini. J'aurais aimé que ma famille ne soit jamais mêlée à tout ça. J'aurais aimé que Matthew n'ait pas été utilisé comme il l'a été, puis tué parce qu'il a essayé d'obtenir de l'aide.

— Est-ce que tu aurais préféré que Hadleigh survive pour qu'il puisse faire face à un tribunal et être condamné ?

— Non.

Il entendait la véhémence dans sa voix et s'éclaircit la gorge.

— Même si je devrais probablement dire que oui. Mais après ce qu'il a fait à toutes ces personnes, et ce qu'il avait prévu pour Abingdon avec ces drogues, je suis content qu'il soit mort.

— Moi aussi.

Jan sourit.

— Alors, étant donné que tu es persona non grata à l'étage pour un avenir prévisible, tu veux une mise à jour officieuse ?

— Je croyais que tu ne me le demanderais jamais. Je t'écoute.

Sa collègue jeta un coup d'œil par-dessus son épaule alors que deux assistantes administratives passaient, puis elle baissa la voix.

— Le laitier a été retrouvé dans un fossé peu profond au bord de Radley Road une demi-heure après que l'ambulance a quitté ta position. Hadleigh lui avait tailladé la poitrine et l'estomac quand il l'a tiré hors de sa camionnette, mais il va vivre, selon le chirurgien qui l'a opéré il y a quelques heures.

Mark expira en passant une main sur son visage.

— C'est déjà ça. Il a expliqué ce qui s'était passé ?

— Hadleigh l'a pris par surprise. Il était remonté dans sa camionnette après une livraison dans le secteur, et s'apprêtait à partir quand Hadleigh a surgi et a ouvert violemment la portière du conducteur. Le chauffeur a cassé une bouteille et s'est défendu contre Hadleigh, lui coupant la main avant qu'il ne le tire sur la route. Il a réussi à se relever et il allait se battre avec Hadleigh, mais c'est à ce moment qu'il a été poignardé. Hadleigh l'a poussé dans la haie avant de s'enfuir. Tu ne l'as pas vu quand tu poursuivais Hadleigh un peu plus tard, parce qu'il avait trébuché et était tombé dans le fossé. Il pense qu'il s'est évanoui pendant un moment. Quand il a entendu les sirènes, il a repris conscience et il a réussi à ramper et à faire signe à un automobiliste qui passait.

— Pauvre bougre. Et le jeune qui a été forcé de conduire la voiture de Hadleigh et de vous mener dans une course folle ? J'ai entendu dire que Hadleigh avait menacé sa petite amie ?

— Nous l'avons retrouvée saine et sauve chez elle. Ils louent un cottage à la périphérie de Challow. Caroline et Alex sont allés prendre leurs dépositions plus tôt cet après-midi. Comme tu peux l'imaginer, le jeune qui conduisait est encore sous le choc. Le médecin à l'hôpital lui a donné un bilan de santé parfait cependant, pas de coup du lapin ni rien de ce genre suite à l'accident.

— Content de l'entendre.

Mark examina son téléphone qui émit un bip unique, et il sourit.

— Lucy ?

— Oui. Je dois la retrouver dans une demi-heure.

— Tu ferais mieux de te dépêcher alors, au lieu de rester assis ici à broyer du noir.

Jan sourit.

— Est-ce que vous allez bien vous en sortir tous les deux après tout ça ?

Il hocha la tête.

— Je pense que oui. Je l'espère, en tout cas.

Mark se leva du canapé avec un grognement mal dissimulé, enfila sa veste et enfonça ses mains dans ses poches.

— Allez, chef. Ne fais pas cette tête d'enterrement, dit Jan d'un ton léger. Cette suspension ne sera probablement que de courte durée, juste le temps qu'ils règlent toute la paperasse et qu'ils déterminent ce qu'ils vont dire aux normes professionnelles.

— Tu crois ?

— Tu viens de risquer ta carrière pour résoudre une enquête de meurtre impliquant trois victimes. Ils ne vont pas te laisser partir après ça, n'est-ce pas ?

Il grimaça.

— J'espère que non. Je me suis plutôt habitué à cet endroit.

CHAPITRE 52

*Deux jours plus tard*

Mark s'arrêta à l'entrée grillagée de la marina, le vent ébouriffant ses cheveux.

La journée promettait d'être de celles dont il se souviendrait pendant de nombreuses années, et malgré les événements de la semaine et sa suspension temporaire, il voulait prendre un moment pour savourer l'anticipation de ce qui allait suivre.

Il vérifia une dernière fois son téléphone puis le rangea.

Lucy avait dit qu'elle serait là, et il devait arrêter de s'inquiéter.

Les vingt-quatre dernières heures avaient été chargées – son propriétaire avait refusé de renégocier son bail, aucune des autres agences de location du secteur ne voulait lui parler, et Lucy avait passé la journée précédente à se renseigner d'urgence sur les options qui s'offraient à eux.

Son cœur manqua un battement en entendant le moteur

familier d'une voiture, puis une petite citadine ralentit avant de tourner sur l'aire bétonnée devant la marina.

Lucy en sortit, balança son sac à main sur son épaule et rejeta ses boucles de son visage, puis elle s'approcha pour le rejoindre en faisant tourner les clés de la voiture de James dans ses mains. Son sourire s'élargit quand il l'attira dans ses bras.

— Tu lui as dit hier que je lui donnerai un peu d'argent pour l'essence ?

— Il a dit de ne pas t'inquiéter pour ça.

Elle s'écarta et examina les bateaux de différentes tailles alignés sur le quai.

— Prêt ?

— Aussi prêt que je ne le serai jamais.

— Allons-y alors.

Elle glissa sa main dans la sienne et le conduisit à travers les portes d'acier ouvertes vers la porte du bureau du marchand de bateaux, une cabane à lattes de bois qui occupait un coin du chantier naval.

Le bruit des outils électriques résonnait depuis un hangar à droite de celui-ci, et Mark remarqua que la cambrure du béton changeait à mesure que le chantier descendait en pente vers le bord de la rivière.

— Tu as parlé à Debbie ?

La voix de Lucy interrompit ses pensées.

— Je me demandais comment elles s'en sortaient.

— Elle s'en remet peu à peu. Je pense que ça va prendre du temps. Heureusement que Gillian l'a mise en contact avec une conseillère.

Il frissonna.

— Je crois qu'elle va en avoir besoin après l'accident et tout le reste.

— Et les filles ?

— Soulagées d'être rentrées, saines et sauves.

— Tu vas les revoir ?

— Oui. Debbie a déjà dit que ce ne serait pas un problème. On va voir comment les choses évoluent dans les prochaines semaines d'abord.

— Elle t'a pardonné, alors ?

— Pardonné, mais pas oublié.

Mark haussa les épaules.

— C'est le mieux que je puisse espérer pour le moment, du moins.

Il tint la porte du bureau ouverte pour elle et il s'arrêta un instant sur le seuil pour laisser ses yeux s'adapter à la pénombre par rapport à l'extérieur.

Un instant plus tard, un homme trapu d'une soixantaine d'années émergea d'une porte sur la gauche. Il serra la main de Lucy et, à la surprise de Mark, lui fit une accolade avant de se tourner vers lui.

— Brian Croft, dit-il, puis il fit un signe de tête vers Lucy. Je connais cette jeune femme depuis des années. Je n'arrivais pas à y croire quand j'ai appris ce qui était arrivé à son bateau. Aucun d'entre nous n'y croyait.

Mark lui rendit sa poignée de main.

— Elle m'a beaucoup parlé de vous ces deux derniers jours.

— En bien, j'espère.

Croft fit un clin d'œil, puis il désigna un bureau jonché de paperasse et un ordinateur portable poussiéreux.

— Asseyez-vous. Merci d'avoir envoyé les détails par email, Lucy, ça nous fera gagner du temps.

— Pas de problème, Brian. Merci de rendre ce processus si facile.

— C'est la moindre des choses. Attendez.

Il fouilla dans une petite pile de dossiers en papier kraft sur son bureau, puis il en sortit un près du haut de la pile, l'ouvrit et passa un document à Lucy avant de s'installer dans son fauteuil et de croiser les mains sur son bureau.

— Voilà, le contrat comme convenu. Les spécifications sont jointes à l'arrière, mais c'est le modèle de vingt et un mètres, parfait pour quand vous avez des invités, et il dispose d'une hauteur sous plafond supplémentaire pour vous, Mark. Nous allons le descendre d'Oxford pour vous en début de semaine prochaine et lui faire un contrôle minutieux ainsi que les petites modifications que vous avez demandées, mais vous devriez pouvoir en prendre livraison dans une semaine exactement.

— Formidable, merci, dit Lucy.

Mark se percha au bord de son siège, incapable de détacher son regard du contrat.

Ils étaient restés éveillés tard dans la nuit de jeudi, incapables de dormir dans la chambre d'hôtel qu'il avait réservée, leurs mots se bousculant les uns sur les autres alors qu'ils parlaient des événements qui les avaient d'abord réunis, puis rapprochés.

Mark s'était assis et avait dressé une liste des biens qui lui restaient après l'incendie, avant de décider qu'il n'avait pas besoin de la moitié d'entre eux, et Lucy avait fait remarquer avec mélancolie qu'elle devrait tout recommencer à zéro.

Réduire les coûts avait semblé l'option la plus sensée dans ces circonstances.

Maintenant, le stylo de Lucy flottait au-dessus du contrat, et Mark remarqua que sa main tremblait.

Comme si elle sentait son regard sur elle, elle leva les yeux, un sourcil relevé.

— Tu es sûr ?

— Signe, dit-il avec un clin d'œil.

Elle sourit, apposa sa signature d'un geste flamboyant, puis fit glisser les documents vers lui.

Après avoir contre-signé le contrat, il posa le stylo sur le bureau, une sensation d'émerveillement lui étreignant la poitrine.

— On vient d'acheter un foutu bateau.

Lucy laissa échapper un rire nerveux.

— Un foutu *gros* bateau.

— Félicitations à vous deux. Vous allez adorer, dit Croft.

Il reprit le contrat, ajouta sa signature puis repoussa sa chaise.

— Je vais vous faire une photocopie, et nous vous enverrons également une copie par email. Je reviens dans une minute.

Mark attendit que le propriétaire de la marina ait quitté la pièce, puis il repoussa sa chaise et attira Lucy dans ses bras.

— Je t'aime.

— Je t'aime aussi.

Son téléphone portable commença à sonner.

— Ça ne peut pas être le travail, dit Lucy. Ils ne te parlent pas en ce moment, non ?

Il sortit son téléphone de la poche de son jean et il fronça les sourcils.

— Je ne reconnais pas le numéro. C'est un numéro local, pourtant. Allô ?

— Allô ? Est-ce que c'est Mark Turpin ?

— Oui.

— C'est Natalie de la clinique vétérinaire de Culham. Je ne voudrais pas vous donner de faux espoirs, mais une femme nous a amené un chien il y a quelques jours. Une de mes réceptionnistes a lu dans le journal local aujourd'hui ce qui s'est passé avec l'incendie du bateau et la disparition de votre chien, et nous nous sommes demandé si ça pourrait être le vôtre. Est-ce que vous seriez prêt à venir à la clinique pour le voir ?

Mark déglutit et jeta un regard à Lucy, qui le regardait avec inquiétude.

— Qu'est-ce qui se passe ? demanda-t-elle en fronçant les sourcils.

Il secoua la tête et reporta son attention sur son interlocutrice.

— Bi-bien sûr. Où êtes-vous ?

Il se dirigea vers le bureau et arracha une page d'un bloc-notes avant de prendre le stylo qu'ils avaient utilisé pour signer le contrat, il nota l'adresse, puis termina l'appel.

— Mark ? Qu'est-ce qui se passe ?

Il se retourna pour voir Lucy et Croft qui le regardaient avec des expressions confuses.

— Ils pensent avoir retrouvé Hamish.

———

Lucy ne faisait pas confiance à Mark pour conduire la voiture de son voisin depuis la marina à Culham, alors il s'installa sur le siège passager et il résista à l'envie d'appuyer du pied sur un accélérateur imaginaire pendant qu'elle négociait les routes sinueuses vers la clinique vétérinaire.

La clinique, âgée de vingt ans, occupait un bâtiment qui avait autrefois été un cabinet dentaire, qui à son tour avait été une grande résidence familiale à la périphérie d'un village rapidement englouti par un grand parc industriel au sud.

Lucy avait à peine touché les freins en s'arrêtant au bord

du trottoir que Mark ouvrait déjà la portière et se précipitait à travers une ouverture dans le mur de briques rouges jusqu'à la porte d'entrée.

Elle sourit en le voyant l'attendre sur le pas de la porte.

— Rappelle-toi ce qu'elle t'a dit au téléphone, lui rappela-t-elle tandis qu'il ouvrait la porte. Ne te fais pas trop d'espoirs, d'accord ?

— Comme si tu n'en avais pas, murmura-t-il, puis il s'adressa à la réceptionniste qui les observait derrière un bureau en bois foncé. Nous venons voir Natalie. Elle m'a appelé plus tôt au sujet d'un chien abandonné qu'on a retrouvé.

— Ah, le croisé Schnauzer.

La femme sourit et appuya sur un bouton du téléphone à côté de son ordinateur.

— Voilà, j'ai transféré les appels à notre autre cabinet en ville pour un moment. Je suis contente qu'elle vous ait contacté. Je suis Tamsin. Natalie vient juste de partir pour une visite à domicile.

— Où est-ce qu'il a été trouvé ? demanda Mark avec un sourire, conscient de l'urgence dans sa voix.

Tout ce qu'il voulait, c'était savoir s'ils avaient vraiment retrouvé Hamish, pas faire la conversation.

— Une femme promenait son chien le long du chemin de halage au-delà de l'écluse d'Abingdon quand elle l'a entendu gémir, dit-elle. Son chien s'est précipité dans la direction du bruit, et quand elle l'a retrouvé, le petit chien était allongé près d'un arbre avec une vieille corde enroulée autour de son collier. Il avait essayé de la ronger, apparemment, mais elle était trop épaisse. Il a de vilaines lacérations au cou là où il a tenté de se libérer, mais nous les avons nettoyées et il n'y a aucun signe d'infection. Il est surtout déshydraté.

— Dieu merci, elle l'a entendu, dit Lucy.

— Heureusement qu'elle l'a fait. Il semble bien se remettre, en tout cas. Venez par ici.

Elle les guida à travers une porte et le long d'un court couloir avec des salles de consultation de chaque côté, puis dans une pièce intérieure bordée de grandes cages.

— C'est notre salle de rétablissement, dit-elle en baissant la voix. C'est ici que nous gardons nos patients qui restent pour la nuit en observation après une opération, ainsi que ceux comme ce chien qui ont été secourus et ont besoin d'une attention particulière.

Mark détourna son regard des petites formes enveloppées dans des couvertures à l'intérieur de deux des cages, et il suivit Tamsin jusqu'au coin de la pièce.

Elle s'accroupit près de la cage et ouvrit la porte avant de regarder par-dessus son épaule.

— Voilà.

Mark prit une profonde inspiration, incertain de ce qu'il allait voir, et il serra la main de Lucy avant qu'ils ne s'abaissent au sol pour regarder à l'intérieur.

— Hamish ?

Des yeux somnolents le regardèrent depuis un cocon de couvertures vert pâle, avant qu'un familier jappement et un remuement de queue n'envoie une perfusion se cogner contre le côté de la cage.

— Doucement, mon grand, murmura Tamsin.

Elle baissa la tête avant de vérifier la patte bandée du chien.

— Qu'est-ce que c'est ? demanda Lucy, la voix tremblante.

— Juste des fluides et des antibiotiques pour prévenir toute infection.

Elle s'écarta et Mark se mit à plat ventre pour pouvoir tendre le bras à l'intérieur et caresser la tête de Hamish.

— Comment ça va ? murmura-t-il, la gorge serrée en retenant ses larmes. Qu'est-ce qu'ils t'ont fait, hein ?

Un museau frôla sa paume en réponse, puis une langue râpeuse lécha ses doigts.

Mark laissa échapper un rire tremblant et sa main frémissait alors qu'il ébouriffait les oreilles de Hamish.

Le chien cligna des yeux, puis bâilla, et enfouit son museau dans les couvertures.

Tamsin sourit tandis que Mark se dégageait de la cage.

— Je suppose qu'il est à vous ?

— Oui, oui c'est le mien, dit-il.

Il s'assit sur ses talons pendant que Lucy tendait la main dans la cage et câlinait Hamish en lui murmurant des mots doux.

— Quand est-ce que nous allons pouvoir le ramener à la maison ?

— Dans quelques jours, répondit Tamsin, et si je peux me permettre une suggestion ? Laissez-nous lui poser une puce électronique avant. Au moins comme ça, vous vous retrouverez plus rapidement s'il s'échappe à nouveau.

— D'accord.

Mark retint un sanglot et serra l'épaule de Lucy tandis que Hamish s'approchait et lui léchait les doigts.

— Je ne laisserai plus jamais aucun d'eux hors de ma vue.

FIN

# BIOGRAPHIE DE L'AUTEUR

Rachel Amphlett est l'auteure de romans policiers et de thrillers d'espionnage les plus vendus par USA Today, et la plupart de ses livres ont été traduits dans le monde entier.

Ses romans sont disponibles en format numérique, en version imprimée et en livres audio dans les bibliothèques et chez les détaillants, ainsi que sur son site web.

Grande voyageuse et détective privée par accident, Rachel possède les nationalités australienne et britannique.

Pour en savoir plus sur les livres de Rachel, rendez-vous à l'adresse suivante : www.rachelamphlett.com.

9 781917 771153